KB237083

북천십이로

北天十二路

북천십이로 4

허담 新무협 판타지 소설

초판 1쇄 찍은 날 § 2012년 9월 24일
초판 1쇄 펴낸 날 § 2012년 10월 2일

지은이 § 허담
펴낸이 § 서경석

편집부장 § 권태완
편집책임 § 어정원
디자인 § 이혜정

펴낸곳 § 도서출판 청어람
등록번호 § 제1081-1-89호
등록일자 § 1999. 5. 31
어람번호 § 제2-2263호

주소 § 경기도 부천시 원미구 심곡2동 163-2 서경B/D 3F (우) 420—822
전화 § 032-656-4452 팩스 § 032-656-4453
http://www.chungeoram.com
E-mail § chungeorambook@daum.net

© 허담, 2012

ISBN 978-89-251-3018-7 04810
ISBN 978-89-251-2964-8 (세트)

북천십이로

금산지회

4

허 담 新무협 판타지 소설

ORIENTAL FANTASY STORY

도서출판 청어람

北天十三路

第一章 첫째 날

오래된 석비가 추레한 모습으로 덩그러니 서 있다. 몰락한 문파의 무너진 정문을 지키고 있는 늙은 문지기 같은 석비다. 석비라고 부르기는 하지만 그저 돌덩이로 봐도 무방했다. 단지 그 위에 글이 새겨져 있으니 석비라 불러줄 뿐이다.

금산(金山).

금문의 최고의 성지인 금산임을 나타내는 석비치고는 지나치게 볼품없다.

"너무 평온하군요."

금불현이 석비에 쓰인 두 글자를 보며 불안한 듯 말했다. 기이한 일이었다. 지난 며칠 동안 아무런 공격도 없었다. 추격자들은 그대로 그 흔적을 드러내고 있었지만 금령이 금산에 이를 때까지 그 누구도 금령을 향해 살수를 드러내지 않았다. 그리하

여 편히 도착한 금산, 그 석비 앞에서 일행은 오히려 불안함을
느꼈다.

"무슨 속셈일까요?"

진중한 성정으로 평소 과묵하던 금보전까지 입을 열었다. 그
러자 금령이 대답했다.

"일단 들어가 봅시다. 혹시 아오? 그들은 순순히 나에게 금문
을 내어줄지."

평소 농이라고는 모르는 금령이었으므로 사람들이 어리둥절
한 표정을 지었다. 금문십육사가 그리 쉽게 금문을 금령에게 넘
겨주지 않을 거란 것은 모든 사람이 아는 사실이었다. 그러나
금령은 사람들의 당혹감을 뒤로하고 말을 몰아나갔다. 사람들
이 서둘러 금령의 뒤를 따랐다.

기이한 산이다. 높지는 않은데 깊다. 숲도 깊었고, 계곡도 깊
었다. 남서쪽에서 밀려온 강물이 두 개로 갈라졌다 다시 하나로
합쳐져 동쪽으로 밀려나갔다. 물줄기가 두 개로 갈라져 흐르는
곳에 섬처럼 하나의 봉우리가 서 있었다. 역시 그리 높지 않은
산이다. 아니 오히려 주변의 다른 봉우리보다 낮았다. 그러나
그 생김새에서 신비한 위엄이 흘러나온다.

일단 산의 모양이 마치 서역의 설봉들처럼 수직의 절벽으로
이뤄져 있어 범인의 접근이 어려웠다. 수백 년 자란 나무들이
그 절벽들의 속살을 안으로 감추고 있었는데, 그 정상은 오히려
산 아래 부분과 달리 평평했다.

"금산 정봉(正峰)이에요."

"저게?"

금불현의 말에 석요송이 되물었다.

"예, 저곳에서 금산지회가 열려요. 잡인이 접근하기 어려운 곳이죠. 사방이 물로 싸여 있으니까."

"그런데 사람들이 보이지 않는군."

"금산에는 정봉을 포함해 강 주변으로 일곱 개의 크고 작은 봉우리가 있어요. 가까이서 보면 서로 다른 산처럼 보이지만 높은 곳에서 보면 그 봉우리들이 정봉을 중심에 두고 거대한 호수를 둘러선 것처럼 서 있지요. 정봉에는 평소 사람들이 머물 수 없어요. 오직 금산지회만 열릴 뿐이지요. 금산지회가 열리지 않을 때 사람들은 주변 봉우리 깊숙한 곳에 각자 자리를 잡고 기다려요."

"그 흔한 천막도 보이지 않는데?"

석요송이 다시 물었다.

"처음 이곳에 계림의 후예들이 숨어들었을 때만 해도 고려 왕실의 추격이 매서울 때였지요. 그래서 계림의 후예들은 집을 짓거나 하는 일을 꿈도 꾸지 못했어요. 대신 숲 깊은 곳에 석굴을 파고 숨어 지냈지요. 그때의 처참함을 잊지 않기 위해 금산에 든 사람들은 당시 생겨난 석굴에 머무는 것이 전통이에요. 더군다나 이곳은 금문의 성지이기 때문에 함부로 움직일 수도 없지요. 조용한 것이 당연해요."

금불현이 대답했다. 그러는 사이 앞서 주변을 살피러 나갔던 범교가 한 명의 노인과 함께 일행이 있는 곳으로 돌아왔다. 범교와 함께 온 노인은 차유였다.

"소도주 오셨습니까?"
차유가 금령에게 반갑게 말을 건넸다.
"할아버님은요?"
"남봉(南峰)에 거처를 정하셨습니다."
"그리로 가죠."
"안내하지요."
차유가 앞서서 길을 걷기 시작했다.

두 개의 계곡을 지나자 제법 큰 봉우리가 앞을 가린다. 차유는 일행을 그 봉우리 중턱으로 이끌었다. 그러자 석요송의 눈에 수십 개의 동굴이 들어왔다.
차유는 그 동굴들 중에서 조금 위쪽에 위치한 제법 큰 곳으로 사람들을 데려갔다. 그러자 동굴 앞 허름한 나무 의자에 비스듬히 앉아 부채로 바람을 일으키고 있는 금온의 모습이 보였다. 영락없는 산골 촌부의 모습이다.
"할아버님!"
금령이 금온을 보자 빠르게 다다가 고개를 숙였다.
"왔느냐?"
금온이 온화한 미소로 금령을 맞이했다.
"몸을 어떠신지요?"
"나? 헐헐… 좋아, 좋아. 오랜만에 금산에 오니 좋구나. 이 땅은 언제 봐도 아름다워!"
금온이 정봉을 중심으로 늘어선 금산 봉우리들을 보며 말했다. 그러자 차유가 옆에서 조심스레 입을 열었다.

“보기와 달리 참혹한 땅이라는 것을 아시지 않습니까?”

“물론 그렇긴 하지. 하지만 차유, 세상이란 말이야. 조금 멀리서 볼 필요가 있어. 가까이서 보면 어느 한곳 참혹하지 않은 곳이 있을까. 사람 사는 세상이 본래 참혹한 법이야. 그러나 그 참혹함도 멀리서 보면 아름다움의 일부지. 령아!”

“예, 할아버님!”

금령이 대답했다.

“이 이치는 풍경에만 국한되는 것이 아니다. 사람 자신에게도 해당되는 말이야. 눈앞의 이익, 눈앞의 고난에만 매달려 사는 사람은 지옥을 벗어나지 못한다. 그 순간조차도 지나가고 만다는 것, 인생도 커다란 시간 중의 한 점이라는 사실을 알아야해. 그렇게 멀리서 자신을 봐라. 그러면… 불행도 불행이 아니니라.”

“예……..”

금령이 말꼬리를 흐린다. 그런 금령은 안쓰럽게 바라보던 금온의 시선이 문득 석요송에게 머물렀다.

“너도 이 말은 새겨둬라.”

“……?”

갑작스런 금온의 말에 석요송이 말없이 금온을 바라봤다.

“네 인생을 너무 비참하게 생각지 말라는 말이다.”

“그런 생각은 하지 않습니다.”

“그래? 벌써 봉우리에 오른 거냐?”

“그런 것은 잘 모르겠습니다. 단지… 제가 선택한 길이니까요.”

“음…… 그도 한 방법이지. 무거운 녀석.”

금온이 빙그레 미소를 지었다. 그러다가 다시 금령에게 물었다.

“지낭은?”

“제 사람이 되었습니다.”

“그래? 순순히 널 따르더냐?”

“조금 거친 방법을 섰지요. 팔 하나를 잘랐습니다.”

“네가?”

금온이 묻자 금령이 고개를 저으며 석요송을 바라봤다. 그러자 금온이 살짝 아미를 모았다.

“그 칼은 전했느냐?”

금온이 석요송에게 물었다.

“예.”

“그런데도 베어야 말을 듣더냐?”

“먼저 베고 이후에 칼을 주었습니다.”

“음, 순서가 잘못되었구나.”

금온이 마땅치 않은 표정으로 말했다.

“온전히 소도주님의 사람이 되게 하려면 옳은 순서지요.”

석요송의 대답에 금온이 묘한 표정으로 석요송을 바라봤다. 그리고는 혀를 차며 말했다.

“유유상종이라더니…… 령이와 함께 다니면서 너도 변한 것이냐?”

“무슨 말씀이신지?”

“검이 독하다는 말이다.”

"인검의 검이 부드럽길 원하셨습니까?"

"내가 널 령의 인검으로 키운 것은 너의 성품이 령의 성품을 보완해 줄 수 있다고 생각했기 때문이다. 인검이 칼춤을 추며 피나 뿌리고 다니는 사람일 필요는 없다. 검은 필요할 때, 피는 조심해서 뿌려야 하는 법이다."

금온의 말에 석요송이 잠시 침묵을 지키다가 대답했다.

"명심하겠습니다."

"좋아. 금산지회가 며칠 남았지?"

금온이 차유에게 물었다.

"오일 남았습니다."

"모두 도착했나?"

"아직 몇 분이 도착하지 않으셨다 합니다. 모두 입산하면 금산지주가 즉시 아뢸 것입니다."

"좋아. 그럼 닷새는 또 이렇게 편히 쉬겠군. 모두 물러가라."

금온이 손짓을 했다. 그러자 장내의 사람들이 고개를 숙여보이고는 뒷걸음으로 금온 곁에서 물러났다. 금온의 곁에는 오직 차유만이 남았다. 모든 사람이 자리를 뜨자 차유가 궁금한 표정으로 물었다.

"두 가지가 궁금합니다."

차유의 말에 금온이 히죽 웃음을 흘렸다.

"흐흐……. 자네도 궁금한 게 있나? 속세의 일은 모두 잊은 줄 알았는데?"

"도주께서 불러내셨으니 제 궁금증은 풀어주십시오."

"좋아. 말해 보게."

“그 아이… 위험하지 않겠습니까?”

“목숨을 살려주고, 잘못을 용서했으며, 미래를 주었는데 제깟 놈이 더 무슨 행패를 부리려고.”

“그러나… 그 아이에게 모든 것을 말해주셨습니까?”

“오년 전인가? 한 번 제 애미를 만났어.”

“그렇군요. 하지만 그렇다면 또 다른 원한이 있을 수도 있습니다. 금문 자체에 대해서……. 결국 그 모자의 잘못은 아니지 않습니까? 단상궁 그녀를 잡아놓은 것도 금문의 굴레이고 보면.”

“야심이 있어. 세상을 쥐고 흔들고 싶어 하는 아이야. 이 기회를 놓치고 싶지 않을 거야.”

“하면 단상궁은 어찌하실 요량이십니까?”

“어, 내가 죽으면 자네가 가서 억지로라도 데리고 나와. 나에 대한 죄책감도 가질 필요없다 하고. 그 나이에 아들과 함께하게 해줘야지.”

“알겠습니다.”

차유가 조금 어두운 표정으로 대답했다. 그러자 금온이 물었다.

“또 궁금한 게 뭔가?”

금온의 말에 차유가 정색을 하며 물었다.

“왜 요송 그 아이에게 검을 아끼라 하셨습니까? 걱정은 그 아이가 너무 정심한 것 아니었는지요? 석가 출신 사람들의 그 정심함이 인검에 어울리지 않는다고 하신 것은 도주이십니다. 그런데 왜 갑자기……?”

"예상보다 너무 커서 그래."

"예?"

"녀석이 괜찮은 재목일 줄은 알았지만 큰 산이 될 줄은 몰랐거든. 큰 산은 사람을 모이게 한다. 산에 사람이 모이면 좋거나 싫거나, 혹은 그 아이가 원하든 원하지 않든 산을 움직이려는 자가 생기지."

"소도주의 경쟁자가 될 수도 있다고 생각하시는 겁니까?"

"그 아이 성품상 령을 배신할 거라고는 생각지 않아. 그러나 사람들이 령이 아닌 그 아이를 두려워하고 의지하게 된다면 어찌 령이 세상의 주인이라고 할 수 있겠는가?"

금온의 말에 차유가 고개를 끄덕였다.

"그렇군요. 무슨 말씀인지 알겠습니다."

"령에게도 이에 대해 말해둬야 할 것 같아. 그 아이의 존재가 금문도들에게 너무 부각되는 것은 좋지 않아. 난 묘문이 환생하는 것을 원치 않네."

금온의 말에 차유가 어두운 표정으로 고개를 끄덕였다.

머물 동굴을 찾는 것은 어렵지 않았다. 금산 남봉만 해도 근 백여 개가 넘는 석굴이 있어서 필요한 대로 찾아 들어가면 그곳이 곧 거처였다. 석요송은 금령이 머무는 석굴 근처에 작고 허름한 석굴을 찾아 거처로 정했다.

"형님 그럼 편히 쉬세요."

금불현이 석요송이 석굴을 정하자 고개를 꾸벅 숙여 보이고는 물러가려 했다.

"같이 있지?"

석요송이 물러나려는 금불현에게 말했다. 그러자 금불현이 고개를 저었다.

"아닙니다. 하루 이틀 머물 것도 아니고……."

"나랑 지내는 것이 불편한가? 그러고 보니 현림을 떠난 이후에도 나와 함께 잠을 잔 날이 손가락으로 꼽을 정도군."

"그런 게 아니라… 사실 어려서부터 혼자 지내는 버릇이 되어서 다른 사람이 있으면 잠을 깊게 자지 못합니다."

"그래? 좋은 버릇은 아니군."

"그렇지요. 저도 가끔 귀찮기도 합니다만… 그래도 잠은 편히 자야죠."

"알겠어. 거처를 정하면 다시 들려."

"알겠습니다."

금불현이 고개를 숙여 보이고는 석굴을 벗어났다. 금불현이 나가자 석요송이 서둘러 석굴 안을 정리했다. 그런데 기실 석굴은 따로 손을 볼 필요가 없었다. 어제까지 사람이 살았던 곳처럼 깨끗했기 때문이었다.

"삼십사진이 금산 전체를 지키고 있다더니 석굴까지 손을 보는 모양이군. 아무튼 한동안 지내는 것은 어렵지 않겠어."

석요송이 간단히 짐을 부려놓고는 석굴 앞으로 나섰다. 그러자 금산 정봉을 중심으로 펼쳐진 금산의 정경이 한눈에 들어왔다. 역시 장쾌한 광경이다.

주위를 살펴보니 호천단의 다른 고수들도 제각기 거처를 정한 듯 보였다. 조금 위쪽 금령의 거처에는 청도를 떠난 이후 줄

곧 금령의 시중을 들고 있는 호천단의 여고수 미사혼이 분주하게 석굴을 드나들며 금령이 머물 동굴을 청소하고 있었다.

"여인은 여인인가?"

분주하게 움직이는 미사혼을 보며 석요송이 중얼거렸다. 금령이 아무리 패도적인 기질을 지닌 사람이라도 결국 여인은 여인, 그 시중을 드는 사람 역시 여인일 수밖에 없었다. 그러자 문득 금온의 말이 떠올랐다. 검을 독하게 쓰는 것은 금령 하나로 족하다는 말이 새삼스레 석요송의 뇌리에 떠오른 것이다.

"그 눈빛은 나를 경계하는 듯했는데……. 불쌍한 양반, 아직도 나에 대해 모르고 있는 걸까? 금문 따위 내겐 중요치 않은데……."

석요송이 혀를 차며 다시 석굴 안으로 사라졌다.

*　　　*　　　*

둥!

단 한 번의 북소리가 울렸다. 그러자 사람들이 모두 자신이 거처하는 석굴에서 모습을 드러냈다. 석요송이 금산에 도착한 지 닷새, 드디어 금산지회 그 첫 번째 날이 시작되고 있었다.

"형님!"

어느새 달려왔는지 금불현이 석요송 곁에 내려섰다.

"잘 잤어?"

"편히 쉬었습니다. 그런데 이제 시작이군요."

"음……. 사람들이 보이는군."

석요송의 말처럼 두 개의 물줄기로 고립된 금산 정봉 주변의 봉우리들이 사람들을 토해내고 있었다. 어디에 숨어 있었나 싶을 정도로 많은 사람들이 각각의 봉우리에서 모습을 드러내자 금산 주변이 일순간 대처의 시전 바닥 같은 모습으로 변했다.

둥!

다시 북소리가 울렸다. 그러자 금산 정봉에서 검은 연기가 솟구쳤다.

"금산지회를 알리는 신호예요. 저도 처음 보는 것인데…….조금 설레네요."

금불현이 긴장한 표정으로 말했다. 그러나 석요송에게는 금불현만큼의 설렘은 없었다. 아무리 신비한 척해도 결국 사람이 하는 일이 아니던가.

둥! 다시 한 번 북소리가 울렸다. 그러자 이번에는 각각의 봉우리에서 몇몇 사람들이 움직이기 시작했다. 석요송이 있는 남봉에서도 사람들이 움직였다. 그 움직임은 오직 한 사람을 위한 움직임이었다.

금온의 주위로 사람들이 모여들었다. 차유를 비롯한 청도의 고수들이 삼엄하게 금온을 에워쌌다. 그리고 그들은 한 무리의 구름처럼 남봉 아래로 내려갔다.

금온이 남봉 아래에 도달하자 어디서 나타났는지 한 척의 작은 배가 나타나 금온을 맞았다. 배 위에는 노를 젓는 사공 한 명이 타고 있었는데 그는 금온이 나타나자 이내 배에서 내렸다. 그러자 그가 들고 있던 노를 차유가 받아들었다.

차유가 노를 받자 금온이 배에 올랐다. 그러자 차유가 노구에도 불구하고 천천히 노를 저어 금산 정봉을 향해 배를 몰아가기 시작했다.

일단 금온이 배에 올라 금산 정봉으로 향하자 곳곳에서 배를 탄 열다섯 명의 노인이 정봉을 향해 이동하기 시작했다.

오직 한 명씩의 노꾼들만을 대동한 노인들은 정봉에 이르자 훌쩍 배에서 날아내려 가파른 절벽을 타고 금산 정봉 정상에 올랐다.

그렇게 순식간에 금산 정봉에 모인 노인들이 미리 준비된 나무 탁자를 사이에 두고 둥글게 둘러앉았다. 드디어 금산지회가 시작된 것이다.

금문십육사가 모여 향후 금문의 행로를 의논하는 금산지회는 보통 십 년에 한 번씩 열린다. 물론 문파에 특별한 일이 생길 때에는 태상장로가 금산에 장로들을 소집할 수 있긴 했다. 그러나 이번에 열리는 금산지회는 십 년을 주기로 모이는 공식적인 모임이었다. 덕분에 금산지회가 열리는 기간도 다른 때와 달리 길었다.

"십 년 주기의 금산지회는 모두 칠일 동안 열려요. 이때에는 금문삼십육진의 대주들을 다시 점검하고, 또한 금문의 정식 문도들의 명첩인 금부를 정리하며, 금문 내 주요 인물들의 직위를 결정해요. 간혹 장로들의 은퇴가 결정되기도 하는데 그런 일이 벌어지는 경우는 대체로 금문 내에 변고가 일어났을 때지요. 음… 그러고 보니 이곳으로 오는 도중에 소도주께서 기습을 받지 않은 이유를 얼추 알 수도 있겠어요."

금불현이 말했다.

"이유가 뭐지?"

석요송이 묻자 금불현이 대답했다.

"그들도 최소한의 안전을 확보하고 싶었던 거지요. 만약 금산지회가 열리기 전 소도주를 공격했다가 일이 잘못되어 그 배후가 탄로 나면 이번 금산지회에서 그 배후자는 장로의 직위를 내놓아야 될 것이고, 그 파벌은 크게 힘을 잃게 될 거예요. 그러니 그런 위험을 감수하느니 금산지회 이후에 기회를 노리려는 거겠지요. 그리되면 적어도 장로로서의 자격을 유지할 수 있는 십 년의 시간을 벌 수 있으니까요."

"그럴 듯하군."

석요송이 고개를 끄덕였다.

"어쨌든 소도주께는 잘된 일이지요. 이렇게 되면 결국 이번 금산지회에서 소도주님을 후계자로 인정하지 않을 수 없을 거예요. 물론 조건이 붙겠지만……."

"그 일은 언제 결정되지?"

"마지막 날 결정되겠지요. 그리고… 형님의 일은 아마도 내일쯤에는 거론될 거예요. 인검을 두는 일은 결국은 금문 내의 별도 지위에 관한 일이니까요. 금문 내 조직을 정리하는 일은 금산지회의 첫날과 둘째 날 결정되거든요."

"나도 저기 가야 한다는 말이군."

"아마도요."

금불현이 대답했다. 그런데 금불현이 예상치 못한 일이 벌어졌다. 갑자기 금산 정봉에서 북소리가 울리더니 한 척의 배가 빠르게 남봉을 향해 건너왔다.

배에는 초로의 사내가 타고 있었는데 그는 배에서 내리자마자 바람처럼 남봉을 거슬러 올라 금령 앞으로 다가왔다.

"십육사께서 인검을 보자고 하십니다."

사내가 금령에게 고개를 숙이며 고했다.

"삼십사진의 대주인 금산지주 금태보예요. 금문에서는 무시할 수 없는 신분이죠. 금산을 지키고 열성조들에게 올리는 제를 주관하니까요."

금불현이 빠르게 설명했다. 그러는 사이 금령이 금태보에게 물었다.

"오늘 보겠다는 말이오?"

아마도 금령으로선 십육사들이 오늘 석요송을 보겠다고 한 것이 의외인 모양이었다.

"그렇습니다. 십육사들께서 인검에 대해 무척 궁금하신 모양입니다."

금태보의 말에 금령이 석요송에게 시선을 돌렸다.

"아무래도 지금 가야 할 것 같소."

"그러지요."

석요송이 담담하게 대답했다.

"준비는 되었소?"

"준비할 게 있나요. 그저 있는 그대로 보여줄 뿐."

"그렇구려. 그럼… 다녀오시오."

금령의 고개를 끄덕이자 석요송이 금산지주 금태보의 곁으로 다가갔다. 그러자 금태보가 말없이 금령에게 고개를 숙여보이고는 석요송을 데리고 산 아래로 내려갔다.

소선이다. 서쪽에서 흘러드는 물의 흐름이 제법 거칠었기에 작은 배는 곧이라도 뒤집힐 듯 위태로웠다. 그러나 금태보는 거친 물살에 일엽편주를 띄우고 능숙하게 강을 건넜다. 가끔 파랑이 일어나 차가운 물이 배 안으로 튀어 들어왔지만 위험할 정도는 아니었다.

그렇게 일각여를 이동하자 배는 금산 정봉 아래에 도착했다. 정봉 아래에는 배를 댈 만한 곳이 마땅치 않았다. 산 정상에서부터 깎여 내려온 절벽은 물속까지 이어져 있었다. 그래서 물과 산이 맞닿은 곳에 사람이 내려설 곳이 많지 않았다.

그럼에도 불구하고 금태보는 능숙하게 배를 젓더니 숲으로 가려진 작은 웅덩이 속으로 들어갔다. 그러자 절벽 안쪽으로 사람 서넛이 내려설 만한 공간이 보였다.

"다 왔소."

금태보가 짧게 말하고는 자신이 먼저 훌쩍 몸을 날려 땅 위에 내려섰다. 석요송 역시 흔들리는 배에서 몸을 날려 금태보를 뒤따랐다.

"오를 수 있겠소?"

금태보가 깎아지르듯 서 있는 절벽을 보며 물었다.

"달리 길이 없소이까?"

석요송이 되묻자 금태보가 살짝 눈살을 찌푸렸다. 아마도 비록 인검으로 내정된 자이긴 하지만 약관을 갓 넘은 석요송의 말투가 못마땅한 모양이었다. 그러나 인검은 소도주의 분신이다.

그러니 나이를 핑계로 말투를 탓할 수는 없었다.

"저게 보이시오?"

금태보가 마음을 가라앉혔는지 손을 들어 절벽의 한쪽을 가리켰다. 그러자 희미하게 다른 곳과 색이 다른 곳이 보였다. 변색이 된 부분은 아래에서부터 정상까지 이어져 있었는데 멀리서 보면 마치 절벽이 갈라져 생긴 틈처럼 보였다.

"길이오?"

석요송이 물었다. 그러자 금태보가 고개를 끄덕였다.

"그렇소. 정봉에 오르는 길은 모두 다섯 개, 그러나 모두 저 모양이니 길이라고 할 수 없을 거요. 일반인들에게는 소용이 없고, 공력이 고강한 사람들은 저 길을 따라 정상에 오를 수 있소. 다른 곳에 비해 디딜 곳이 많아 두려움만 없다면 수월하게 오를 수 있을 것이오."

"어려운 일은 아니구려."

석요송의 대답에 금태보가 힐끗 석요송을 한 번 본 후 서둘러 걸음을 옮기며 말했다.

"따라오시오."

길이라고는 하지만 금산 정봉에 오르는 길은 길이 아니었다. 그저 절벽의 다른 부분에 비해 조금 발 디딜 곳이 많은 것뿐이었다. 그러나 그것만으로도 고수들에게는 큰 도움이 된다.

발끝으로 비집고 나온 바위들을 차며 석요송이 금태보의 뒤를 따랐다. 금태보는 하루 이틀 다닌 길이 아니라 그런지 능숙하게 절벽을 올랐고, 석요송 역시 인검오관의 수련 중 절벽을 오르는 수련을 일 년 넘게 했던 터라 어렵지 않게 금태보의 뒤를 따를 수 있었다.

두 사람은 채 일각이 지나지 않아 절벽의 끝에 도달했다. 절벽 끝에 도달하자 누가 먼저랄 것도 없이 신형을 날렸다. 그러자 가파른 절벽과는 전혀 다른 풍경이 눈에 들어왔다.

사방으로 삼십여 장 넓이는 족히 되어 보이는 공터가 있었다. 낮은 풀들이 양모처럼 깔려 있어 신발을 벗고 걸어도 발이 상할 것 같지 않은 초지다. 그 초지 가운데 다섯 그루의 소나무가 허리를 굽히고 서 있었다. 높이 자라지 못하고 땅을 친구 삼아 옆으로 넓게 퍼진 소나무들이 그 아래로 넉넉한 그늘을 만들었다. 그 그늘 아래 그들이 있었다.

열여섯 명의 고수, 수백 년 금문의 맥을 이어온 그들이 그곳에서 석요송을 바라보고 있었다. 몇몇은 눈에 익었다.

대막에서 청도까지 동행한 장로 궐후가 그랬고, 대막에서 잠시 마주친 남종의 장로 무탕 또한 보였다. 그리고 금불현의 조부인 금무해 역시 너그러운 시선으로 석요송을 바라보고 있었다.

또한 개중에 몇은 비록 이야기를 나눠본 적은 없지만 청도 금온의 처소에서 한두 번 마주친 사람도 있었다. 그러나 석요송의 눈에 익은 사람은 채 다섯을 넘지 않았다. 나머지 장로들은 날카롭고 생경한 시선으로 석요송을 응시하고 있었다.

석요송은 온몸에 소름이 돋는 것을 느꼈다. 본래 무겁고 진중한 성정의 석요송이었지만 열여섯 명의 고수가 흘려내는 기운, 특히 그 안에 섞여 있는 몇몇 적의를 담은 기운들은 그를 본능적으로 긴장시켰다.

"오너라!"

먼저 입을 연 것은 역시 금온이었다. 오늘 금온의 모습은 다른 때와 사뭇 달랐다. 남봉을 떠날 때만 해도 곧 쓰러질 것 같던 몸이 금산 정봉에서 신령한 기운을 얻은 것처럼 생생하게 살아 나 있었다.

석요송이 금온의 부름에 금태보 곁을 떠나 십여 걸음 앞으로 걸어 나와 금문십육사 앞에 섰다.

"이 아이가 바로 인검이오. 석문 출신이며 석묘문의 아들이오. 석가를 떠난 지는 십 년, 석가와는 이 아이를 끝으로 인연을 정리하기로 약속했소. 수련을 마친 것은 채 일 년이 되지 않소."

십육사에게는 숨기는 것이 없어야 한다고 생각하는지 금온이 석요송의 내력을 짧지만 정확하게 설명했다. 그러자 금문의 장로들 중 석요송의 내력을 모르고 있던 자들 몇몇이 나직하게 웅성거렸다.

그러기를 얼마 금온의 좌측으로 세 번째 자리에 앉아 있던 호목의 노인이 입을 열었다.

"진정 석가를 놓아주실 생각이십니까?"

"그렇소."

금온이 단호하게 대답했다.

"그러나 단지 한 사람을 얻기 위해 석가를 놓아준다는 것은 너무 큰 손실이 아닐지요?"

말은 정중했지만 금온의 결정을 추궁하는 목소리가 단호하다. 그러자 노인을 보며 금온이 물었다.

"천명 노제는 석문 일족과 금문의 인연이 계속 이어질 수 있을 거라 생각했소?"

'천명, 금천명이라면 들은 이름이군. 소도주와 대적할 삼인 중 하나라고 했지?'

석요송이 시선을 돌려 호목의 노인을 유심히 살폈다. 결코 가벼운 사람이 아니다. 호방하게 보이면서도 빈틈이 없다. 금온에 미치지는 못하겠지만 뛰어난 인물임은 분명하다.

"그야… 물론 어려운 일이지만 석문을 놓는다는 것은 본문에 너무 큰 손실이지요."

금천명, 북종의 거두인 그가 대답했다.

"석문은 이미 금문을 떠난 지 오래요. 비록 묘문에 의해 그 끈이 잠시 이어졌으나 양 파가 갈 길을 달리한 것이 수십 년 전이오. 이제 와서 계림의 연을 빌미로 석문을 매어둘 수는 없소. 그들의 반발하면 본 문의 대업은 물거품이 되고 말 것이오."

"그러나 인연을 푸는 대가로 저 아이 하나라면 너무 손해가 나는 장사가 아니올지."

이번에는 조금 말라 보이는 노인이 말했다.

"자명 노제는 내가 저 아이를 어떻게 얻었는지 아시나?"

금온의 말투가 조금 더 편해졌다. 그런데 자명이란 이름 또한 석요송에게 익숙하다. 금자명은 금무해가 말한 남종의 우두머리다. 역시 소도주 금령을 위협할 인물 중 하나였다.

"방금 전 도주께서 금문과의 연을 정리하는 대가로 저 친구를 얻으셨다 하지 않으셨습니까?"

"물론 명분은 그랬지. 하지만 난 그 거래를 성사시키기 위해 토하곡주의 한 팔을 잘랐네."

순간 장내의 장로들이 모두 놀란 표정으로 금온을 응시했다. 그들 중 일부는 금온에 대해 은은한 두려움을 내비치기도 했다.

"진정 그의 팔을 잘랐습니까?"

금자명이 믿을 수 없다는 듯 물었다.

"그렇다네."

"그가… 석문이 반발하지 않았습니까?"

"물론 그의 구변환공을 대단했지. 하지만 내게 한 팔을 내어주는 것을 거부할 수는 없었네. 그리고… 일단 그 직후 거래가 성사되었기에 석문의 반발도 없었네. 아마도 석승 그가 문도들의 반발을 막았을 거야. 자신의 손주를 내어주는 것으로 문도들의 평안을 구한 것이지. 과연 정도를 따르는 석문의 문주다운 결정이 아닌가?"

금온의 말에 장로들이 저마다 고개를 끄덕였다. 그런데 그때 금천명이 다시 진중한 어조로 입을 열었다.

"그런데 그렇게 강압으로 데려온 아이에게 인검의 자리를 주어도 되겠습니까? 본문에 대해 반감이 있을 터인데……?"

"저 아이는 약속을 지킬 거요. 마음속으로야 어찌 생각할지 모르지만."

"어찌 그리 확신하시는지요?"

"저 아이가 석문의 아이기 때문이오. 묘문도 그렇고… 석문의 사람이 언제 약속을 어기는 것을 보았소? 약속은 언제나 우리 금문이 어겼지."

"그렇긴 하지만……."

"더군다나 난 저 아이에게 석문과의 연을 끊는 뜻으로 석씨 일족을 감시하던 본 문의 눈들을 거둬들이겠다고 약속했소. 그 명은 이미 천하에 전해져 더 이상 석씨는 우리 금문의 눈에 들어오지 않소."

"그, 그것은……?"

금천명이 반발하려는 듯한 표정을 짓다가 입을 다물었다. 금온의 눈이 찌를 듯 그를 바라보고 있었기 때문이었다.

"그게 십육사의 동의가 필요한 일이었다고 생각하오?"

"물론 그렇지는 않지요. 천하로 흩어진 석씨 일족을 다시 금문의 눈에 거둔 분은 도주시니 그 처분 역시 도주님이 결정할 일이지요."

"그렇게 생각해 주니 고맙소. 사실 이 일은 그대들에게도 좋은 일 아니오? 그대들은 석씨 일족이 다시 금문의 일에 관여해 나와 금령의 힘이 되는 것을 꺼려하지 않았소?"

금온이 빙그레 미소를 지으며 물었다.

"어, 어찌 그런 말씀을……!"

"하하하, 농이오, 농……! 어쨌든 나와 저 아이는 그리 거래를 하였소. 이제 십육사의 승인만 있으며 저 아이는 정식으로 령의 인검이 될 것이오. 모두 알다시피 저 아이가 령의 인검이 된다는 것은 곧 령의 분신이 된다는 의미요. 다시 말해 령이 할 수 있는 모든 일을 저 아이도 할 수 있다는 의미요. 그래서 십육사의 승인이 필요한 것이고… 단순히 호위무사를 뽑는 정도라면 금산지회에서 거론할 일이 아닐 것이오. 자! 이제 의견을 듣겠소."

금온이 자신이 할 말은 다했다는 듯 등을 의자 뒤로 묻었다.

그러자 잠시 장내에 침묵이 흘렀다. 열여섯 명의 노인은 간혹 석요송을 보기도 하고 또한 금온의 눈치를 살피기도 했다.

금천명과 금자명 역시 침묵을 지키고 있었는데 그들은 두 눈을 감고 뭔가를 골똘히 생각하는 듯 보였다. 그런데 그때 문득 노회한 여고수가 입을 열었다.

"인검이란 직책은 역대 금문에 없었던 지위지요."

여고수가 입을 열자 금온조차 정색을 하며 여인을 응시했다. 석요송은 입을 연 여고수가 누구인지 알고 있었다. 그를 청도에서 보았기 때문이었다. 여고수의 이름은 파사, 금문십육사 중 여고수는 둘뿐이었는데 바로 그중 한 명이 정종의 파사였다.

"아마도 인검이 탄생하게 된 이유는 소도주가 여인이기 때문일 것입니다. 태상장로께서도 이 사실을 부인하지는 않으시겠지요?"

"그렇소."

금온이 무겁게 고개를 끄덕였다.

"그건 곧 인검이 소도주를 지켜야 한다는 말이겠지요?"

"그렇소. 그러나 사실 난 인검에게 소도주의 안위를 부탁하고 싶은 것은 아니오. 왜냐하면 령의 무공은 누구의 보호를 받을 단계가 지났소. 나조차도… 수년 뒤에는 령을 감당할 수 없을 것이오."

"그렇다면 태상장로께서 인검에게 원하시는 것은 무엇인지요?"

"솔직히 말하겠소. 사실 내가 인검에게 바라는 것은 많지 않소. 단지 령이 금문의 온전한 주인이 되기 전까지 령의 곁에만 있어주면 되오. 강한 자의 모습으로 말이오. 사람들은 령이 여인이라는 이유만으로 금문의 수장이 되는 것을 우려하고 있소. 그러나 령의 능력은 금문의 문도 중 제일이고 천하무림을 둘러봐도 그만한 능력을 지닌 자는 없소."

금온이 서슬이 퍼런 표정으로 말했다. 아마도 그건 십육사에게 금령의 강함을 특별히 각인시키려는 이유일 터였다.

"그럼에도 불구하고 사람들은 령의 능력을 믿지 못할 거요. 령이 스스로 자신의 능력을 증명할 때까지는 말이오. 그래서 그때까지 인검이 령의 곁에 있기를 바라는 것이오. 시간이 지나 사람들이 령의 능력을 알게 된다면 그때는 아마도 인검은 무척 한가해 질 거요."

금온이 말을 멈추고 사람들의 기색을 살폈다. 그러나 누구도 얼굴에 자신의 감정을 드러내는 사람은 없었다. 그러자 다시 금온이 말을 이었다.

"그래서 하는 말인데 인검은 비록 금문에 속한다 해도 금문의 예속되지는 않을 것이오. 따라서 그는 오직 령의 명만을 따를 것이오. 그는 금문에서 자유롭소. 령 이외에 누구도 그를 통제할 수 없고, 그 또한 령의 명 말고는 금문의 다른 일에 관여치 않을 것이오."

'역시 날 경계하는 건가?

석요송은 이미 얼마 전부터 금온의 말과 행동이 지난날과 다르다는 것을 느끼고 있었다. 과거 그는 석요송에게 금령의 그림자가 되어 금문과 천하를 얻으라고 말했었다. 그런데 지금은 오히려 인검의 역할을 축소하려 하고 있었다. 얼핏 보면 약속대로

석요송을 금문으로부터 자유롭게 해주려고 하는 말 같았지만
또 달리 보면 금문에서 석요송의 입지를 제약하는 말이기도 했
던 것이다.

　'왜일까?'

　갑작스런 금온의 경계가 낯선 석요송이다. 그러나 이 자리에
서 그 궁금증을 풀 수는 없었다.

　"그렇군요. 하지만 그렇다고는 해도 결국 인검은 소도주의
대행자로서의 역할을 하게 되겠지요?"

　"그렇게 될 것이오."

　금온이 부인하지 않고 고개를 끄덕였다.

　"그가 소도주의 대리인으로서 활동을 하려면 문도들에게 그
만한 능력이 있음을 증명해야지 않을까요? 금문도들은 호가호
위하는 인물이 인검이 되는 것을 원치는 않을 것입니다."

　"파 장로는 이미 그가 인검오관을 통과한 것을 알고 있지 않
소?"

　"물론 전 그의 능력을 알고 있지요. 그러나 다른 장로님들과
문도들은 다르지요."

　"시험을 하자는 말이오?"

　"바로 그렇습니다."

　"음… 진정 그에 대한 시험이 필요하다고 생각들 하시오?"

　금온이 무거운 표정으로 좌중의 십육사를 둘러보며 물었다.
그러자 지금껏 침묵을 지키고 있던 금천성이 입을 열었다.

　"제 생각도 파야 장로와 같습니다. 물론 태상장로께서 인검
으로 인정한 자이니 그 능력을 의심치는 않습니다. 그러나 다른

문도들은 다를 것입니다. 더군다나 그의 나이 이제 겨우 약관을 지났습니다. 소도주가 여인이기 때문에 우려를 낳고 있는 상황입니다. 그 우려를 불식시키기 위해 인검을 세우는 것인데 그의 나이 이제 겨우 이십대 초반이라면 태상장로께서 인검을 세우신 뜻이 어그러질 수도 있습니다.”

금천성의 말에 금온이 잠시 생각에 잠겼다가 입을 열었다.

“다른 분들도 같은 생각이오?”

금온의 질문에 장로들이 고개를 끄덕여 대답을 대신했다. 그러자 금온이 어쩔 수 없다는 듯 입을 열었다.

“좋소. 모두의 뜻이 그렇다면 그리합시다. 그런데 어떻게 그의 능력을 증명하면 되겠소?”

그러자 기다렸다는 듯이 금자명 입을 열었다.

“무인이 능력을 증명하는 데에는 비무만 한 것이 없지요.”

“비무라… 나쁘지 않군. 그래 누가 그를 시험할 것이오? 여러 분 중 그를 시험하고픈 사람이 있소?”

금온이 십육사를 돌아보며 물었다. 그러자 다시 금자명이 지체하지 않고 대답했다.

“아무리 그의 능력이 출중하다 해도 우리 장로들이 직접 나설 수는 없지요. 마침 제게 좋은 인물이 떠올랐습니다.”

“누구요?”

“금산 인근의 금옥에 흑수마혼이 있지 않습니까?”

第二章 둘째 날·흑수마혼

“정말 흑수마혼, 그자를 불러낸다고 했단 말입니까?”

금불현이 놀란 표정으로 물었다.

“대단한 자인가?”

석요송의 되물었다.

“대단… 하지요. 그런데 흑수마혼이라니…….”

금불현이 생각지 못했던 일이라는 듯 중얼거렸다.

“어떤 자지?”

석요송이 묻자 호천단주 범교가 대답을 대신했다.

“과거 도주께 살수를 전개했던 자요.”

“살수란 말입니까?”

“살수는 아니에요. 금문의 사람이에요.”

금불현이 대답했다. 그러자 범교가 재빨리 덧붙였다.

"십오 년 전 그는 암중에 세력을 길러 도주께 반란을 꾀했소. 사실대로 말하자면 흑수 인근에 자신만의 새로운 문파를 개창하려 했소. 계림 부활이라는 금문의 업에서 떠난 자유로운 자신만의 문파 말이오. 그 일에는 북종의 일부가 관여했는데 당시 도주께선 금문의 태상장로가 되신 이후 가장 처절한 토벌을 했었소. 당시 북종의 세력은 정종을 능가하고 있었으나 그 일로 인해 큰 타격을 입고 태상장로님께 온전히 복종하게 된 것이오. 전화위복이라고나 할까."

범교의 설명에 석요송이 고개를 끄덕였다. 그러다가 문득 의아한 표정을 지으며 물었다.

"그런데 그런 자를 살려두었단 말입니까?"

"가끔은 사는 것이 죽는 것보다 더 치욕적이고 고통스러운 때가 있지 않소? 금산 근처의 뇌옥에서 죽음보다 더한 치욕 속에 목숨을 부지하고 있소. 그의 전신에 매달고 있는 쇠사들이 이백 근이 넘는다고 하더이다."

"본보기를 보인 것이군요."

"그렇소. 그런데 그자를 끌어내려 하다니. 과연 장로들이 부단주를 무척 경계하는 것이 분명하구려."

범교가 걱정스런 표정으로 말했다. 그러자 석요송이 잠시 생각에 잠겼다가 물었다.

"그의 무공은 어떻습니까?"

"글세… 솔직히 그의 무공에 대해 자세히 아는 사람은 아무도 없소. 그를 토벌할 때 도주님께서 그를 직접 제압하셨는데 그 광경을 본 자가 아무도 없었소이다. 들리는 소문에 의하면 기이한 신경을 얻어 마공이 극에 이르렀다고도 하고, 혹은 그 신경의 기운을 이기지 못하고 화기가 뇌를 침범해 제정신이 아니라고 하기도 하고… 하긴 미치지 않고서야 감히 태상장로께 반기를 들을 수 있었겠소? 어쨌든 당시 그의 주변에 모여든 자들의 구름과 같았다고 하니 필시 대단한 무위를 지니고 있을 거요."

"무공을 폐쇄하지 않은 것이 이상하군요."

석요송의 말에 이번에는 금불현이 말했다.

"그건 도주께서 그의 무공이 하도 기이하여 그 무공의 비밀을 얻어내기 위해 일부러 그의 무공을 남겨 두었다고 하더군요."

금불현의 말을 들으며 석요송은 흑수마혼이란 자에 대한 걱정보다는 호기심이 앞섰다. 도대체 어떤 무공이기에 금온이 반역자를 살려두었나 싶었던 것이다.

"아무튼 조심하시오."

범교가 무거운 목소리로 충고했다.

둥!

금산에 다시 북소리가 울렸다. 그러자 동쪽으로 이어진 물길을 따라 한 척의 배가 강을 거슬러 올랐다. 북소리에 곳곳의 석굴에 들어가 있던 자들이 일제히 모습을 드러냈다. 온통 검은색으로 칠해진 배는 금산 정봉을 둘러 흐르는 두 개의 물길 중 아래쪽 물길을 따라 이동하더니 남봉과 조봉으로 불리는 동쪽 봉우리 사이에 정박했다.

배가 정박하자 사람들이 일제히 그 방향으로 움직이기 시작
했다. 석요송 역시 금불현과 함께 배가 정박한 곳으로 떠나자
문득 금령이 자신의 거처에서 모습을 드러냈다. 그러고는 흑수
마혼을 상대하기 위해 산을 내려가는 석요송의 뒷모습을 물끄
러미 바라보는 것이었다.

쩔렁쩔렁!
쇠사슬 부딪히는 소리가 수십 장 밖에서도 들려왔다.
"크하하!"
뒤이어 광인의 웃음소리도 들려왔다. 그 광소만으로도 사람
들의 오금을 저리게 만든다. 그러나 금산에 든 자들은 하나같이
강호에 나서면 일류고수 소리를 들을 사람들이다. 쇠사슬에 얽
어 매여진 광인의 웃음소리를 두려워하는 사람은 많지 않았다.
석요송은 정박한 배에 설치된 나무로 만든 옥 안에서 야수처
럼 광소를 흘려내는 사람을 바라보며 걸음을 옮겼다. 나이도 짐
작할 수 없고, 남녀를 구분할 수도 없었다. 아니 옥에 있는 자가
사람인지 짐승인지조차도 알아볼 수 없었다.
사내는 머리가 허리까지 자라 있었는데 기이하게도 머리카락
에서 붉은빛이 감돌았다. 좀 더 가까이 다가가자 사내의 얼굴이
눈에 들어왔다. 머리와 함께 자란 수염이 아래 얼굴을 모두 가
리고 있었는데 그 눈에서 붉은 염기를 흘려내는 것이 흑수마혼
이란 별호가 딱 들어맞는 그런 사내였다.
"생각보다 젊죠?"
금불현이 나직하게 속삭였다.

"그렇군."

"하지만 나이는 많아요. 팔십이 넘은 나이죠."

"팔십이 넘었다고?"

"예, 그가 젊어 보이는 것은 그가 수련한 무공 때문이라고 해요. 양기가 충만한 무공인데 덕분에 나이에 비해 젊게 보이는 거죠."

"기이하군."

"그렇죠?"

"쉽지는 않겠어."

석요송의 말에 이번에는 금불현이 놀랐다. 석요송이 이렇게 경계를 하는 인물은 그동안 본 적이 없었다.

"이길 수는 있는 거죠?"

"승패를 가늠할 수 없어."

"그렇게 강한 자인가요?"

"도주를 상대했던 자라며?"

"그렇긴 하지만……."

금불현이 조금 걱정스런 표정으로 말꼬리를 흐릴 때 금산지 주 금태보가 다가왔다.

"어서 오시오. 장로님들이 기다리고 계시오."

"십육사 어른들도 나오셨나요?"

금불현이 석요송을 대신해서 물었다. 그러자 금태보가 대답했다.

"당연한 일 아니오? 이 비무를 제안한 분들이 그분들이니… 도주님과 몇 분을 제외하고는 모두 나와 계시오."

금태보의 말에 금불현이 고개를 끄덕였다. 그러자 금태보가 눈짓으로 석요송의 걸음을 재촉했다. 석요송이 순순히 금태보를 따라 걸음을 옮겼다.

남봉과 조봉 사이로 흐르는 개울가 옆 초지에 근 일백여 명의 사람이 모여 있었다. 아마도 이번 금산지회에 참가한 사람들 중 칠 할은 족히 모인 것 같았다. 그런데 그들은 인검의 무공도 무공이지만 오히려 흑수마혼에게 더 관심이 쏠려 있는 듯 보였다. 석요송이 사람들이 모여 있는 초지에 들어섰음에도 그들의 시선은 석요송이 아닌 배 위의 괴인 흑수마혼에게 쏠려 있었다.

"어서 오게."

석요송을 맞이한 것은 금자명이다. 호리한 체구에 능란한 얼굴을 지닌 금자명의 목소리가 자못 부드럽다. 금산 정봉에서 처음 볼 때와는 사뭇 다른 모습이었다.

석요송이 금자명을 포함한 십여 명의 장로에게 가볍게 고개를 숙여보였다. 그러자 금자명이 은근한 목소리로 물었다.

"그를 보았나?"

"흑수마혼 말입니까?"

"그렇다네."

"보았습니다."

"어떻던가?"

"두려운 자더군요."

석요송이 덤덤하게 대답했다. 두려워서 자신이 없다는 건지, 아니면 두려워도 자신이 있다는 건지 내심을 구분할 수 없는 대답에 금자명이 모호한 표정을 짓다가 다시 입을 열었다.

"비무를 포기하고 싶다면 지금이라도 늦지 않았네."

금자명의 말에 석요송이 무심하게 대답했다.

"그건 석씨의 방식이 아니지요."

"그… 렇군."

금자명이 약간의 적의가 느껴지는 목소리로 말하고는 이내 신형을 돌려 자신의 자리로 돌아갔다. 그러자 금산지주 금태보가 장로들을 보며 물었다.

"그를 데려오겠습니다."

"그러게."

대답을 한 사람은 금천명이다. 금온이 없는 곳에서 금천명은 마치 자신이 금문의 태상장로가 된 것 같은 모습을 보이고 있었다. 금천명의 대답이 떨어지자 금태보가 배가 있는 쪽으로 다가가서니 서늘한 목소리로 입을 열었다.

"죄인을 내려라!"

금태보의 말에 배에 타고 있던 거친 인상의 사내들이 흑수마혼이 들어 있는 옥문을 열었다.

"나오너라!"

"흐흐흐, 햇빛을 본 것으로도 황송한데 두 발로 싱싱한 땅을 밟게 해주다니. 정말 내게 한 말이 사실이었군."

괴인이 실소를 흘리며 옥을 벗어났다. 그러자 옥을 지키던 자들이 본능적으로 두세 걸음 뒤로 물러났다. 그들의 손에는 언제라도 흑수마혼을 향해 휘두를 준비가 끝난 도검이 들려 있었지만 두려움은 쉬이 가시지 않는 모양이었다.

“내려가라.”

검을 든 자가 위협하듯 말했다.

“크하하, 고맙군. 고마워!”

흑수마혼이 앙천대소를 터뜨리며 배에서 내려왔다. 그러자 금태보가 흑수마혼 앞으로 나섰다.

“날 알아보겠느냐?”

“요런 버르장머리없는 애송이를 보았나? 내가 태상장로와 금문의 주인 자리를 놓고 겨룰 땐 넌 머리에 피도 마르지 않았던 애송이였지 않느냐. 금태보!”

“흥, 당시 난 당신의 수하 수십을 베었다.”

“오냐, 장하구나. 독에 당해 힘 잃은 형제들을 베어 놓고서 자랑스러워하는 꼴이라니. 널 상대하고 싶은 생각은 없어. 보자. 저기 말을 섞을 만한 자들이 나와 있군. 안내하거라.”

흑수마혼이 금천명 등을 발견하고는 아랫사람 다루듯 금태보에게 말했다. 그러자 금태보가 차가운 살기를 드러내며 흑수마혼을 쏘아보다가 신형을 돌려 장로들이 있는 곳으로 걸음을 옮겼다.

철렁철렁!

흑수마혼이 움직일 때마다 이백 근 쇠사슬이 요란하게 울음을 울었다. 그럼에도 불구하고 흑수마혼은 마치 맨몸으로 걷는 것처럼 가볍게 걸음을 옮겼다. 흑수마혼이 지나간 자리에 쇠사슬이 쓸린 자국이 깊게 패였다. 그 공력의 고강함을 한눈에 알아볼 수 있는 모습이었다.

“모두들 오랜만이구려.”

장로들이 있는 곳에 도착한 흑수마혼이 호탕한 목소리로 소리쳤다. 그러자 장로 궐후가 차갑게 일갈했다.

“갈! 감히 죄인 주제에 오만방자하구나.”

“껄껄껄! 이제 보니 궐후 그대군. 자네도 많이 늙었네. 그래도 오랜만에 본 친구에게 너무 박하지 않은가?”

“난 너와 같은 친구를 둔 적이 없다.”

“이거 섭섭하군. 그래도 한때 같이 술잔을 기울이던 사인데… 두 분 노형들께서도 안녕하시오?”

흑수마혼이 이번에는 금천명과 금자명을 보며 물었다. 그러자 금자명이 부드러운 목소리로 대답했다.

“보다시피 이제 늙어서 서 있을 기운도 없네. 그런데 노제는 그동안 더욱 젊어진 듯하군.”

“하하하, 나야 토굴에 갇혀 힘 쓸 곳이 없으니 당연히 힘이 넘치지요.”

“좋아. 그럼 오늘 그 힘을 좀 써보시게.”

“정말 비무를 하란 말이우?”

흑수마혼이 의심어린 표정으로 물었다.

“이야기를 전해 들었을 텐데?”

“흐흐, 정말인 줄은 몰랐소. 그런데 비무라면 당연히 승자에 대한 보상이 있어야 할 텐데. 설마 내가 이긴다고 날 풀어주지는 않을 거고… 일찍 죽여주기라도 할 거요?”

“죽고 싶나?”

“흐흐, 그 뇌옥에서 벌써 십오 년째요. 빛을 보지 못하고 사는 자의 고통을 아시오?"

"자업자득이지."

이번에는 금천명이 말했다.

"하하하, 금천명 장로께서 그리 말하시면 안 되지요."

"무슨 소린가?"

"후후, 당시 날 부추긴 사람 중에 한 명이 천명 노형이 아니오?"

쿵!

순간 금천명의 발이 땅을 굴렀다. 그러자 지진이 난 듯 땅이 흔들렸다.

"어디서 망발을 지껄이느냐?"

"흐흐흐, 망발이라… 뭐, 뇌옥에 갇힌 미친놈이 무슨 소리를 못하겠소. 어쨌든 조건이나 들어봅시다. 이기면 뭘 줄 수 있소?"

"네 무공을 폐하겠다."

"그리고?"

"지상의 옥에 살게 될 거다."

"소인배들 하고는… 무공을 놓아두고는 지상으로 끌어내는 것이 두렵단 말이군. 뭐… 어차피 무공이야 쓸 일이 없으니 없어도 그만 있어도 그만! 하지만 햇빛은 소중하지. 따스하게 죽을 수 있다니 좋은 조건이오. 좋소, 비무를 하리다. 상대는?"

흑수마혼이 물었다. 그러자 금천명이 손을 들어 한쪽에 서 있는 석요송을 가리켰다. 순간 흑수마혼의 얼굴이 일그러졌다.

"지금 날 모욕하는 거요?"

그의 얼굴이 살기로 번뜩인다. 석요송의 나이 어림을 보고 장로들이 자신을 농락하는 것이라고 생각한 모양이었다.

"성급하군. 그 성급함이 자네의 꿈을 앗아갔지."

"그래서 지금 나더러 저 애송이랑 재롱이라도 떨라는 말이오?"

"그는 애송이가 아니야. 그는 태상장로께서 키운 인검이다!"

"인검(人劍)!"

흑수마혼이 나직하게 탄성을 흘렸다. 그러고는 새삼스런 눈으로 석요송을 바라보다 불쑥 입을 열었다.

"인검이라면… 상대할 만하지. 그런데 인검이라면 왜 나와 비무를 하게 하는 거요? 죽을 지도 모르는데?"

흑수마혼은 석요송을 제압할 자신이 있는 모양이었다.

"시험이지."

"흐흐, 시험치고는 지독한 시험이구려. 나를 상대하게 하다니… 누가 머리를 쓴 거요?"

흑수마혼이 십육사를 주욱 둘러봤다. 그러나 누구도 그의 물음에 답을 하지 않았다. 대신 금천명이 석요송을 보며 물었다.

"준비는 되었나?"

금천명의 물음에 석요송이 대답없이 고개를 끄덕였다. 그러자 금천명이 이번에는 흑수마혼을 보며 물었다.

"자네는?"

"언제든지!"

"검은 필요없나?"

"검은 무슨, 이것이면 족하오."

철렁!

흑수마혼이 자신의 몸을 묶고 있는 쇠사슬을 양손으로 들어 올리며 말했다.

"좋아. 그럼 시작하지."

금천명이 고개를 끄덕이자 장내의 사람들이 석요송과 흑수마혼 두 사람을 남겨두고 모두 뒤로 물러났다. 그러자 흑수마혼이 쇠사슬을 들어 올리며 석요송을 가만히 바라보다 입을 열었다.

"이상하군."

"……?"

"어디서 본 것 같아."

"난 처음이오."

석요송이 대답했다. 그러자 흑수마혼이 머리를 긁적이며 중얼거렸다.

"아니야. 언제가 분명 보았는데… 젠장 그 망할 놈의 무공을 익힌 후에는 머리가 완전히 망가져 버렸다니까. 예전에는 나도 제법 똑똑하단 소리를 들었는데. 보자… 으음……!"

흑수마혼이 두 손으로 머리를 휘어 감고는 고통스런 신음성을 흘렸다. 아마도 뭔가를 생각해 내려면 머리에 통증이 오는 모양이었다. 그때 멀리서 금천명의 목소리가 들렸다.

"괜한 고생하지 말게. 그는 석가의 핏줄이야. 묘문의 아들이지!"

순간 흑수마혼의 눈이 크게 떠졌다. 그뿐이 아니었다. 석요송의 정확한 내력을 모르고 있던 장내의 고수들 역시 석요송이 석묘문의 아들이란 소리에 놀라 소란스레 웅성거리기 시작했다.

“묘문, 석묘문……! 하하하, 바로 그의 아들이었어? 어쩐지 눈에 익다 했지.”

흑수마혼이 고개를 끄덕였다. 그러나 석요송은 여전히 말이 없다.

“아이야, 반갑구나. 묘문과 나는 과거 제법 친분이 있었지. 묘문이 그렇게 비명횡사한 것이 내가 도주와 맞서게 된 한 이유이기도 할 정도로 말이야.”

흑수마혼의 말을 들으며 석요송이 고개를 갸웃했다.

‘이상한 일이야. 금문에서는 만나는 사람마다 아버님과 친했다고 말하는군. 정말 궐장로님의 말처럼 아버님은 사람들의 인망을 얻을 만한 인품을 지니고 계셨나 보군.’

석요송이 속으로 생각하고 있을 때 다시 흑수마혼이 입을 열었다.

“그가 석씨인 것이 아까웠지. 그가 금문의 사람이었다면 그는 아마도 금문의 주인이 되었을 거야.”

“비무를…….”

석요송이 검을 들어 올렸다. 그러자 흑수마혼이 지금까지와는 달리 나직한 목소리로 말했다.

“하하! 성정조차도 닮았군. 그런데 아이야. 네 아비가 어찌 죽었는지는 아느냐?”

“계림혈사에 대한 이야기는 들었소.”

“흐흐흐, 물론 들었겠지. 그러나 귀로 듣는 것이 진실의 전부는 아니란다.”

순간 석요송의 눈빛이 번뜩였다.

'아버님의 죽음에 다른 이유가 있었나?'

석요송의 눈에 드러난 의구심을 흑수마혼이 놓치지 않았다.

"알고 싶으냐?"

"말해주겠소?"

"지금은 어렵지. 눈과 귀가 좀 많아야지."

"그럼 비무나 합시다."

"그 당당함까지. 비무가 끝나면 다시 한 번 날 만날 기회를 만들 거라. 은밀하면 더 좋지. 묘문의 아들이니 네 목을 베지는 않으마. 그러나 팔다리 하나쯤은 상할 수도 있어. 왜냐하면 내가 수련한 이 무공은… 지랄 같거든. 일단 진기가 돌기 시작하면 나도 잘 제어가 안 돼. 어떤 미친 늙은이에게 배운 건데… 무슨 화마의 무공이라던가? 그 늙은이 말을 전부 믿을 수야 없지만 어쨌든 무서운 무공이야. 내게 가르쳐 준 것은 겨우 그 무공의 두 개 구결이라고 했는데 난 미처 그 두 개 구결도 완성하지 못했지. 만약 도주를 상대하기 전에 화산범해를 완성했다면 이 지경이 되지는 않았을 텐데."

흑수마혼이 탄식하듯 중얼거렸다. 그러나 석요송은 흑수마혼의 말에 아무런 대답을 하지 않고 묵묵히 검을 들어 올렸다. 그 모습을 보고 있던 흑수마혼이 고개를 끄덕였다.

"좋구나. 과연 인검이다. 나도 최선을 다하마. 아무리 네가 묘문의 아들이라 해도 비무를 허투루 하지는 않아. 네가 이 비무에서 얻는 것이 있기를 바라마!"

흑수마혼이 정색을 하며 말했다. 순간 석요송은 이자가 단지 정신 나간 광인인 것만은 아님을 깨달았다. 그는 무인이었으며 한 경지를 이룬 고수였던 것이다.

　석요송이 크게 숨을 들이쉬었다. 보는 것만으로도, 그 기운을 느끼는 것만으로도 가슴이 답답해져 오는 흑수마혼이다. 그의 앞에서 검을 들기조차 힘겨웠다. 뜨거운 불덩이 같은 흑수마혼의 존재는 본능적으로 두려움을 만들었다.
　"후욱!"
　차가운 공기가 폐를 통해 들어오자 대정심공이 단전을 벗어나 뛰는 심장을 가라앉혔다. 그러자 흑수마혼의 기운으로부터 몸과 정신이 자유로워졌다.
　우둑!
　긴장했던 뼈와 근육이 이번에는 구변환공의 기운으로 풀어졌다. 그러자 이제 석요송은 비무를 시작할 완벽한 몸 상태를 이뤘다.
　"대단해!"
　흑수마혼이 누런 이를 드러내며 웃었다. 석요송이 자신의 기세를 이겨내는 것을 보고 감탄한 듯 보였다. 그러나 다음 순간 태산을 무너뜨릴 듯한 기세로 외치며 석요송을 향해 날아들었다.
　"힘을 보자!"
　흑수마혼이 움직이자 그의 몸에 매달려 있던 쇠사슬들도 함께 움직였다.
　우웅!
　십여 갈래의 쇠사슬이 마치 흑수마혼의 팔과 다리인 것처럼 허공을 가로질러 석요송을 덮쳐 왔다. 순간 석요송의 몸이 흔들렸다.

스슥!

석요송이 뿌연 잔영을 남기며 흑수마혼이 휘두른 쇠사슬 사이를 빠져나왔다.

"보법도 놀랍구나!"

흑수마혼이 감탄하면서도 몸에 매달린 쇠사슬을 휘둘러 석요송을 재차 공격했다. 치렁치렁한 쇠사슬들이 한 올 한 올 살아나와 석요송을 몸을 쓸어왔다.

"환!"

순간 석요송의 입에서 한마디 외침이 터져 나왔다. 동시에 그의 검이 유려한 곡선을 그리더니 자신을 향해 다가드는 쇠사슬을 휘어 감았다.

'웃!'

흑수마혼의 쇠사슬을 천광검 환의 초식으로 물리치려 했던 석요송이 내심 당혹한 신음성을 흘렸다. 흑수마혼의 쇠사슬에 깃든 힘은 그가 상상했던 것 이상이어서 환의 초식으로도 그 방향을 완전히 틀어내기가 어려웠던 것이다.

쩡!

쇠와 쇠가 부딪히는 소리가 터져 나오며 석요송의 신형이 옆으로 흘러나갔다. 그가 있던 자리로 여러 갈래의 쇠사슬이 한번에 떨어져 내렸다.

퍼퍼퍽!

쇠사슬이 땅에 깊은 홈을 만들었다. 그 순간 석요송이 재빨리 십여 걸음 뒤로 물러났다. 그러고는 새삼스런 눈으로 흑수마혼을 바라봤다. 지금껏 천광검의 초식 앞에서 이렇게 멀쩡한 사람은 없었다. 흑수마혼은 강했다. 청도주 금온보다 강할 지도 몰랐다. 그런 자를 금온은 어찌 제압했을까.

아니 어쩌면 흑수마혼이 금온에게 잡힐 때는 지금과 같은 무공이 없었을 수도 있었다. 뇌옥에 갇혀 수십 년을 지내면서 그의 무공은 원한과 분노를 자양분으로 지금의 가공할 경지에 이르렀을 수도 있었다.

"재주가 좋구나."

흑수마혼이 석요송을 보며 말했다. 그러자 석요송이 불쑥 물었다.

"무슨 무공이오?"

"이거? 화산범해? 화기의 산이 바다를 범한다는 뜻인 것 같은데 징그럽게 강하지? 그 망할 늙은이가 제대로 가르쳐 주기만 했어도… 으음, 하여간 고약한 노인이야. 필시 이 화산범해의 구결도 어딘가 틀린 부분이 있을 거야. 완전해지지가 않거든! 망할 늙은이!"

"그가 누구요?"

"몰라. 우연히 내가 생명을 구해줬는데, 그 보답이랍시고 가르쳐 줬지. 그게 내 인생을 바꿨어. 무공이 하도 대단해서 금문의 주인을 꿈꾸게 되었거든. 그런데 몰랐던 거지. 청도주가 그렇게 대단할 줄은… 지금은 모르지만 그때는 도저히 청도주를 당할 수 없었다. 내가 때를 잘못 택한 거지. 한 십 년 쯤 기다린 후에 시도했으면… 이제야 이 만년한철을 몸에 두르고 어찌 그를 상대할까."

흑수마혼이 탄식하듯 말했다. 그런데 그 순간 석요송은 흑수마혼의 약점을 깨달았다. 그가 스스로 말했듯 근육을 뚫고 그의 몸을 휘어감은 만년한철이 바로 그의 약점이었다. 쇠사슬은 무기로 쓸 때는 유용한 병기지만 몸을 움직이는 데에는 분명한 제약이다. 흑수마혼을 상대하려면 힘보다 빠름이 필요했던 것이다.

"다시 할까?"

흑수마혼이 재미있는 놀이를 하듯 석요송에게 말하고는 다시 폭풍처럼 석요송을 덮쳐 갔다. 그러자 석요송이 이번에는 흑수마혼을 기다리지 않고 그의 쇠사슬이 닥쳐들기 전에 몸을 움직였다.

석요송이 최대한의 공력을 끌어올렸다. 그의 몸이 한줄기 바람으로 화해 흑수마혼의 주위를 맴돌았다. 흑수마혼의 쇠사슬이 석요송의 움직임을 따라 매섭게 달려들었으나 언제나 석요송 그림자만을 자를 뿐이었다.

"언제까지 도망만 다닐 것이냐?"

흑수마혼이 잡힐 듯 잡히지 않는 석요송이 얄미운지 노성을 터뜨렸다. 석묘문의 아들이기에 느꼈던 친근감도 사라진 듯 보였다. 감정의 변화가 극단적인 것은 아마도 그가 익힌 무공 때문인 듯 보였다. 그런데 흑수마혼의 노성을 듣는 순간 석요송의 손이 움직였다.

촤악!

그의 손에서 뻗어 나온 다섯 개의 지력이 교묘하게 나선을 그리며 흑수마혼의 전신사혈을 파고들었다.

"음!"

자신의 공격을 피하기만 하던 석요송의 갑작스런 반격에 놀란 흑수마혼이 신형을 틀어 석요송의 공세를 피했다. 석요송의 유뢰지가 일부는 흑수마혼을 빗겨나가고, 또 일부는 그의 쇠사슬에 부딪혔다. 그리고 그중 하나가 흑수마혼의 옷을 뚫고 들어가 그의 허벅지에 미세한 상처를 남겼다.

"좋아, 이제 싸울 맛이 나겠군."

흑수마혼이 석요송의 지력에 의해 생긴 상처를 모기가 한 번 물고 지나간 것처럼 스윽 손으로 문지르고는 투기를 일으키며 다시 석요송을 향해 날아들었다. 그러자 석요송이 다시 귀령보를 일으켜 흑수마혼의 공세를 벗어났다. 그러고는 지금까지와 마찬가지로 그의 주위를 돌며 흑수마혼에게 공격할 기회를 주지 않았다.

"호랑이가 아니라 여우였더냐?"

흑수마혼은 자신의 의도와 다르게 싸움이 전개되자 점점 더 흥분하기 시작했다. 그럴수록 그가 휘두르는 쇠사슬은 더욱 강맹해졌는데 어느 순간부터는 그 쇠사슬이 검기와 같은 기운을 뿜어내기 시작했다.

퍼퍼펑!

흑수마혼의 쇠사슬의 주변의 모든 것을 파괴하기 시작했다. 나무는 벼락을 맞은 것처럼 꺾여나가고, 바위는 산산조각이 났다. 땅은 깊게 파였으며, 공터의 옆을 흐르는 강물은 분수처럼 일어났다. 그건 마치 한여름의 태풍과 같았다.

석요송은 그런 흑수마혼의 광폭한 공세 속에서도 침착하게 그의 공격을 피해내며 기회를 노렸다. 그리고 조금이라도 흑수마혼이 빈틈을 보이면 여지없지 그를 향해 유뢰지를 뻗어냈다. 그러자 시간이 지날수록 흑수마혼의 몸에 생겨나는 상처가 늘어났다.

옷이 찢기고 선혈이 흘렀다. 그러나 흑수마혼은 전혀 자신의 몸이 상하는 것을 신경 쓰지 않았다. 오직 단 한 번, 그의 쇠사슬에 석요송이 걸려들기를 바라며 무섭게 쇠사슬을 휘두르고 있었던 것이다.

'이렇게는 승부가 나지 않겠어.'

석요송도 지금과 같은 상태로는 비무가 끝날 수 없다는 것을 알고 있었다. 그의 지력이 간간히 흑수마혼의 몸에 상처를 만들어 냈지만 그건 무인으로서 무시해도 좋을 만큼 가벼운 상처였다.

석요송이 한순간 유뢰지를 펼치는 대신 검을 뻗어냈다. 가는 실과 같은 빛줄기가 석요송의 검을 떠나 흑수마혼을 파고들었다.

쩌정!

한순간 석요송이 뻗어낸 검기가 흑수마혼의 쇠사슬을 잘라냈다. 그러면서도 동시에 흑수마혼의 몸에 좀 더 깊은 상처를 남겼다.

"으하하, 정말 재주가 많구나!"

이번의 상처는 제법 깊었기 때문에 흑수마혼도 몇 걸음 뒤로 물러나며 소리쳤다. 그러나 그것도 잠시 흑수마혼이 이제야 제대로 싸워볼 수 있겠다는 듯 다시 석요송을 향해 날아들었다.

쩌저정!

기이한 일이 벌어졌다. 흑수마혼의 몸은 혈흔이 낭자했다. 석요송이 전개하는 천광검 쾌의 초식은 어김없이 흑수마혼의 몸에 상처를 남겼다. 그럴 때마다 검붉은 피가 흑수마혼의 몸에서 터져 나왔다.

그런데 그렇게 상처를 입은 흑수마혼의 몸은 오히려 점점 더 빠르고 날렵해지기 시작했다. 이유는 간단했다. 석요송의 검기가 흑수마혼의 몸을 베어내면서 그를 묶고 있던 쇠사슬도 함께 베어냈기 때문이었다.

만년한철의 쇠사슬은 사람의 힘으로 끊어낼 수 없는 것이지만 석요송이 펼치는 천광검은 그 단단한 만년한철은 조금씩이라도 끊어내고 있었던 것이다.

흑수마혼의 몸이 빨라지자 석요송의 검도 더 이상 그를 잡기 힘들어졌다. 그렇다고 흑수마혼이 싸움의 승세를 잡은 것도 아니었다. 그가 휘두르는 쇠사슬의 숫자가 줄어들자 석요송 역시 흑수마혼의 공격을 좀 더 쉽게 피해낼 수 있었다. 또한 몸에 입은 상처로 인해 흑수마혼의 공력이 처음 같지도 않았다.

그리하여 비무는 기이한 소강상태를 유지했다. 누구도 상대에게 치명적인 공격을 가하지 못했다. 서로 바람처럼 움직여 서로의 약점을 찾았지만 또한 누구도 상대에게 약점을 내보이지 않았다.

그렇게 한동안 스치기만 하던 두 사람이 한순간 약속이나 한 것처럼 움직임을 멈췄다.

“그만하지.”

흑수마혼이 불쑥 말했다. 석요송이 고개를 끄덕였다. 그러자 흑수마혼이 고개를 돌려 금천명을 보며 말했다.

“이 비무는 무승부요.”

“무승부?”

“그렇소.”

“우린 승부가 나길 원하네.”

“그게 그리 쉽지가 않소. 당신도 눈이 있으니 보지 않았소? 이건 서로 승부를 낼 수 없는 싸움이오.”

“그러나 승부가 나지 않는 비무로는 아무것도 결정할 수 없다.”

금천명이 차갑게 대답했다. 그러자 흑수마혼이 빙그레 미소를 지으며 말했다.

“나야 뭐 손해날 것은 없지. 오랜만에 좋은 공기를 마셨고, 몸도 풀었고… 다시 석굴로 돌아가 또 몇십 년 살다 죽으면 그뿐……”

흑수마혼의 말이 끝나자 지금껏 침묵을 지키고 있던 정종의 여고수 파야, 애초에 석요송을 시험하자고 제안했던 여인이 갑자기 입을 열었다.

“우리도 목적은 달성한 것 같군요.”

“그게 무슨 말이오?”

금천명이 불만스럽게 물었다.

“애초에 우리가 이 비무를 준비한 것은 인검의 능력을 보기 위함이었지 그가 이 비무에서 승리를 하는 것을 요구한 것은 아니지요. 그런데 그는 이 비무를 통해 우리에게 자신의 능력이 충분함을 증명했어요. 우리 중 누가 저 괴인과 이백 초가 넘게 겨루겠어요?"

파야의 말에 금천명이 반박할 말을 찾지 못해 대답을 하지 않았다.

"애초에 시험이 목적이었던 비무예요. 그러니 꼭 승부를 낼 필요는 없지요. 이쯤에서 비무를 끝내지요."

파야가 재차 말하자 이번에는 궐후가 장로 파야의 말을 거들었다.

"파 장로의 말이 맞는 것 같소이다. 이대로 가다가는 저 괴인을 묶은 만년한철이 모두 끊어져 나갈 수도 있소. 그렇다면 그가 이곳을 벗어나 도주하지 않는다고 누가 장담할 수 있겠소."

"크하하! 역시 똑똑한 사람은 항상 있다니까. 난 은근히 내게 그런 기회가 오길 기다리고 있었는데……. 하하하!"

진심인지 거짓인지 모를 소리를 해대며 흑수마혼이 앙천대소했다. 그런 흑수마혼을 보며 금천명이 얼굴을 찌푸리다가 차갑게 소리쳤다.

"놈을 다시 배에 태워 뇌옥을 데려가라!"

"알겠습니다. 그를 태워라!"

금천명의 명이 떨어지자 금산지주 금태보가 급히 대답을 하고는 수하들에게 명을 내렸다. 그러나 그의 수하들은 쉽게 흑수마혼 곁으로 다가가지 못했다. 이미 석요송과의 비무를 통해 말로만 듣던 흑수마혼의 가공할 마기와 전율적인 무공을 본 이후라 그에 대한 두려움이 극에 달한 상황이었다.

그런 금문도들을 보며 흑수마혼이 너털웃음을 터뜨렸다.

"하하하, 걱정들 마라. 난 누구처럼 형제를 죽이는 사람은 아니니. 하지만 그전에 할 일이 있군."

갑자기 흑수마혼이 신형을 날렸다.

"엇!"

사람들이 놀라는 사이 그의 신형이 바람처럼 석요송 앞에 도달했다. 사람들은 흑수마혼이 석요송을 향해 움직이자 그가 다시 석요송을 공격하는 줄 알고 놀랐으나 석요송도 흑수마혼도 서로를 향해 손을 쓰지 않았다. 대신 그는 석요송을 향해 나직하게 속삭였다.

"반드시 날 보러 오너라. 그러면 네가 모르는 네 아버지 이야기를 해주마. 내가 아니면 그 누구도 네게 그 이야기를 해주지 않을 게다. 그리고… 도주와 그 혈족을 믿지 마라. 그들은 야망에 미쳐 뭐든 할 사람들이야."

말을 마친 흑수마혼은 다가선 것 보다 빠르게 물러났다. 덕분에 위험을 무릅쓰고 흑수마혼을 제압하러 달려왔던 금문의 무사들은 멀뚱한 표정으로 배를 향해 걸어가는 흑수마혼을 바라볼 수밖에 없었다.

"하하하, 즐거운 나들이였어. 나중에 다시 봅시다. 십육사!"

흑수마혼이 호탕한 웃음을 흘리더니 쇠사슬을 쩔렁거리며 배에 올라 스스로 옥에 갇혔다. 그러자 금문의 고수들이 재빨리 옥문을 잠갔다. 물론 배 위에 만들어진 옥이라야 나무를 엮어 만든 것이어서 흑수마혼이 마음만 먹는다면 언제든 부술 수 있을 테지만 흑수마혼은 조용히 가부좌를 틀고 옥 한가운데 좌정하는 것이었다.

"가자!"

흑수마혼은 마치 자신이 주인이나 되는 것처럼 소리쳤다. 그러자 배 위의 금문도들이 고개를 돌려 금산지주 금태보를 바라봤다. 금태보가 묵묵히 고개를 끄덕였다. 그러자 배가 천천히 하류를 향해 움직이기 시작했다.

"축하하네. 자네는 이제 완전한 인검이네."

흑수마혼이 떠나자 장로 파야가 석요송을 보며 말했다. 그러자 석요송이 대답없이 가볍게 고개를 숙여보였다.

"그가 무슨 말을 하던가?"

갑자기 금천명이 물었다. 아마도 흑수마혼이 떠나기 전 석요송에게 남긴 말이 궁금한 모양이었다. 그러자 석요송이 덤덤히 말했다.

"금문십육사를 믿지 말라고 하더군요."

석요송이 대답했다. 기실은 청도주 금온을 믿지 말라고 했으나 석요송의 눈에는 청도주나 다른 장로들이나 모두 같은 종류의 사람들로 보였다.

"우릴 믿지 말라고?"

"그렇습니다. 금문의 피를 받은 자들은 모두 야망에 미쳐 있다고 하더군요."

석요송이 다시 대답했다.

"그놈이 제대로 미쳤군. 흥!"

갑자기 금천명의 곁에서 노고수 한 명이 콧방귀를 흘렸다. 십육사 중 한 명인 은조망이다.

"미친 건 아니지. 틀린 말도 아니고. 그래서 자네 대답은?"

금천명은 흑수마혼이 한 말보다 석요송의 생각이 궁금한 모양이었다.

"이미 오래전부터 알고 있던 일이니 특별한 말은 아니지요."

"하하하, 오래전부터 알고 있었다라… 금문에 적의가 대단하군."

"적의는 없습니다. 다만 애정도 없을 뿐이지요."

"소도주에 대해선?"

"서로의 약속이 있으니 목숨으로 지킬 것입니다."

"음… 석씨의 약속이라면 알량한 충성심보다 낫지. 비무 잘 보았네. 돌아가게. 언제 한 번 기회가 되면 술이나 한잔하세."

금천명의 말에 석요송이 가볍게 포권을 해 십육사에게 인사를 하고는 천천히 장내를 벗어났다. 그러자 석요송과 흑수마혼의 대결을 보기 위해 모여들었던 금문의 문도들도 순식간에 장내에서 사라지고 공터에는 십육사의 일부만이 남았다.

"태상장로께서 신룡을 키우셨군."

금천명이 멀어지는 석요송을 보며 말했다. 그러자 금자명이 대답했다.

"그러게 말이오. 그가 설마하니 흑수마혼과 동수를 이룰 줄은 몰랐소이다."

“궁금하군.”
“뭐가 말이오?”
“정말 그에게는 야망이 없을까?”
금천명의 눈에서 차가운 한광이 번뜩였다.

第三章 다섯째 날

　인검은 인정됐다. 더불어 석요송이 계림혈사의 영웅 석묘문의 아들이란 사실도 모두에게 알려졌다. 그건 석요송에게 인검이란 지위보다 더 강렬한 존재감을 부여했다.

　금문도들이 금기시하는 잊혀진 혈사, 계림혈사에서 금문이 내세울 수 있는 유일한 자랑은 석묘문이다. 동료를 위해 자신을 희생한 사람, 수백의 적을 맞아 홀로 산화한 석묘문은 비록 금씨 성을 가지고 있지는 않지만 금문도들에겐 전설적인 인물이었다. 그리고 이제 그 아들이 다시 인검의 길을 걷는다.

　동정과 동경이 교차하는 시선이 항상 석요송을 따라다녔다. 석묘문의 아들이라는 것에 대한 동경이었고, 또 소도주 금령의 분신으로 살아야 하는 운명을 짊어진 자에 대한 동정이다.

　그리고 그 두 개의 감정은 금문도들 자신들도 모르는 사이에 석요송에 대한 애정으로 변하고 있었다. 그때 금온이 석요송을 불렀다. 어느덧 비무가 있은 지 삼일이 지난 후였고, 금산지회는 오 일째로 접어들고 있었다.

금산 정봉이 혈해에 빠졌다. 붉은 노을이 정봉을, 그 아래 동쪽으로 흘러가는 강을 물들였다. 금온은 수백 년 된 장송이 땅 위에 드러낸 뿌리에 앉아서 석요송을 맞이했다.
"오너라."
석요송이 대답없이 고개를 숙여보였다.
"오늘 지낭의 출도에 대한 허락이 떨어졌다. 대신 삼십삼진의 대주 자리는 내어 놓고 진에서 다섯 명만을 데리고 나올 수 있다는 조건이 붙었다. 다시 말해 삼십삼진의 세력까지 령에게 내어주지는 않겠다는 말이지."
"하나, 그가 대주의 직을 내려놓아도 여전히 삼십삼진은 그에 의해 움직일 것입니다."
"나도 그리 생각해. 그러나 인심은 조석변이니 모든 걸 확신할 수는 없는 법이지. 그가 오면… 금령에게 큰 도움이 될 것이다. 그전에 넌 금령의 인검이니 그에 대해 알아둬야 할 것이 있다."
"듣겠습니다."
"내가 그에게 전해주라 했던 칼이 어떤 칼인지 아느냐?"
"그렇잖아도 여쭈려던 참이었습니다."
"그 칼은 과거 그가 젊은 시절 날 죽이려고 했던 칼이다."
금온의 말에 석요송의 눈빛이 흔들렸다.

"그와 원한이 있습니까?"

그렇다면 그를 곁에 두는 것은 위험한 일이다.

"지금은 아니야, 내가 그 칼을 돌려주었으니까."

"그가 왜 도주님을 암살하려 했던 것입니까?"

"오해가 있었다. 그 아이는 내가 자신의 친아비인 줄 알고 있었어. 그러면서도 자신의 존재를 인정하지 않고 있다고 생각했던 거지."

"어찌 된 연유입니까?"

"금문의 태상장로가 어떤 자리인 줄 알고 있지?"

"그렇습니다."

"지금은 무림문파지만 금문의 뿌리는 계림이다. 계림은 천년왕국이었다. 해서 금문의 태상장로는 무림문파의 수장이면서도 일면으로는 세속의 황제와 같은 모습도 가지고 있지. 황제의 곁에는 많은 사람들이 머문다. 그중에는 제법 많은 여인도 있다. 황실의 궁녀와 같겠냐마는 나에게도 내 수발을 들어주는 여인들이 있다. 물론 난 그녀들을 단 한 번도 여인으로 대하지는 않았다. 그런데 그중 한 명이 어느 날 아이를 가졌다. 물론 내 아이는 아니다. 그럼 그 여인의 운명이 어찌 되겠느냐?"

"세속의 황실이라면 죽음을 면치 못하겠지요."

"맞아. 그녀는 죽을 운명이었다. 그러나 나로서는 오랫동안 날 시종해온 그녀를 죽게 놓아둘 수 없었다. 그래서 그녀의 뱃속에 들어 있는 아이가 내 아이가 아니라고 말하지 않았다. 물론 내 아이라고 말하지도 않았지. 난 그저 침묵을 지켰고 그 아이에 대해 거론하는 것을 금지시켰다. 그리고 그 아이가 태어났다. 그 아이는 그녀와 함께 나의 그늘 속에서 죽은 듯이 자랐다."

금온이 말을 하다 말고 가볍게 한숨을 쉬었다. 그러고는 다시 말을 이었다.

"그런데 그 아이는 그런 자신의 처지를 비관했지. 어미가 미천한 신분이라 자신 역시 내 핏줄로 인정받지 못한다고 생각했던 게다. 나이가 들수록 나에 대한 원망은 커져 갔다. 그 아이는 내 얼굴도 제대로 보지 못했다. 날 볼 때면 언제나 머리를 땅에 대고 있었고, 날 도주라고 불렀다. 아마 그 아이는 단 한 번이라도 내가 자신을 자식으로 대해주길 바랐을 것이다. 그러나 나로서도 그건 할 수 없는 일이었다. 그 아이는 내 자식이 아닐뿐더러 알량한 동정심으로 내 자식으로 인정해 준다면 훗날 더 큰 문제가 발생할 수 있었다. 내 혈손은 오직 금령 하나로 족하니 말이다."

"그렇군요."

석요송이 고개를 끄덕였다. 본래 금온이란 사람이 금문의 숙원을 위해 냉혹한 면을 보이기는 하지만 잔정이 많은 사람임을 모르지 않는 석요송이었다. 그런 그에게 지낭 단중자의 일은 무척 안타까운 일이었을 터였다. 금온이 말을 이었다.

"그래서 그 아이는 칼을 들었다. 날 죽여 자신의 존재를 인정받고 싶어 했지. 나와 그 아이의 어미는 한 가지 실수를 했던 거야. 그 아이가 그렇게까지 절망해 있었을 줄은 몰랐던 거지. 그런데 문제는 더 있었다. 그 아이에게는 세상을 흔들 지모가 있었던 거다. 워낙 철저하게 계획을 세운 덕에 난 정말 그 아이 손에 죽을 뻔했다. 단지 그 아이도 한 가지 계산에 넣지 못한 것이 있었으니 바로 내 무공이었던 거지. 그 아이가 생각했던 것보다 난 조금 더 강했으니까. 하지만 그 아이는 내 평생 유일하게 내 몸에 상처를 냈다.”

금온의 말에 석요송이 놀란 표정을 지었다. 금온의 무공은 누구보다도 석요송 자신이 잘 알고 있었다. 금온에게 상처를 내었을 정도라면 무척 위중한 지경에 처했었다는 의미였다.

“그런데도 그를 용서하신 건가요?”

“지금까지는 완전히 용서하지 않았지. 하지만 이제부터는 온전히 용서해야지. 령의 사람이 될 테니까. 그 칼 말이다. 그 아이가 날 찌르려던 그 칼을 그 아이에게 돌려준 의미를 알겠지?”

“과거의 일을 묻어두시겠다는 의도시겠지요.”

석요송의 대답에 금온이 고개를 끄덕였다.

“맞았어. 난 이제 금령의 사람이 된 그 아이에게 어떤 족쇄로 남기고 싶지 않다.”

“그의 어머니… 그러니까 그 여인은 어찌 되었나요?”

석요송이 조금 심각하게 물었다. 왠지 모를 불안감이 석요송의 뇌리를 스치고 지나갔기 때문이었다.

“물론 내 곁에서 떠났다.”

“그럼 어디로……?”

“이 근처에 있다.”

“예?”

“너와 비무를 한 흑수마혼, 그가 어디 있는지 알고 있지?”

금문의 성지 금산 근처에는 용서할 수 없는 죄인들을 가둬두
는 금옥이 있다. 죽을죄를 지었으되 살펴둘 필요가 있는 죄인들
을 가두는 금옥, 햇볕이 들지 않는 곳에 지어진 그 금옥을 금문
의 모든 사람들은 두려워한다.

"설마 그곳에 갇혀 있는 겁니까? 자식의 잘못으로 벌을 받고?
그럼 너무 불공평하군요. 그 자신은 금문 삼십삼진의 우두머리
로 있는데……."

"죄인으로 갇혀 있는 것은 아니다."

"하면……?"

"죄인들도 밥은 먹어야지."

"설마 금옥에서 허드렛일을 하고 있단 말입니까?"

"스스로 원한 일이었다. 내가 만류했지만 그녀는 고집을 꺾
지 않았지. 그런 면에서 보자면 참 고집이 센 여인이야. 중자 그
아이가 그녀를 빼닮았어. 젊은 시절 한때 날 떠날 기회가 있었
는데 다시 돌아왔지. 떠나겠다면 허락을 했을 텐데……."

순간 석요송의 등에 한줄기 소름이 돋았다.

"그분의 이름이……?"

"단취월이라 한다. 참 고운 여인이었지. 외유내강한 사람이
었고."

'음…….'

석요송이 내심 신음성을 흘렸다. 단취월, 너무도 익숙한 이름
이다. 왕춘이 항시 입에 달고 있던 여인의 이름이 아닌가. 석요
송이 재빨리 지낭 단중자의 나이를 헤아려 보았다. 그러자 한
가지 결론이 내려진다. 지낭 단중자가 왕춘의 피를 이었을 가능

성이 구 할이다.

　‘이렇게 찾는 건가?’

　한편으로는 기쁘면서도 한편으로는 마음이 무겁다. 왕춘이 단취월이 금옥에 머물고 있다는 사실을 알면 어떤 기분일까. 내심 이런저런 생각에 잠겨 있는 석요송을 금온이 유심히 바라보다 물었다.

　“문제가 있느냐?”

　“아닙니다.”

　석요송이 고개를 저었다. 석요송의 대답이 미심쩍은지 금온이 살짝 고개를 갸웃하다 입을 열었다.

　“아무튼 그 아이에게 내가 소도를 준 것은 과거를 모두 잊겠다는 말이니 그 아이도 금령을 마음으로부터 따를 것이다. 그런데 만약 그 아이가 금령의 곁에 머물게 된다면 넌 아마도 조금 더 어두운 쪽으로 들어가야 할 게다. 감당할 수 있겠느냐?”

　‘역시……’

　석요송이 금온의 말에 자신의 짐작이 맞았음을 깨달았다. 금온은 자신을 경계하고 있었다.

　‘이유가 뭘까?’

　아무래 생각해도 자신을 위험하게 생각할 이유가 없었다.

　“제가 실수를 했습니까?”

　석요송이 물었다. 이런 경우 직접 그 이유를 묻는 것이 가장 좋은 해결책이다. 그러자 금온의 대답도 확실하고 간단했다.

　“네가 금문 최고의 기협으로 꼽히는 석묘문의 아들이며 흑수마혼을 꺾은 고수이기 때문이다. 이유가 되었느냐?”

금온의 말에 석요송이 잠시 생각에 잠겼다가 입을 열었다.

"제 마음속에 야망 같은 것이 없다는 걸 잘 알고 계시지 않습니까?"

"나무는 고요하려 하나 바람이 가만두지 않는다……."

금온이 탄식하듯 말한다.

"그리 생각하신다면 저로서야 어쩔 수 없지요. 어차피 그림자의 인생이니 새로울 것은 없습니다."

"미안하구나."

"그럼 한 가지 부탁이나 들어주십시오."

"응? 무슨……?"

갑작스런 석요송의 말에 금온이 의아한 표정으로 물었다. 평소 이런 말을 할 석요송이 아니었던 것이다.

"금옥에 들어가려면 도주님의 허락이 필요하다 들었습니다."

"거긴 왜?"

"흑수마혼을 다시 한 번 만나고 싶습니다."

"그자를?"

"그 무공이… 독특하더군요."

"만나는 것은 허락하마. 그러나 특별한 것을 기대치는 말거라. 지난 수십 년 간 그자는 자신의 무공에 대한 비밀을 털어놓지 않았어."

금산에 새로운 기운이 감돌았다. 금산지회 오 일째, 사람들이 생각지 못한 결정이 장로들의 회합에서 내려졌기 때문이었다. 석요송이 금온을 만나고 있던 그 시간에 금산의 문도들에게 퍼진 소식은 권세를 추구하는 자들에겐 참으로 매혹적인 것이었다.

금문은 천하에 삼십육진을 두고 있다. 그런데 십육사는 다시 세 개의 진을 추가해 금문의 진을 삼십구진으로 만들겠다는 결정을 했다. 진이 늘어난다는 것은 진을 책임지는 대주가 늘어난다는 말이다. 야망가들에겐 이런 희소식이 없었다. 그리고 새로운 진의 대주는 이번 금산지회에서 결정될 터이니 금문 문도들의 가슴이 설레지 않을 수 없는 소식이었다.

그런데 그날 밤 금산의 흥분을 뒤로하고 석요송은 금불현과 함께 한 척의 소선에 올랐다. 배는 강의 하류를 따라 내려가기 시작했다. 고고한 달빛이 배 위에 내려앉았다. 노를 젓는 금불현의 모습이 기이하게 아름답다. 천하 여인들의 마음을 뒤흔들 것 같은 모습에 석요송도 입을 다물고 있지 못했다.

"아우는… 여인으로 태어났으면 좋았을 걸 그랬어."

"예? 그… 그게 무슨 말씀이세요?"

금불현이 당황한 표정을 지으며 물었다.

"달밤에 노 젓는 모습을 보니 아름답다는 생각이 드는군."

"에이, 형님도 계집에 같다는 말이잖아요? 그건 칭찬이 아니죠."

"하하, 그런가? 미안하이. 하지만 보기가 나쁘지는 않군."

"형님도 이상한 취미가 있으시군요. 흐흐… 그나저나 다 온 것 같습니다."

금불현이 재빨리 말머리를 돌렸다. 과연 어느새 그들 앞에 만장절벽이 모습을 드러내고 있었다.

“인검이시라고요?”

기이한 자다. 금옥을 책임지는 사람치고는 지나치게 여유롭다. 여유롭다 못해 방탕하기까지 해 보이는 사내였다. 입에선 감출 수 없는 주향이 풍겼다. 그런 사내가 눈을 번뜩거리며 석요송에게 물었다.

“그렇소.”

“흑수마혼을 보겠다고 하셨다고요?”

“그렇소.”

“한 번 싸웠으면 되었지 그 괴물 같은 자를 뭐하러 보려 하십니까?”

사내가 의심어린 표정으로 물었다. 더군다나 옥을 지키는 자가 물을 질문을 아니었다. 석요송이 그의 말에 대답하는 대신 질문을 던졌다.

“지금 볼 수 있겠소?”

“뭐, 다행히 지금 저녁을 가져다 줄 시간이니 같이 가시지요.”

“이렇게 늦게 저녁을 먹는단 말이오?”

“흐흐흐, 하루에 두 끼를 주는 데 꼭 한 끼는 새벽에, 다른 한 끼는 이렇게 달이 뜨면 달라지 않겠습니까? 하여간 별나긴 별난 인간입니다. 어쨌든 조심하십시오. 그자를 만나다가 죽은 사람도 여럿 있지요. 아! 물론 그자와의 비무에서 평수를 이뤘다니 그럴 일은 없을 테지만 말입니다. 가시지요.”

사내가 앞장서서 절벽 사이로 난 거대한 동굴 쪽으로 걸어갔다.

"오야속이라는 자예요. 어려서부터 금옥에 있어온 자인데 그 재주가 뛰어나서 금문 내에서는 불러내 키우려 해도 금옥이 좋다고 이곳에 머물러 있는 자죠."

사내의 뒤를 따르며 금불현이 말했다.

"그가 금옥을 좋아하는 이유를 알겠군."

"어떻게요?"

"간섭받기 싫어하는 거지. 자신만의 세계를 가지고 싶어 하는 자야."

"그, 그런가요?"

"그래서 위험해."

"예?"

"언젠가는 자신만의 세계를 가지려 할 테니까."

"그렇게까지 위험한 자인가요?"

"눈빛이 보통이 아니야. 출신이 어디지?"

"속가출신이에요."

"속가?"

"아, 금문도이긴 하면서 금문을 벗어나 무림이 아닌 세속에서 살아가는 자들을 말해요, 사실 금문에선 속가도 무척 중요하죠. 그들은 대부분 야인들을 끌어 모아 세력을 형성하고 있는데 결국 무림이 아닌 세속의 왕조를 세우려면 그들을 앞세우게 되겠지요. 그중에서도 완안부가 가장 강력한데 오야속 저자도 완안부 출신이라고 하더군요."

"완안부라… 들어본 적이 있군. 고려의 변경을 자주 침범한다고 하던데……."

"위험하죠. 북종의 통제를 따르는 자들인데 가끔 통제를 벗어날 때가 있기도 해요. 그래서 수시로 문에서 개입해 그 수장을 바꾸기도 해요. 그래도 뭐 완안씨의 혈통은 이어가지요. 확실한 것은 완안씨 또한 계림 황혈을 이었다는 거죠."

"성씨를 바꾼 건가?"

"아무래도 세속 일을 도모하자면 김씨로는 어렵죠. 고려 황실의 감시를 받게 될 테니까요."

금불현의 말에 석요송이 고개를 끄덕였다. 그러는 사이 오야속은 어느새 석요송과 금불현을 깊은 지하 감옥 속으로 이끌고 있었다.

"이곳입니다."

오야속이 쇠창살로 가로막힌 석굴 앞에서 말했다. 그러고는 함께 따라온 수하에게 소리쳤다.

"불러내."

"밥이 왔다!"

오야속의 수하가 창살 안으로 소리치자 조용하던 뇌옥에서 갑자기 쩔그렁거리는 소리가 일어났다. 그리고 잠시 후 화끈한 기운이 일행들에게 밀려왔다. 그러자 밥을 들고 있던 사내가 창살 안으로 밥을 밀어 넣고는 급히 뒤로 물러났다.

쩔그렁!

어둠 속에서 쇠사슬 부딪히는 소리가 나더니 흑수마혼이 그 괴이한 얼굴을 드러냈다. 밝은 낮에 볼 때와는 또 달라서 좀 더

음산하고 귀기가 흐르는 흑수마혼이다.

"과연 왔군. 하하하!"

흑수마혼이 너털웃음을 터뜨렸다. 석요송을 본 것이다. 그러자 오야속이 입을 열었다.

"시간은 반 시진입니다. 그 이상은 귀찮아서 나도 기다리기 어렵습니다."

"충분하오."

석요송이 고개를 끄덕였다.

"그럼 반 시진 후에 오겠습니다. 가자!"

이번만큼은 오야속의 눈에서 정광이 번뜩였다. 절대 술에 취한 자 같지가 않았다.

"위험한 놈이야."

물러가는 오야속을 보며 흑수마혼이 말했다.

"당신보다야 더할까요?"

불쑥 금불현이 대꾸했다.

"웬 혹을 달고 왔지?"

흑수마혼이 금불현의 말에 대꾸하는 대신 석요송을 보며 물었다. 금불현을 데리고 온 것이 마땅치 않은 모양이었다.

"길을 아는 사람이 한 명은 필요했소."

"하하, 그렇군. 뇌옥에 갇혀 있다 보니 멍청해졌어. 그나저나 저 친구 어찌 보았나?"

"옥주 말이오."

"그래."

"남의 인생사에는 관심없소."

“흐흐, 그래? 그러나 관심을 두는 게 좋을 거야. 네가 금령 그 아이의 인검인 이상은 말이야. 거두든 베든 둘 중 하나가 필요한 놈이지. 밤낮으로 날 못살게 굴어. 무공을 내놓으라고. 그러면 날 이곳에서 빼내주겠다고 말이야. 그러니 야망이 보통이 아닌 놈이지. 내가 금옥을 탈출하면 자신에게 떨어질 처벌을 각오하겠다는 것 아닌가? 그런 정도의 배포라면 무슨 일이든 할 수 있는 자야. 한때는 소원대로 무공을 가르쳐 줄까도 생각해 봤지.”

“그런데 왜 그리하지 않았소이까?”

석요송의 물었다.

“두 가지 이유야. 하나는 이 무공을 익히기에는 그의 나이가 너무 많고… 둘째는 이 무공은 제대로 배우지 않으면 결국 수련자를 광인으로 만들기 때문이지. 그런데 난 이 무공을 제대로 가르칠 수 없거든. 망할 늙은이!”

흑수마혼이 욕지거리를 흘렸다. 그러자 금불현이 재빨리 물었다.

“누구에게 하는 소리죠? 도주님인가요?”

금불현이 묻자 이번에는 흑수마혼도 순순히 금불현을 상대해 줬다.

“도주는 아니야. 이 무공을 내게 가르쳐 준 늙은이를 두고 하는 말이지. 가르쳐 주려면 제대로 가르쳐 줄 일이지. 그 노인네… 마음만 먹으면 천하를 가질 노인네 같았는데. 쩝!”

원망을 하면서도 뭔가 아쉬운 듯한 흑수마혼이다.

“그의 정체가 뭐죠?”

“알면 내가 이 지경이 되었겠느냐? 그저 스쳐 가는 인연이었으니 모를 수밖에……. 아무튼 잘 왔다. 들어올 수 없으니 거기 좀 앉지?”

흑수마혼이 맨바닥에 앉기를 권하고는 자신도 밥그릇 앞에 쇠사슬을 쩔렁거리며 주저앉았다.

“보자. 아이쿠, 오늘은 좀 신경을 쓰셨군.”

흑수마혼이 밥그릇에 들어 있는 고기 두어 점을 보고 반색하며 소리쳤다.

그러고는 나무 숟가락을 들더니 오십을 세기도 전에 밥그릇을 비우는 것이었다.

“어, 좋군. 오랜만에 고기를 씹으니 십 년은 젊어진 것 같아.”

흑수마혼이 때가 절은 손가락으로 이빨을 쑤시며 중얼거렸다. 금불현은 그 모습을 보고 자신도 모르게 인상을 찡그렸다.

“왜 절 보자셨소?”

“꺼억!”

석요송이 묻자 흑수마혼이 대답을 하는 대신 크게 트림을 해 댔다. 석요송은 묵묵히 흑수마혼의 대답을 기다렸다.

“많은 세월이 흘렀다. 진실도 빛이 바라졌다. 그러나 누군가는 알고 있지, 진실이 무엇인지.”

“하고 싶은 말이 뭐요?”

“네, 아버지는 스스로 죽은 것이 아니다.”

순간 석요송의 눈이 가늘어졌다.

“무슨 소리요?”

“네 아버지는 살 수 있었다. 그러나 도주와 장로들은 네 아버지를 살리지 않았지."

"무슨 궤변이죠?"

금불현이 소리쳤다.

"궤변? 흐흐흐, 물론 광인의 입에서 나오는 말이 사실이라고 믿기는 어렵겠지. 그러나 내 말은 모두 사실이다."

"지금 이간질을 하는 건가요? 그래서 당신이 얻는 것이 뭐죠?"

금불현은 흑수마혼의 말을 믿으려 하지 않았다. 그러나 석요송을 달랐다.

"만약 당신의 말이 사실이라면 왜 도주와 장로들이 아버님을 죽이려 한 거요? 모든 일에는 이유가 있는 법이니……."

"이유? 그건 간단해. 석묘문이 금문도들의 인심을 얻고 있었으니까. 그런데 계림에서 다른 사람을 살리기 위해 사지에 남기까지 했으니 그가 살아 돌아온다면 비록 석씨의 성을 가지고 있다고 해도 그를 따르려는 금문도들이 많았을 게다. 그건 위험한 일이지. 청도주는 금문의 세력을 키우기 위해 금문을 개방하고 타 성씨의 야망가들을 끌어들였다. 물론 여전히 금씨가 금문의 주인을 차지하고 있지만 딴마음을 먹을 경우에는 무척 위험한 일이 발생할 수도 있었지. 타성을 지닌 야망가들은 굳이 그 주인을 금씨로 한정할 필요가 없으니까."

"그래서 석대협을 죽인 거라고요?"

금불현이 추궁하듯 물었다.

"죽였다고 말할 수 있지. 그러나 정확한 대답은 죽도록 방치했다고 해야 할 거다. 충분히 살릴 수 있었어. 당시 계림 근처에는 사람들이 모르는 금문의 고수들이 존재했다. 누구에게도 그 존재가 알려지지 않은 자들이지. 그들이 나섰다면 석묘문은 살았을 것이다.”

“믿을 수 없어요.”

석요송을 대신해서 금불현이 말했다. 금불현은 석요송보다도 더욱 민감하게 흑수마혼의 말에 반응했다. 아마도 자신의 아버지도 계림에서 죽었기 때문인 듯싶었다.

“진실은 오직 믿는 사람의 눈에만 보인다. 난 여기까지만 하련다, 더 아는 것도 없고. 믿고 안 믿고는 너희들 마음이지.”

흑수마혼의 말에 석요송이 나직하게 물었다.

“이 일을 증명해 줄 사람이 있소?”

“증명이라… 내가 굳이 내 말을 증명시킬 이유가 뭐냐? 믿으면 믿는 대로 안 믿으면 안 믿는 대로. 난 그저 예전에 나도 석묘문 그를 좋아했었기에 알려주고 싶었던 거다.”

“당신의 말만으로는 믿을 수 없소.”

석요송이 단호하게 말했다.

“믿기 싫으면 믿지 말거라. 하지만 안타깝군. 아버지의 길을 따라가려 하다니… 아! 가만있자. 그러고 보니 내 말을 증명해 줄 사람이 있을 것도 같군.”

“누구요?”

“혹시, 거할이라고 아나?”

흑수마혼이 묻자 석요송이 기억을 되살렸다. 밀영들이 모아놓은 자료들 중에서 거할이란 이름을 본 것도 같았다. 그런데 금불현이 나서서 석요송의 기억을 되살렸다.

"이십사룡의 그 거할 노사 말인가요?"

"맞아. 그!"

"하지만 그는……."

"왜? 그에게 무슨 일이 있나?"

"모르셨나요?"

"이곳에 갇혀 있으니 당연히 바깥소식을 알 수 없지. 그런데 거할이 왜?"

"그분은 강호를 은퇴를 하셨지요."

"은퇴? 이상하군. 그의 나이가 이제 겨우 육십여 살일 텐데?"

"계림에서 돌아온 이십사룡의 삶을 모르세요?"

"물론 그들이 죄인처럼 살아가는 것은 알고 있지만… 은퇴라니. 그답지 않군."

"그가 무엇을 증명해 줄 수 있소?"

석요송이 궁금한 것은 따로 있었다.

"그는 당시 계림에서 일어난 모든 일을 가장 완벽하게 알고 있는 사람이다. 도주가 끝까지 내놓지 않았던 계림의 비밀 세력에 대해서도 알고 있을 것이다. 그를 만나면 당시 석묘문, 네 아버지의 죽음이 어떻게 진행되었는지 명확하게 알 수 있을 것이다. 물론… 그가 입을 연다는 가정 하에."

"그래서 당신이 얻는 것은 뭐요?"

처음 석묘문의 죽음을 입에 올렸을 때 금불현이 한 질문을 석요송이 다시 했다.

"난 바라는 게 별로 없어. 그저 네 아버지의 억울한 죽음을 네게 알리고 싶었을 뿐이다. 네가 그의 견마가 되는 것을 차마 볼 수 없었던 거지."

"바라는 것을 말해 보시오."

석요송이 흑수마혼을 말을 자르며 말했다. 그러자 흑수마혼이 씨익 음소를 지었다.

"흐흐, 네 아버지와는 또 다르구나. 네 아버지는 일단 사람을 먼저 믿었지. 그런데 넌 의심이 먼저군."

"이 상황에서 당신을 의심치 않는다면 그게 이상한 일이요."

"하하하! 맞아. 맞아. 그렇지. 에… 내가 바라는 것은 그리 대단한 것이 아니다."

"뭐요?"

"둘 중 하나만 해주면 돼. 첫째 한 명의 노인, 혹은 그 후인을 찾아다오. 둘째 오 년 안에 그들을 찾지 못하면 그때 다시 이곳으로 돌아와 날 죽여 다오."

흑수마혼의 말에 금불현이 흠칫했다.

"그가 누구요?"

석요송이 덤덤하게 물었다.

"이름을 모른다. 단지 스스로를 화옹(火翁)이라 불렀다. 그를 만나 내 이야기를 전해다오. 아니 한 가지만 가르쳐 달라고 해라."

"뭘 말이요?"

"화마의 고통에서 벗어나는 법, 그걸 알려달라고 해라."

"그럼 그가 알아들을 것 같소?"

"당연히 알아들을 거다."

"어디서부터 찾아야 하오."

"대호산!"

"······?"

"백두 서쪽에 있는 봉우리다. 그가 흘려한 말 중에 자신은 천하를 떠돌지만 연고가 그 대호산에 있어 간혹 들른다고 했다. 문제는 그 간혹이 몇 년이 될지 알 수 없다는 것이지. 그러니 네가 그를 만날 가능성은 극히 희박하다. 그때는 이곳으로 와서 날 죽여주면 돼."

그러자 금불현이 차갑게 쏘아 붙였다.

"홍, 죽으려면 스스로 죽으면 되죠."

"나도 그러고 싶다만 그게 그리 쉬운 일이 아니란다. 내가 죽으면 날 따라 죽어야 하는 사람이 많아. 난 스스로 목숨을 끊을 수조차 없는 상황이다."

"인질이오?"

석요송이 물었다.

"오냐, 도주는 아주 무서운 사람이지."

흑수마혼의 말에 석요송이 고개를 끄덕였다. 그러고는 망설이지 않고 대답했다.

"알겠소. 당신이 말한 것이 모두 사실이라면 생각해 보겠소."

"약속할 수 있느냐?"

"믿을 수 있겠소?"

"믿지. 암, 석묘문의 아들인데! 하하하!"

흑수마혼의 앙천대소가 뇌옥을 뒤흔들었다.

"거짓말일 수도 있어요."

금불현이 불안한 표정으로 말했다.

"진실일 수도 있지."

"찾아보실 거예요?"

"누굴, 그 화웅이라는 자? 아니면 거할이란 사람?"

"거 대협이요."

"아우 생각은 어때?"

석요송이 금불현에게 물었다. 거할을 찾는 문제는 비단 석요송만의 문제가 아니었다. 금불현도 자신의 부친과 관련된 일이므로 자유롭지 않았다.

"형님… 전 두려워요."

"나도 두렵다."

"만약 그의 말이 모두 사실이면 어떡하죠?"

"글세 나도 잘 모르겠구나."

석요송이 고개를 저었다.

"인검을 내려놓으실 수도 있나요?"

"아우는 소도주와 적대할 수 있나?"

"휴… 어려운 문제군요."

금불현이 고개를 저었다. 그러는 와중에 두 사람이 뇌옥의 입구, 강이 내려다보이는 절벽 끝에 도달했다. 그러자 뇌옥의 입구를 지키는 자가 고개를 숙여 보이며 말했다.

"옥주께서 잠시 보자십니다."

"그가 왜?"

금불현이 되물었다. 그러자 사내가 고개를 저으며 말했다.

"이유는 잘 모르겠습니다. 다만 두 분이 나오면 옥주의 처소로 모시라 하셨습니다."

"어쩌죠?"

금불현이 석요송을 보며 물었다. 그러자 석요송이 대답했다.

"보자는데 안 볼 이유가 없지. 따로 부탁할 말도 있고. 어디로 가면 되오?"

"안내하겠습니다."

사내가 신형을 돌리며 말했다.

강을 병풍처럼 둘러싸고 있는 절벽 위로 길이 나 있었다. 어느 부분은 단단한 쇠사슬로, 어느 부분은 절벽 안 바위를 파고 만들어진 길이다. 길은 그렇게 절벽에 나 있는 석굴들을 연결했다. 석요송은 옥지기 사내를 따라 위태로운 길을 걸었다. 그렇게 일각여를 이동하자 절벽 북쪽에 제법 커다란 석굴이 모습을 드러냈다. 석굴 앞에는 어김없이 두 명의 사내가 지키고 서 있었다.

"옥주께서 모셔오라던 손님들이네."

석요송을 안내해 온 사내가 말하자 번을 서던 자들이 정중하게 석요송에게 고개를 숙였다.

"어서 오십시오. 옥주께서 기다리고 계십니다."

사내들의 정중함이 낯설다. 뇌옥을 지키는 자들에게 어울리지 않는 예법이다. 석요송의 눈이 가늘어졌다.

'역시 본색을 숨기고 있는 사람이었던가?'

옥주 오야속에 대한 생각이었다. 수하들의 기강을 이렇게 단단하게 잡아 놓았다는 것은 곧 이들을 쓸 시기를 기다리고 있다는 말과 같다.

"어디 계시오?"

금불현이 묻자 번을 서던 사내가 안내자의 역할을 이어받았다.

"따라오시지요."

석요송과 금불현이 사내를 따라 석굴 안으로 들어갔다.

'무인이다.'

석요송은 오야속의 처소에 들어서는 순간 흐트러지고 자유분방하던 오야속을 잊었다. 그의 거처에서 석요송은 오야속의 본모습을 볼 수 있었다.

벽에 걸린 병기들, 서탁에 올려진 병법서들, 또한 벽 한쪽에 걸려 있는 천하도(天下圖), 모든 것이 무인의 서릿발 같은 기상이 엿보이는 물건들이다.

"오서 오십시오."

오야속이 석요송과 금불현을 맞이했다. 얼굴에 제법 부드러운 기운이 흐른다. 이런 환대는 바라는 것이 있다는 말이 된다.

"무슨 일로……?"

금불현이 경계의 빛을 보이며 물었다. 그러자 오야속이 대답했다.

"솔직히 말하지요. 두 분과 친분을 맺고 싶었습니다. 그래서 이렇게 청한 것이지요."

친분이 술 한 잔 마셔서 생기는 것은 아니다. 함께 오랜 시간을 보내면서 자연스레 생기기도 하고, 혹은 서로의 이익이 공유

될 때 생기기도 한다. 오야속이 두 사람에게 바라는 것이 있다
는 말이다.

"원하는 것이 있소?"

석요송이 말을 돌리지 않고 물었다. 너무 직설적인 물음에 오
야속이 조금 놀란 표정을 짓다가 다시 예의 그 유들거리는 미소
를 지으며 대답했다.

"없다고는 할 수 없지요. 그러나 그것은 술을 한 잔 마신 후에
털어놓겠습니다. 맨 정신에는 남세스러워서… 이봐. 아직 준비
가 안 된 건가?"

오야속이 처소 입구를 보며 물었다. 그러자 밖에서 굵은 사내
의 목소리가 들려왔다.

"곧 준비가 될 것입니다. 단 부인께서 이미 주방을 닫고 처소
로 돌아가셨기에 다시 모셔오는 데 시간이 걸렸습니다."

"음, 그래도 좀 서둘러 달라고 부탁드리게. 손님을 모셔놓고
주안상이 늦어서야 되겠는가?"

"알겠습니다. 옥주!"

수하의 대답을 들은 오야속이 겸연쩍은 표정을 짓다가 석요
송에게 물었다.

"이번 금산지회에서 소도주께서 금문의 후계자로 결정되실
것 같습니까?"

"그야 모르는 일이오. 결정은 십육사께서 하실 터이니……."

"인검께선 어찌 생각하십니까? 소도주께 금문의 후계자가 되
실 자격이 있다고 생각하십니까?"

일개 옥주의 입에서 나오는 말치고는 지나치게 불경스런 언

사다. 그러나 석요송은 오야속을 탓하지 않았다.

"단지 천운이 필요할 뿐이오."

"음, 능력은 충분하단 말이군요."

오야속이 금세 석요송의 말을 알아들었다. 그러고는 잠시 생각에 잠겨 있다가 다시 입을 열었다.

"혹시 기회가 되면 소도주를 한 번 만나 뵐올 수 있겠습니까?"

오야속의 목적이 드러났다. 그는 금령을 만나고 싶은 것이다. 그건 곧 금령의 힘을 얻어 야망을 펼쳐 보고 싶다는 뜻이다.

"연유를 말하면 말씀을 드려보겠소."

그러자 오야속이 지체없이 말했다.

"소도주께서 도와주신다면 완안부를 얻고 싶습니다."

순간 석요송도 금불현도 흠칫 놀랐다. 세상에 이렇게 직접적으로 자신의 욕망을 드러내는 자는 드물다. 둘 중 하나다, 오만하거나 혹은 담대하거나.

"소도주껜 뭘 드릴 수 있소?"

이번에는 금불현이 역시 노골적으로 물었다. 그러자 오야속이 고개를 돌려 천하도를 보며 말했다.

"보십시오. 우리가 살고 있는 땅입니다. 송과 요, 그리고 고려와 몽고… 금문의 삼십육진은 천하에 퍼져 있지만 지배하고 있는 땅은 겨우 북방의 흑수 인근일 뿐이지요. 그건 금문이 무림을 제패해도 마찬가지일 겁니다. 세속의 왕조를 세우지 않는 이상 금문은 영원히 계림의 영광을 재현할 수 없지요. 내게 완안부를 주면 난 소도주께 천하를 얻어 드릴 수 있습니다."

대범한 사내다. 생각보다 큰 그릇이라고 석요송은 생각했다.

"겨우 완안부를 얻는 것으로 그게 가능하단 말이오?"

금불현이 의심 어린 표정으로 물었다.

"솔직히 말하자면 난 무공에 있어서는 내가의 고수도 아니고 잡기도 능하지 못하지요. 해서 무림에서는 별로 쓸모가 없습니다. 무림에서야 이렇게 옥지기나 하고 살 운명이지요. 그러나 세속이라면 좀 다릅니다."

오야속이 자신 있는 어조로 말했다.

"무슨 재주가 있는데 그러시오?"

금불현이 비웃듯 물었다. 그러자 오야속이 정색을 하며 대답했다.

"난 사람을 모을 줄 알고, 사람을 쓸 줄 알고, 인심을 얻을 줄 압니다. 그건 금문의 고수분들께서는 할 수 없는 일이지요. 왜냐하면 그런 일을 하려면 그 사람들과 함께 생활한 사람이어야 하니 말입니다. 특히나 북쪽이 여진족에 있어서는 더욱 그렇지요. 전 그들과 함께 살았고, 그들 속에서 성장했습니다. 그래서 그들의 힘을 모을 수 있지요. 반면 이 재주로 금문의 주인은 될 수 없습니다. 결국 나의 재주는 무림이 아닌 시중의 무리의 우두머리만 될 수 있지요."

생각해 보면 오야속은 무서운 인물일 수도 있었다. 세상에서 가장 무서운 인물은 자기 자신에 대해 정확히 알고 있는 사람이기 때문이었다. 석요송은 그래서인지 부쩍 오야속이라는 인물에 대해 호기심이 생겼다.

"숙부는 바로 나의 이런 재주를 두려워해 날 이 뇌옥의 옥지기로 머물게 하고 있습니다. 완안부는 북종에 속했다고는 하나 북종의 장로님들도 함부로 움직이지 못하지요. 숙부, 그러니까 완안부의 족장을 움직일 수 있는 사람은 오직 도주님과 그 후인 뿐이지요. 그러니… 소도주가 나에게 자유를 준다면 난 소도주 께 무림 이외의 세속의 권세를 가져다 드리겠습니다.”

오야속의 눈빛이 번쩍인다. 석요송은 이 뇌옥에 또 한 명의 야심가가 숨어 있었음을 인정하지 않을 수 없었다. 그런데 그때 문득 늙은 여인의 목소리가 들려왔다.

“옥주, 주안상을 내왔습니다.”

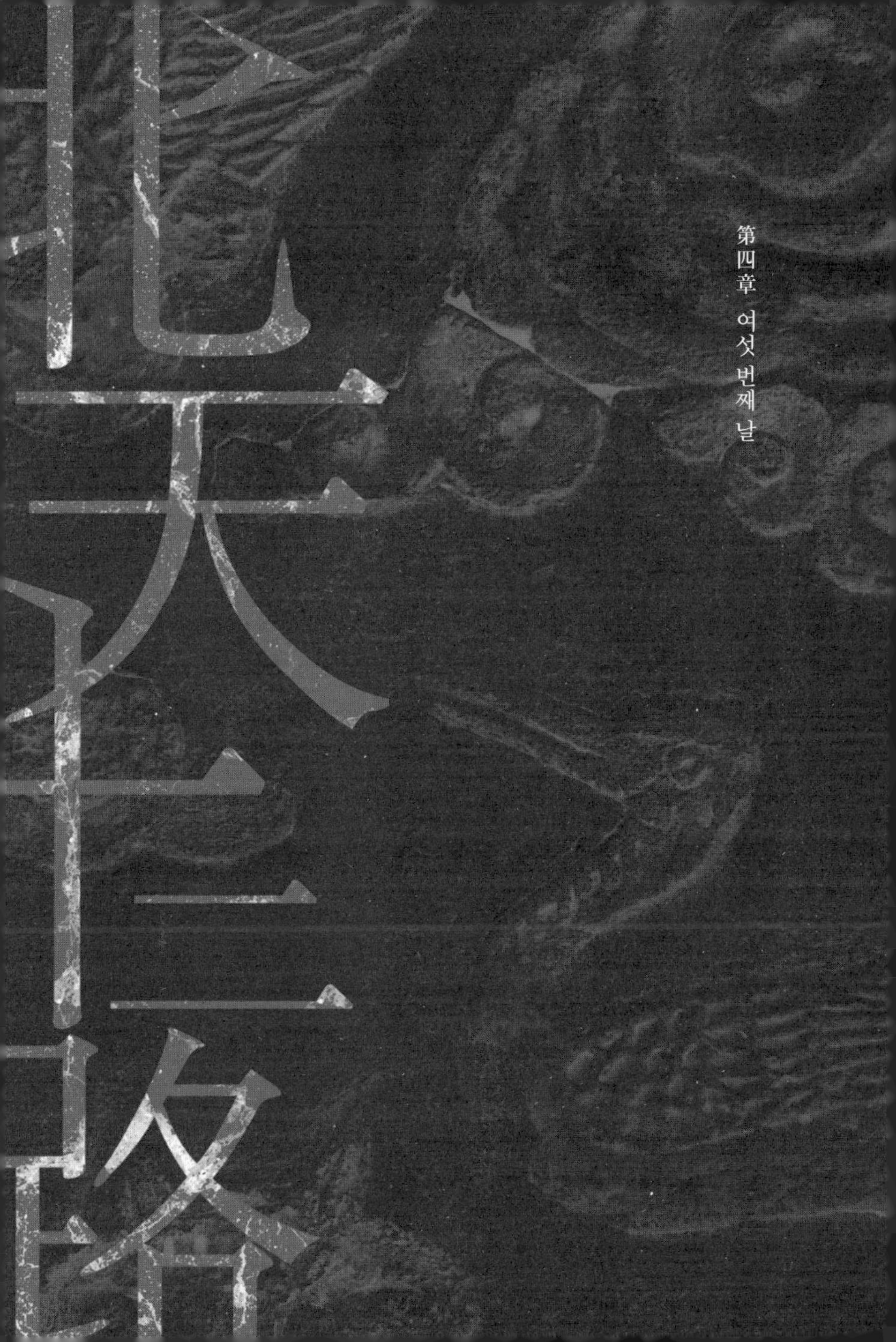

第四章　여섯 번째 날

　노부인이 석실 안으로 들어섰다. 나이는 육십대 초반으로 보였고, 옥에서 음식을 만드는 여인이라고 생각하기 어렵게 단아한 신태를 지니고 있었다. 또한 그 움직임이 범상치 않는 것이 사람들로 하여금 그 앞에서 절로 조심하게 만드는 면모가 있었다.

　"어서 오세요, 단 부인!"

　옥주 오야속조차도 음식상을 차려 들어온 노부인을 정중하게 맞이했다. 확실히 평범한 여인은 아니었다. 석요송은 유심히 노부인을 살폈다. 그러다가 문득 우연처럼 입을 열었다.

　"소도주께 사람이 모여들고 있으니 옥주께서 소도주와 인연을 맺고 싶어 한다면 좋은 시기라고 할 수 있소. 그러나 소도주는 사람을 쉽게 받아들이시지 않소. 이번에 지낭 단중자를 얻었는데 그 과정에 여러 곡절이 있었소.”

말을 하면서 석요송이 유심히 노부인의 표정을 살폈다. 그래서 석요송은 단중자의 이름이 나오는 순간 노부인의 표정이 흠칫하는 것을 놓치지 않았다. 노부인이 바로 금온이 말한 그 여인이 분명했다. 지낭 단중자의 어머니이자 왕춘이 찾고자하는 여인, 단취월이었다.

“급히 준비하느라 찬이 소홀합니다.”

노부인이 조심스레 말했다.

“아이고, 무슨 그런 말씀을 하십니까? 단 부인께서 상을 보시면 산채 하나만 나와도 진수성찬이지요.”

“옥주께서는 여전히 농이 심하시군요.”

“농이라니요. 제가 이 구석진 뇌옥에 남아 있는 것은 오로지 단 부인의 음식 때문입니다.”

“그러시다면 제가 이곳을 떠나야겠군요. 저 때문에 옥주께서 큰 뜻을 펴지 못하신다니 말이니까요.”

“아이구, 제가 졌습니다. 단 부인께 바른 소리를 듣지 않으려면 이쯤에서 그만두지요.”

오야속이 고개를 저으며 항복했다. 그러자 단취월이 웃으며 말했다.

“그래도 귀한 손님들이 오셨다기에 정성을 다했으니 맛있게 드세요.”

단취월의 미소는 나이를 잊게 만든다. 사람을 안온하게 만드는 힘을 가진 단취월이다. 그러자 오야속이 기다렸다는 듯이 말했다.

"그렇지요. 귀한 손님이지요. 단 부인께서도 인검에 대해선 알고 계시지요? 청도에 오래 계셨으니……."

"인검!"

단취월이 나직하게 탄성을 흘렸다. 그러자 오야속이 고개를 끄덕이며 다시 입을 열었다.

"맞습니다. 금문 최고의 무사가 될 거라는 인검이 바로 오늘 이곳의 손님입니다."

그러자 단취월이 고개를 돌려 석요송과 금불현을 번갈아 살피며 물었다.

"어느 분께서?"

일개 옥의 찬모가 인검의 정체를 묻고 있으니 단취월이 비록 금옥에 머물고 있기는 하지만 이곳에서도 그 영향력이 보통이 아님을 알 수 있었다.

"제가 바로 인검입니다."

석요송이 담담하게 대답했다. 그러자 단취월이 쏘아보듯 석요송의 눈을 응시하고는 나직하게 말했다.

"젊으시군요."

"어려서 도주를 따라 생사도에 들었지요."

처음 보는 여인에게 하는 말치고는 조금 상세하다. 그러나 상대가 누군가. 그녀는 단취월이다. 청도 금온의 사정을 세상에서 가장 잘 알고 있는 사람 중 하나였다.

"도주께서 직접 찾으셨군요."

"끌려왔지요."

석요송이 희미한 미소를 지었다. 그러자 단취월이 고개를 끄덕이다가 다시 물었다.

"소도주께서는 평안하신지요?"

"잘 지내십니다."

"도주께서는……?"

"역시 아직까지는……."

"그분의 연세를 생각하면 건강함을 자신하실 때는 아니지요."

단취월이 나직하게 한숨을 쉬었다. 그러자 석요송이 조심스레 입을 열었다.

"돌아가실 생각은 없으십니까?"

순간 단취월의 눈빛에 이채가 서린다.

"날 알고 있었나요?"

"이곳으로 올 때 도주를 뵈었지요."

"말씀하시던가요?"

"예."

"어디까지 말씀하시던가요?"

"단 부인께서 이곳에 오신 이유를 말씀해 주시더군요."

석요송의 대답에 단취월이 고개를 끄덕였다.

"역시 인검은 다르군요. 그 일을 말하시다니……."

"사람을 쓸 때는 그 내력을 알아야 한다시더군요."

"그렇지요. 그 아이가 출도강호를 하긴 하는군요. 난 평생 은거해 살 줄 알았는데."

단취월이 탄식했다. 그러더니 문득 석요송을 보며 물었다.

"제게 시간을 내어 주실 수 있나요?"

"물론 오히려 제가 청하고 싶었습니다."

석요송의 대답에 단취월의 눈빛이 다시 반짝인다. 그러더니 고개를 돌려 오야속에게 말했다.

"손님을 제가 잠시 만나 뵈어도 될까요?"

"그러십시오. 아마도… 하실 말씀이 있는 것 같으니."

오야속이 순순히 허락했다. 그러자 석요송이 자리에서 일어났다. 그러고는 금불현을 보며 말했다.

"아우는 옥주와 잠시 이곳에서 기다리지."

"알았습니다, 형님!"

금불현이 조금 실망한 표정을 지으면서도 순순히 대답했다. 그러자 단취월이 석요송에게 눈빛을 보내고는 오야속의 거처를 벗어났다.

철썩!

절벽 아래서 들려오는 물소리가 처량하다. 달빛은 여전히 고고하다. 단취월은 석요송을 인적 드문 절벽의 한 귀퉁이로 데려갔다. 가끔 밤새가 두 사람 앞을 지나갔다.

"그 아이가 어찌 출사를 결심했나요?"

단취월이 한참동안 망설이다가 물었다. 그러자 석요송이 대답했다.

"겁박과 회유, 그리고… 용서가 있었지요."

"무슨 말이죠?"

"제가 그의 팔을 베었습니다."

"아!"

단취월이 순간 자신도 모르게 탄식을 흘렸다.

"왜죠?"

단취월이 따지듯 물었다.

"목을 벨 수는 없었으니까요."

"한 팔을 벤 것이 오히려 그 아이의 사정을 보아준 것이라는 건가요?"

"그렇습니다. 소도주께서는 얻지 못하면 베시는 분이지요."

"그… 래도……."

단취월이 여전히 불편한 기색으로 중얼거렸다. 그러다가 다시 물었다.

"회유와 용서는 뭐죠?"

"소도주께서는 그와 천하의 권력을 나누실 생각이라고 말하셨으니 이는 회유지요. 그리고… 도주께선 그에게 하나의 칼을 내어주셨습니다."

"아!"

다시 단취월의 탄식이 흘러나왔다. 그러더니 문득 서쪽을 향해 큰절을 했다.

"도주님 감사합니다. 불경한 제 자식을 용서해 주시다니……."

단취월이 감격에 겨운 목소리로 중얼거렸다.

'이러니 어찌 어르신을 떠나지 않을 수 있을 것인가. 원망을 해도 되는 일을 오히려 이리 감격하고 고마워하다니…….'

석요송은 금온에 대한 단취월의 맹목적인 충성심이 새삼 답답하게 느껴졌다. 이 충성심이 평생 그녀의 발목을 옭아매 왔음이 분명하지 않은가.

한참동안 땅에 엎드려 있던 단취월이 몸을 일으켰다. 그러고는 석요송을 보며 말했다.

"그대를 원망하지는 않소."

단중자의 팔을 자른 것을 말함이다.

"당연한 일입니다. 원망을 하려면 소도주를 원망하십시오."

석요송이 차갑게 말했다. 금온에게 얽매여 왕춘을 떠나고, 그럼에도 여전히 금온에 대한 충성심으로 감복해하는 여인에 대해 알 수 없는 분노 같은 것이 치솟기도 했다.

"그 아이를 잘 부탁하오."

석요송의 마음을 아는지 모르는지 단취월이 말했다.

'당신의 그 아이는 어린애가 아니오. 나이가 마흔을 넘은 어른이란 말이오.'

석요송이 내심 타박을 하면서도 무심한 어조로 말했다.

"누군가의 보살핌이 필요한 사람은 아니지요."

"그래도 어미의 눈에는……."

순간 석요송이 자신도 모르게 왕춘의 이야기를 꺼낼 뻔했다. 그러나 석요송은 끝내 왕춘의 이름을 입에 올리지 않았다. 상대의 존재를 아는 것은 왕춘이 먼저일 필요가 있었다. 왕춘의 존재를 알게 된다면 단취월이 어떤 선택을 할지 알 수 없었다. 다시 먼 곳으로 숨어들 수도 있었다.

"다시 청도로 돌아오실 생각은 없으십니까?"

석요송이 넌지시 물었다.

"글세… 죄를 지은 입장이라……."

"오래전의 일이고 도주께서도 용서하신 일이니 상관없지 않겠습니까? 도주님도 또한 이제……."

"한 번 뵙고는 싶구려."

"돌아오시지요."

"글쎄요……."

단취월은 여전히 망설인다. 석요송은 더 이상 강요하지 않았다. 결국은 그녀 스스로 결정할 문제였다. 대신 석요송이 다른 것을 물었다.

"옥주를 어찌 생각하십니까?"

갑작스런 질문에 단취월이 석요송을 돌아봤다.

"그건 왜……?"

"옥주가 소도주의 힘을 빌리려 하더군요."

석요송의 말에 단취월이 살짝 아미를 모았다. 그러다가 혼잣말로 중얼거렸다.

"금옥을 떠나려는 건가?"

"어떤 사람입니까?"

"무공은 대단치 않으나 성정이 호방한 것이 그릇이 큰 사람이오."

"소도주 곁에 두어도 될 사람입니까?"

"그 판단은 내가 할 것은 아닌 듯하오."

"지낭이 소도주를 모신다면 역시 관련이 있지요."

"그런가요?"

단취월이 씁쓸한 표정으로 대답했다. 그러고는 한참 고민에 잠겨 있다가 입을 열었다.

“그의 주변에는 사람이 많소. 무인에, 학사에, 장사꾼에, 사냥꾼에, 더해 왈패까지… 누군가의 곁에 사람이 모인다는 것은 하늘이 그에게 큰일을 하라는 운명을 준 것일 것이오.”

“소도주께 위협이 되지 않겠습니까?”

석요송의 물음에 단취월이 미소를 지었다.

“위협이 된다면 그대의 검이 그를 베지 않겠소? 그게 인검의 일이니…….”

단취월의 말에 석요송이 고개를 끄덕였다. 맞는 말이다. 문제가 되면 베면 그뿐이다.

“옥주는 뛰어난 사람이오. 소도주께 도움이 될 것이오. 거두는 것도 나쁘지는 않소.”

단취월이 정색을 하며 말했다.

“알겠습니다. 소도주께 전하지요.”

석요송의 대답이 있은 후 두 사람은 잠시 침묵을 지켰다. 그러다가 단취월이 다시 예상치 못한 질문을 던졌다.

“왜 안 물으시오?”

“……?”

“누구의 아들인지. 중자, 그 아이의 근본이 궁금하지 않소?”

“말해주실 겁니까?”

석요송이 덤덤하게 물었다. 그러자 단취월이 고개를 저었다.

“말해줄 수 없소.”

“그럼 제가 물을 필요도 없지요. 더 할 말이 없다면 돌아갈까요? 오늘 밤 중으로 금산에 돌아가야 해서…….”

석요송이 너무 쉽게 물러난다고 생각했는지 단취월이 의심스런 표정으로 석요송을 보다가 고개를 끄덕였다.

"그럽시다. 시간을 내어주어 고맙소. 거듭 그 아이를 부탁하오."

이럴 때는 강호의 노고수 같은 풍모가 풍기는 단취월이다. 석요송은 그런 단취월에게 고개를 끄덕여 보이는 것으로 대답을 대신하고 신형을 돌렸다. 단취월이 그런 석요송을 모호한 눈빛으로 바라보다 한숨을 쉬며 석요송을 따랐다.

철썩!

흑수의 물이 뱃전에 부딪혔다. 접안대까지 내려온 오야속과 단취월이 두 사람을 전송했다. 그런데 배가 십여 장 밖으로 밀려나왔을 때 문득 석요송이 단취월에게 뜻 모를 말을 했다.

"조만간 사람이 올 겁니다."

"누가 말이오?"

"만나시면 반가우실 겁니다."

"중자가 오겠다면 오지 말라 하시오."

"그는 아닙니다."

"그럼 누구요?"

"손님이 오면 아실 겁니다. 그럼!"

석요송이 배 위에서 정중하게 포권을 해 보였다.

강을 거슬러 오르는 것이지만 배는 빠르게 물길을 갈랐다. 달빛이 고고하게 흑수를 비췄다. 석요송과 금불현은 말없이 어두운 강을 즐겼다. 금산이 점점 다가왔다. 그때 어디선가 한줄기 피리 소리가 들렸다. 피리 소리가 귀가 아닌 심장을 파고든다.

금산 곳곳에 들어 있는 금문 문도들도 이 소리가 취해 있을 것이다.

"슬프네요."

금불현이 문득 입을 열었다.

"응?"

"이 소리요."

"좋은 데 왜?"

"초나라 항우의 병사들은 사면에서 들려오는 초가(楚歌)에 전의를 상실하고 전장을 벗어났다고 했죠?"

"그랬지."

"우리 금문의 형제들은 어떨까요?"

"글세… 그렇지만 적어도 초병들과 같은 신세는 아닐 텐데?"

"그럴까요? 하지만 금문이 계림의 부활을 꿈꾼 것이 이미 수백 년, 그동안 금문 문도들에게 자신의 삶이란 없었지요. 대를 이어서… 그 목적 하나로 금문의 문도들은 자신을 희생해 왔어요. 많은 사람들이 죽었고, 많은 사람들은 자신이 원하는 삶을 살지 못했지요. 이 소리… 초가에 고향을 그리워하는 초병들처럼 금문의 형제들도 다른 뭔가를 그리워할 것 같아요."

"그럴 수도 있겠군. 아우는 뭘 그리워하지?"

"저요?"

"그래, 현림장인가?"

"제가 그리운 것은 사람이에요."

"사람? 아우에게 그리워하는 사람이 있는 줄은 몰랐는데?"

"말할 수 없는 사람이죠. 오직 저만 알고 있는 사람이고, 제

눈에만 보이는 사람이죠."

　금불현의 말에 석요송이 놀란 표정을 지었다. 금불현의 마음속에 이토록 깊이 들어와 있는 사람이 존재하는 줄은 상상도 못했던 일이다.

　"누군지 정말 궁금하군."

　"죄송해요. 이건 아무리 형님이라도 말씀드릴 수 없네요."

　"맺어질 수 없는 사람인가?"

　"아마도… 아니 지금은……."

　"언젠가는 가능할 수도 있다는 말이군. 그럼 때를 기다려. 운명을 맞이하는 방법으론 기다리는 게 제일 좋은 방법이다. 서두르면 상하게 마련이다."

　"알겠습니다. 명심하지요."

　금불현이 석요송을 보며 빙긋 미소를 지었다.

＊　　＊　　＊

　금산지회 여섯째 날이 밝았다. 새롭게 늘어날 세 개의 진은 결정되었고 그 진을 책임질 대주도 결정되었다. 사람들의 욕망도 진의 대주가 결정되는 순간 수그러들었다. 욕망의 끝은 허무하고 그 허무함을 메우기 위해 사람들은 다른 관심거리를 찾는다. 그래서 금문도들의 시선은 이제 남봉에 머물고 있는 금령에게 향했다. 드디어 금산지회에서 금령에 대해 논의하기 시작했던 것이다.

　시간은 느리게 흘렀다. 아침에 뜬 해가 정오를 가리킬 때까지

사람들은 아주 많은 시간이 흘렀다고 생각했지만 기실은 몇 시
진의 시간도 지나지 않은 상태였다.

둥!

북소리가 들렸다. 그러자 사람들의 시선이 금산 정봉으로 향
했다. 한 척의 배가 뜨고 배는 남봉으로 향했다.

배를 몰고 온 사내는 남봉에 배를 대자마자 바람처럼 남봉 정
상을 향해 올라왔다. 그러고는 소도주 금령의 거처 앞에 당도하
자 큰 목소리로 외쳤다.

"소도주께 전갈입니다."

"무슨 일이오?"

호천단주 범교가 물었다.

"십육사께서 소도주님을 정봉으로 청하십니다."

"지금 바로 가서야 하오?"

"그렇습니다."

"알겠소. 기다리시오."

범교가 대답을 하고는 금령의 거처로 들어갔다. 잠시 후 금령
이 언제나처럼 은가면을 쓰고 나타났다. 그러고는 정봉에서 온
사내에게 물었다.

"혼자 가야 하나?"

"인검을 대동하실 수 있다 하셨습니다."

사내의 대답에 금령이 석요송을 바라봤다. 그러자 석요송이
훌쩍 신형을 날려 금령 곁에 내려섰다.

"가지."

금령의 말에 사내가 가볍게 고개를 숙여보이고는 앞장서서

남봉을 내려가기 시작했다.

삐이꺽!

배가 움직였다. 금령은 배 중간에 가부좌를 틀고 앉았고, 석요송은 그녀의 뒤에서 검을 가슴에 품은 채 팔짱을 끼고 있었다. 금산 곳곳에서 모습을 드러낸 사람들이 두 사람의 정봉행을 주시하고 있었다.

물결에 휩쓸리듯 배가 금산 정봉에 닿았다. 그러자 사내가 익숙하게 절벽에 난 길을 따라 정상을 향해 오르기 시작했다. 석요송과 금령도 사내의 뒤를 따라 빠르게 절벽을 올랐다.

정봉에 이르자 열여섯 고수의 시선이 일제히 두 사람에게로 향했다. 그들을 안내한 자가 고개를 숙여 보이고는 다시 절벽 아래로 내려갔다.

"왔느냐?"

금온이 금령을 맞이했다. 금령이 천천히 걸음을 옮겨 태양을 가린 천막 아래 모여 있는 십육사에게 가볍게 포권을 해 보였다.

"앉거라."

십육사로부터 조금 떨어진 곳에 하나의 의자가 놓여 있다. 나무로 만든 허름한 의자였는데 대 금문의 후계자가 앉기에는 초라하기 이를 데 없다.

"반나절 동안 우리 십육사는 령, 너의 거취에 대해 논의했다. 그 와중에 장로들께서는 너에게 직접 듣고 싶은 이야기들이 있다고 하는구나. 그리하여 널 부른 것이니 성심성의껏 장로들의 물음에 답을 하도록 하거라."

"명에 따르겠습니다."

금령이 앉은 채로 고개를 숙여 대답했다. 그러자 금온이 이번에는 장로들을 돌아보며 말했다.

"자, 령을 불렀으니 이제 장로들께서 궁금하신 것을 묻도록 하시오. 과연 령이 금문의 업을 등에 지고 갈 수 있는지 잘 판단해 보도록 하시구려."

금온의 말이 끝난 후에도 장로들은 한동안 침묵을 지켰다. 그러다가 문득 금자명이 입을 열었다. 그의 말은 예상만큼이나 직설적이었다.

"소도주, 소도주께서는 스스로 금문을, 금문의 대업을 짊어질 능력이 있다고 생각하시오?"

금자명의 질문은 가차가 없어서 청도의 소도주라는 금령의 지위 같은 것은 아랑곳하지 않는 듯 보였다. 금자명의 질문에 금령이 담담하게 대답했다.

"부족하지 않는다고 생각합니다."

금령의 대답에 금자명의 볼이 한차례 흔들렸다. 자나치게 오만한 대답이라고 생각한 듯싶었다. 그러고는 다시 물었다.

"금문은 이제 단순한 무림의 한 문파가 아니오. 금문의 세력은 태상장로님의 노력으로 천하에 퍼져 있소. 이제 그 세력을 바탕은 강호천하를 얻어내야 할 때요. 연후에는 세상을 움직여 천년왕업을 일으켜야 하오. 과연 그 일을 할 수 있겠소?"

"맡겨주신다면 노력해 보지요."

그러자 이번에는 금천명이 차갑게 말했다.

"노력한다는 말은 실패할 수도 있다는 말이기에 마음에 들지 않는구려."

그러자 금령이 물러서지 않고 대답했다.

"지금까지 금문에는 수많은 영웅들이 출현했지요. 그런데 그들 중 계림 부활이라는 대업을 성취한 사람은 없었습니다. 역대 선조들이 이루지 못한 꿈을 제가 이룰 수 있다 호기롭게 말한다면 듣기에는 좋겠으나 그건 지금껏 이 일에 목숨을 건 선조들의 명예를 흠집 내는 일이 아닐까 합니다. 그분들이 능력이 없어서 대업에 실패했겠습니까? 단지·천운이 따르지 않았을 뿐이지요. 저 또한 마찬가지입니다. 천운에 나를 맡길 뿐이지요."

금령의 담담한 대답에 금천성과 금자명이 미처 응대하지 못하고 입을 닫았다. 그러자 이번에는 현종의 주인이자 금불현의 조부인 금무해가 물었다.

"소도주의 말처럼 천하의 대업을 이루는 일은 사람과 하늘의 뜻이 만나야 가능한 일일 것이오. 난 그것보다 현실적인 문제를 묻고 싶소."

"말씀하시지요."

"지금 금문은 그 어느 때보다 강력한 힘을 지니고 있소. 이건 모두 태상장로님의 노고로 인한 것인데 문제는 태상장로님이 부재할 경우에도 과연 이 힘이 통제될 수 있느냐는 것이오. 소도주께서는 이 방대한 금문의 세력을 어찌 통솔해 갈 생각이신지……?"

어려운 질문이다. 금문을 통제한다는 것은 지금 이 자리에 있는 장로들을 통제한다는 것이다. 금무해는 금령에게 자신들을 어찌 다룰지 그걸 묻고 있었다. 금령이 금무해의 질문에 잠시 생각에 잠겼다가 입을 열었다.

"금문은 이제 하나의 문파라고 하기에는 지나치게 방대하게 커져 있지요. 제 종파로 이뤄진 금문은 계림 부활이라는 선대의 목적을 공유하는 것을 제외하면 거의 다른 문파나 마찬가지일 것입니다. 전 이 상황을 부인하고 싶지는 않습니다."

"그게 무슨 말씀인지? 설마 금문의 제 종파가 분열을 하도록 놓아두실 생각이란 것이오?"

금무해가 조금 놀란 듯 물었다. 그러자 금령이 차분하게 다시 입을 열었다.

"솔직하게 말하자면 제 능력은 조부님께 크게 미치지 못합니다. 더군다나 금문도들의 조부님에 대한 신뢰를 생각하면 도저히 조부님처럼 금문을 이끌지는 못할 것입니다. 그래서 전 다른 방법으로 금문을 하나의 길로 인도하려 합니다. 그건 바로 제 종파에 좀 더 많은 자유를 주는 것입니다. 하나의 머리가 아닌 여러 개의 머리가 한곳을 보게 하는 것이지요. 현 시점에서 보자면 조부님 후대의 금문은 그리 움직일 수밖에 없을 것입니다."

"금문의 분열을 자초해서 대업의 꿈을 영영 잃어버릴 수도 있소."

깊은 눈을 지닌 노인이 말했다. 석요송은 이미 십육사의 면면을 모두 머릿속에 넣고 있었는데 지금 입을 연 자는 금문의 재정의 오 할을 책임진다는 금왕종의 수장 복만선이다. 그는 정통 금문도는 아니지만 이미 수 대째 금문의 요직을 이어받는 자였는데 이재에 능통해 오늘날 금문이 성세를 이루는 데 중추적인 역할을 한 인물이었다.

"만약 이러한 나의 결정으로 인해 금문이 분열한다면 그건 이곳에 계신 십육사 어르신들께 금문의 대업을 이룰 생각이 없다는 의미가 되겠지요. 결국 금문 제 종파를 이끄는 것은 여러 장로님들이니 말입니다. 장로님들의 마음이 금문을 떠난다면 제가 아무리 노력한들 어찌 금문을 이끌고 천하무림을 얻겠습니까. 결국… 금문의 운명은 내가 아닌 십육사 어른들께 달려 있다고 할 수 있지요. 전 다만 장로님들이 여전히 금문대업의 꿈을 가지고 계시다면 그 선봉에서 무림의 향해 전진할 뿐입니다."

금령이 한편으로는 십육사를 은근히 압박하고 다른 한편으로는 자신을 낮췄다. 능란한 금령의 말재주에 석요송은 금령의 다른 모습을 발견한 듯싶었다. 금령의 말이 끝나자 침묵을 지키던 장로들 중 금천명의 가장 충실한 추종자 중 한 명인 북종의 장로 강후상이 물었다.

"만약 금문을 이끄시게 되면 어떤 방식으로 천하를 손에 넣으시려는지?"

"그 또한 십육사께서 숙의하시어 말씀해 주시면 그를 따르도록 하지요."

"소도주의 생각을 듣고 싶은 거요?"

그러자 금령이 잠시 생각에 잠긴 듯하다가 말했다.

"오랜 세월 금문은 내부적으로 힘을 축적해 왔지요. 나날이 세력은 번성하여 이제 암암리에 요동의 패자를 자처하고 있습니다. 그러나 그런 와중에 문도들 사이에는 현실에 안주하고자

하는 기운이 팽배해져 있습니다. 이미 천하를 얻은 듯 생각하고 있단 말이지요. 그런 사람들을 데리고 천하를 얻을 수는 없습니다.”

“그럼 어떤 방법이 있소?”

이번에는 금자명이 묻는다. 그러자 금령이 지체하지 않고 대답했다.

“지금 제 곁에는 호천단이 있습니다.”

“알고 있소. 좋은 인재들이 많다고 하더이다.”

“맞습니다. 더불어 그들은 금문 제 파의 주요 후기지수들이고 활력이 있으며 야망에 넘치고 있습니다. 전 그 호천단을 중심으로 천하를 향해 나갈 생각입니다.”

“새로운 세력을 키우겠다는 말이오?”

금자명이 경계심을 드러낸다. 그러자 금령이 고개를 저었다.

“새로운 세력은 아니지요. 허락하신다면 각 종파의 동량들도 호천단에 들게 하고 싶습니다. 그들의 패기로 천하를 향해 칼을 뽑겠습니다. 그리 되면 결국 금문의 모든 문도들이 패업의 길에 나서게 될 것입니다. 호천단의 호기로운 행보를 부러워할 테니까요. 그 호천단에 십육사 어르신들의 후예들이 참여한다면 더욱 좋은 일이고 그렇게 되면 호천단은 저 하나만의 세력이 아니겠지요.”

금령의 말에 장로들의 표정이 묘하게 변했다. 이 일은 동전의 양면과 같다. 잘못하면 각 종파의 후기지수들이 금령의 인질이 될 수도 있고, 또 잘하면 그들을 통해 금령을 통제할 수도 있을 것이다. 선택은 십육사의 몫이고 금령은 자신의 패를 던진 것이다.

다시 침묵이 흐른다. 간혹 십육사 중 일부가 금령에게 소소한 질문을 던지기는 했으나 역시 금령에 대적할 수 있는 노고수들은 침묵을 지켰다. 그렇게 의미없이 시간이 흐르자 금온이 입을 열었다.

"소도주에게 더 이상 물을 말이 없다면 그만 돌려보냅시다. 이후의 일은 소도주가 없는 상태에서 논의하는 것이 좋지 않겠소?"

"그렇지요. 아무래도 그게 좋겠지요."

금무해가 얼른 금온의 말에 동조한다. 그러자 금천명이 급히 입을 열었다.

"마지막으로 한 가지만 묻겠소."

"경청하지요."

"만약 소도주를 태상장로님의 후계자로 인정하는 대가로 하나의 시험을 거치게 한다면 받아들이시겠소?"

그러자 금령이 빙그레 미소를 지었다.

"시험을 치르는 것이야 어려운 일이 아니지요. 시험이란 게 어찌 이번 한 번뿐이겠습니까? 이 시험은 아주 오랫동안 끊이지 않고 이어지겠지요. 겨우 그중 한 번인데 거부할 이유가 없지요."

금령의 말에 금천명의 얼굴에 민망함이 서렸다. 금령의 말이 틀리지 않았다. 금령이 금문의 주인이 되어도 금문의 제 종파는 끊임없이 금령을 시험하려 할 터였다.

"좋아. 그럼 령, 너는 그만 돌아가도록 하거라."

금온이 서둘러 금령에게 하산을 명했다. 그러자 금령이 고개를 숙였다.

"그럼 물러가겠습니다. 부디 너그럽게 봐주시길!"

금령이 말을 하고는 걸음을 옮겼다. 그 뒤를 석요송이 재빨리 따랐다. 금령이 떠나자 금온이 장로들을 돌아보며 서늘한 기색으로 말했다.

"자 이제 마음에 있는 말들을 해봅시다!"

철썩!

물결이 뱃전을 친다. 석요송은 태산처럼 서서 자신의 그늘로 앉아 있는 금령을 따가운 햇빛으로부터 가렸다. 금령은 흘러가는 강물을 아무 말 없이 묵묵히 바라보고 있었다. 그러다 영원히 입을 열 것 같지 않던 석요송의 입을 열었다.

"진정 그들에게 힘을 나눠주실 생각이십니까?"

석요송이 물었다. 금령이 정봉 위에서 한 말, 자신이 금문의 주인이 되면 각 종파에게 권력을 나눠주겠다고 했던 말이 여전히 의문스런 모양이었다.

"어떻게 생각하오?"

"글쎄요. 수성이라면 모를까 천하를 공략해야 하는 이때에 힘을 나눌 일은 아닌 것 같습니다만……."

"나도 그리 생각하오."

"그런데 왜?"

"권력이란 참 묘하더구려. 과거 조부님께서 처음 금문의 태상장로가 되셨을 때는 선대의 대업이 완전히 패망해 물거품이 된 이후라 금문의 각 종파가 뿔뿔이 흩어졌었소. 정종의 권위는 땅에 떨어졌고, 태상장로의 명은 백 리도 전해지지 않았소. 그런데 오늘날은 어떻소? 조부님의 명은 하루에 천 리를 가고, 이틀이면 만 리를 덮소. 권력은 그런 거요. 나누자고 해서 나눠지는 것도 아니고 얻고자 해서 얻어지는 것도 아니지. 조부께서 내게 가르쳐 주신 것이 바로 그거요. 권력은 결국 힘 있는 자를 따르게 되어 있다는 것, 시작이야 어찌 되었든 내가 금문을 얻은 후 그들에게 내 힘을 보이면 그들은 스스로 내 그늘로 들어오게 될 것이오."

금령의 말에 석요송이 묵묵히 침묵을 지켰다. 그러자 금령이 되물었다.

"불가능할 것 같소?"

"그렇지는 않지만… 피가 필요한 일이지요."

"그럴지도 모르지. 그러나 그 선택은 오로지 그들에게 달렸소."

"호천단을 키우실 생각을 처음부터 하신 겁니까?"

"그렇소. 호천단 역시 양날의 검이오. 잘 쓰면 내게 양검이 될 것이고 잘못하면 사검이 되겠지. 그러나 난 자신 있소. 그들은 내 견마가 되어 천하를 질주할 거요."

금령이 패기를 드러내며 말했다. 그녀는 정봉에서와 달리 단 한 치도 권력을 양보할 기미가 없어 보였다.

"지낭이 오면 그를 중용하십시오."

"당연한 일 아니오? 그래서 그를 강호로 불러낸 것이고."

"인검보다도 더 가까이 두십시오."

　순간 석요송의 그늘 안에서 금령이 석요송을 돌아봤다. 그러고는 서늘한 시선으로 물었다.

　"무슨 의미요. 벌써 나와 거리를 두겠다는 거요? 우린 단 한 걸음도 내딛지 않았소."

　"그것이… 도주님의 뜻입니다. 아마도 금산지회가 끝나면 이에 대해 말씀이 있으실 겁니다."

　"그게 무슨……?"

　"저는 좀 더 그늘 속으로 들어가야 할 것 같군요."

　"이유가 뭐요?"

　"그 또한 도주님께 들으시길 바랍니다. 아무튼… 지낭은 믿을 수 있을 겁니다."

　"그의 내력은 나도 알고 있소."

　금령이 냉랭하게 말했다. 그러자 석요송이 고개를 끄덕였다.

　"그렇군요. 모르시는 줄 알았습니다."

　"그러나 그 본(本)을 알 수 없으니……."

　금령이 말꼬리를 흐렸다. 지낭 단중자가 단취월의 자식인 것과 그가 오래전 도주 금온을 암살하려 한 것은 알고 있지만 단중자의 친부가 누구인지는 금문의 누구도 모르고 있는 듯했다.

　"그래도 그를 믿으십시오."

　"그리 대단한 자라고 보시오?"

　"그의 능력 때문이 아니라 적어도 소도주님의 마음을 읽을 수 있는 사람 한 명쯤은 곁에 두어야 하지 않을까 해서 말입니다."

　순간 금령이 다시 차갑게 얼굴을 굳혔다.

"정말 한걸음 물러나려는 것이오? 도대체 할아버님이 무슨 말을 했기에……?"

"그러나 두 걸음은 아니니 언제든 절 쓰실 수 있으실 겁니다."

"휴… 세상에 쉬운 일이 하나도 없군."

금령이 나직하게 한숨을 쉬며 말했다.

금산 정봉의 회합은 그날 밤 늦게까지 계속되었다. 정봉에 횃불이 오른 것은 금산지회가 시작된 이후 그날이 처음이었다. 그만큼 금령의 존재를 어찌 인정하느냐의 문제가 어렵다는 의미일 터였다.

금온은 아주 늦게 남봉으로 왔다. 그리고 밤늦게 금령과 석요송을 자신의 거처로 불렀다. 금온은 흔들리는 촛불 아래서 늙은 몸을 굽히고 뭔가를 곰곰이 생각하고 있었다. 그러다가 금령과 석요송이 들어오자 고개를 들어 두 사람을 바라봤다.

"앉거라."

금온이 금령에게 말했다. 그러자 금령이 금온의 맞은편에 자리를 잡고 앉았다. 석요송은 그런 두 사람을 보며 좌측에 좌정했다. 그런데 두 사람을 자리에 앉힌 금온이 다시 침묵에 빠져들었다.

침묵은 아주 오랫동안 이어졌다. 입을 닫고 있는 금온이나 그런 금온의 말을 무던하게 기다리고 있는 석요송과 금령 모두 인내하는 것에 익숙한 사람들이었다.

"무공은?"

문득 금온이 금령에게 물었다.

"삼결을 완성했습니다."

"좋아."

금온이 고개를 끄덕였다. 그러고는 다시 침묵을 지켰다. 그러다 문득 이번에는 석요송을 보며 물었다.

"넌 어떠냐?"

"여전히 삼결을 수련중입니다. 거의 온 것 같은데 마지막 한 끝이 보이지 않습니다. 그래서 요즘은 아예 사결을 훑어보고 있습니다."

"조심하거라. 무공의 단계란 함부로 뛰어 넘는 것이 아니다. 아무튼 대정심공 삼결을 완성하는 것은 쉬운 일이 아니지. 삼결을 지나 사결로 접어들어서는 아마도 평생을 두고 쌓아야 할 공덕이니 서두르지 말거라."

"알겠습니다."

"둘 다 듣거라. 오늘 회합에서 령은 내 후계자로 인정되었다."

금온의 입에서 나온 말은 모두가 기다리던 말이었다. 그러나 석요송도 금령도 말을 하는 금온조차도 그리 기쁜 기색이 아니었다.

"어떤 조건이 붙었습니까?"

"음, 세 가지 조건이 붙었다."

"적지 않군요."

"욕심이 많은 늙은이들이니까. 후……."

금온이 길게 한숨을 내쉰다. 그러자 금령이 다시 물었다.

"뭘 해야 합니까?"

"첫째 네가 말한 대로 당장 내일부터 각 종파의 권한이 강화될 것이다. 각 종파에서 각기 종성을 세울 수 있다. 종성은 각 종파에 속한 자들 중 금부에 오른 자들 이외의 자들의 생살여탈권을 쥔다."

"힘을 키울 수 있는 기회를 가졌군요."

"그렇다. 금문의 정통은 금부에 오른 문도들이지만 그것이 오히려 숨은 세력을 키울 수 있는 빌미가 되기도 하는 것이지. 그리고 두 번째는 네게 북천십이문 중 두 문파를 금문에 거두라는 요구가 내려졌다. 일종의 시험인데… 쉽지는 않겠지."

"어려울 것도 없지요. 어느 문파죠?"

금령이 물었다.

"네가 거둘 문파는 내일 정하기로 했다. 그러나 이 일은 무척 신중하게 처리해야 한다. 함부로 도검을 들었다가는 금문 이 강호의 공적이 될 수도 있어. 생각보다 어려운 일이다. 은밀히 그러나 상대가 생각할 여유를 주지 않고 빠르게 일을 처리해야 한다. 네 도움이 필요할 거다."

금온이 석요송을 보며 말했다. 그러자 석요송이 가볍게 고개를 숙여보였다.

"나머지 하나의 요구는 무엇인지요?"

"음… 이 일이 가장 난해하구나."

"무슨……?"

"만약의 경우 네가 후사를 둔다면 반드시 금씨 성을 지닌 사람의 아이여야 한다는 조건이다. 성골만을 후사로 인정한다는 말이지. 만약 타성의 후사를 둔다면 그는 절대 금문의 후계자가 될 수 없다는 약속을 해야 한다는구나."

그러자 금령이 갑자기 희미한 웃음을 흘렸다.

"왜 웃느냐?"

"노인들의 노파심이 과하군요. 제가 여인의 삶은 포기한 것을 아직도 모르다니!"

"그러나 인생이란 종체 종잡을 수가 없으니……."

금온이 나직하게 말꼬리를 흐렸다.

第五章 일곱 번째 날, 파회

둥둥둥둥!

거친 북소리가 금산 정봉에서 들려온다. 금산지회의 칠 일째, 파회를 알리는 북소리다. 북소리만 요란할 뿐 금산에 든 금문도들은 차분했다. 술잔치라도 벌이는 것이 본래 세간의 대사를 끝낸 후의 상례지만 금산지회의 파회 끝은 그 흔한 주연도 없었다.

사람들은 저마다 자신의 거처를 정리하기 시작했다. 이젠 다시 자신이 살아가야 할 곳으로 돌아갈 시간인 것이다. 그러나 다른 곳과 분위기가 조금 다른 곳도 있었다. 바로 남봉 금령의 거쳤다.

금령의 거처에 모인 호천단원들의 얼굴이 상기되어 있었다. 금령이 청도주 금온의 정식 후계자로 결정되었기 때문만은 아니었다. 그 일은 어려움은 있겠지만 금산지회가 시작되었을 때부터 이미 예정된 일이었기 때문이었다. 그들의 가슴이 뛰는 이유는 금령이 후계자로 공인되었기 때문이 아니라 그들이 금산을 떠나는 그 순간 강호를 향해 일보를 내딛게 될 것이기 때문이었다.

십육사가 금령을 후계자로 인정하면서 내건 조건 중 그녀의 능력을 시험하는 일은 즉시 시행해야 하는 일이었다. 덕분에 호천단원들은 짐을 챙기면서도 간간히 도검을 빼어 들어 이리저리 휘둘러보곤 했다. 그러는 사이 정봉에서 다시 북이 울렸다.

둥둥둥!

북소리가 채 끝나기도 전에 장로들이 일제히 정봉에서 하산하기 시작했다. 그리고 가장 먼저 금온이 정종의 장로들을 대동하고 남봉에 도착했다.

석요송과 금령은 다시 금온 앞에 섰다. 금온의 곁엔 정종의 장로들이 조금은 걱정스런 표정으로 서 있었다.

"네가 상대해야 할 문파들이 정해졌다."

"어디인가요?"

금령이 물었다.

"북천십이문 중 일월문과 천오문을 얻는 것이다."

순간 금령의 표정이 살짝 변했다.

"일월문과 천오문이요?"

"그렇다."

"생각보다 먼 곳의 문파군요. 강하기도 하고……."

금령이 나직하게 중얼거렸다.

"어렵다고 생각하느냐?"

"쉽지는 않겠군요. 단지… 청도에서 멀다는 것이."

"음, 나도 그게 조금은 꺼려지는구나. 청도의 고수들을 쓰기가 어려울 듯싶다. 아마도 그래서 그들이 그 두 문파를 정한 것이겠지. 그러나 불가능한 것도 아니다."

"시일이 정해져 있나요?"

"오늘 즉시 떠나서 늦어도 반년, 그 안에 일을 매듭지어야 한다."

"일이 끝나면 전 무림이 금문을 경계하게 될 것입니다. 큰일은 역시 은밀히 진행하는 것이 좋은데……."

금령이 중얼거렸다. 아마도 벌집을 건드리는 일이라 생각하는 모양이었다.

"그래도 해야 할 일이다. 그렇게 네 힘을 드러내며 강렬하게 강호에 출도하는 것도 아주 나쁜 것은 아니다."

그러자 금령이 가볍게 미소를 지었다.

"물론 그 방식이 제가 좋아하는 방식이기는 하죠. 알겠습니다. 준비하겠습니다."

"청도가 멀어 사람을 쓰기 어렵다지만 대신 삼십육진 어느 곳이든 쓸 수 있다. 그러나 나를 포함해 십육사의 장로들은 네 일을 도울 수 없다. 이 일은 온전히 네가 주도하여 행해야 하는 일이다."

"좋군요, 잔소리할 사람이 없으니."

순간 정종의 장로 파야가 책망하듯 말했다.

"소도주 항상 조심하셔야 합니다."

장로 파야는 어려서부터 금령을 돌봐온 사람이라 그녀를 혈육처럼 생각했다.

"파 장로님의 잔소리를 안 듣는 것이 가장 좋은 일이군요."

"소도주!"

"하하, 농이에요. 걱정마세요. 제 곁에는 사람이 많습니다. 더구나 그들은 대부분 제 행동을 제약할 사람들이지 부추길 사람은 없으니까요."

금령의 대답에 장로들이 고개를 끄덕였다. 그러자 문득 금온이 석요송을 보며 말했다.

"잘해주게."

"소도주님의 능력이라면 어려운 일은 없을 겁니다."

"음… 그래도 자네들의 도움이 필요할 걸세. 령아!"

"예, 할아버님!"

"가급적 피를 흘리지 마라. 일월문과 천오문은 애초에 우리 금문이 품고 가야 할 문파들이다. 그들을 얻지 않고서는 북방을 일통할 수 없다. 그들의 저력을 무시해서는 안 된다."

"알겠습니다."

"좋아. 그럼 준비해서 떠나거라."

"할아버님께선 청도로 돌아가십니까?"

"음, 그래야지. 가는 중에 잠시 들를 곳도 있고. 나와 차 노인의 지인이 백두 인근에 살고 있는데 한 번 들러 보려 한다."

"너무 무리하지 마십시오."

"하하하, 걱정 말거라. 아직은 죽지 않을 테니. 청도에서 보

자. 오래 걸리겠구나.”

“강건하십시오.”

“가거라!”

금온이 고개를 끄덕였다. 그러자 금령이 큰절을 올리고는 금온의 거처에서 물러났다.

“출발한다!”

금령의 명이 떨어졌다. 이미 만반의 준비가 되어 있었으므로 출발에는 시간이 걸리지 않았다. 금령을 제외하면 겨우 열 명의 일행이다. 단출한 일행이 바람처럼 남봉을 달려 내려가 금산을 벗어났다. 그 모습을 금산 곳곳에 들어 있는 금문의 문도들이 주시하고 있었다.

*　　*　　*

까악까악!

초원의 수풀이 바람에 쓸리고, 강물은 파랑을 일으킨다. 어스름한 저녁 하늘에는 아직 먹잇감을 찾지 못한 까마귀들이 떼를 지어 날고 있었다. 금산지회가 끝난 지 벌써 삼 일, 석요송은 금령을 호위해 금산을 벗어나 서쪽으로 이동하고 있었다.

다시 노숙의 삶이 시작되었고, 일행은 익숙하게 강변에 숙영지를 만들었다.

구구구!

그때 저녁 어둠을 뚫고 날아온 전서구가 까마귀 떼를 피해 호천단주 범교의 어깨에 날아 앉았다. 범교가 재빨리 비둘기 다리에서 전서를 떼어냈다.

"어디라고 하오?"

금령이 범교를 보며 물었다.

"열흘이면 합류할 수 있다고 합니다."

"빨리 움직였군."

금령이 고개를 끄덕였다.

"그러나 일월문에 도착하기 전까지는 도착하지 못할 것인데……."

범교가 말꼬리를 흐렸다.

"일단 일월문과 이야기를 해 보도록 합시다."

"그들이 이쪽 세력이 적음을 보고 대화를 하는 대신 오히려 살수를 쓸 수도 있습니다."

범교가 신중하게 말했다.

"뭐, 그쯤이야 너끈히 감당할 수 있고. 인근에 십삼진이 있던가?"

"그렇습니다만 도움을 받기는 어려울 것입니다."

범교가 대답했다.

"도움 받을 생각은 없소. 단지 그들과 일월문 중간쯤에 거처를 정하면 일월문도 함부로 도발하지 못할 테니 십삼진의 역할은 그 정도로 충분하오."

"그렇군요. 제가 미처 그 생각은 못했습니다."

범교가 감탄하듯 말했다. 그러자 금령이 이번에는 석요송을 보며 물었다.

"밀영들은 이동했소?"

"예, 이미 일월문의 변경에 들어섰을 것입니다."

석요송의 대답했다. 그러자 금령이 고개를 끄덕이며 말했다.

"일월문의 사정을 소상히 알게 되면 피를 적게 흘릴 수 있을 것이오."

마치 석요송을 위로하기 위해 하는 말인 듯 느껴졌다. 그런데 그때였다. 문득 남쪽에서 한 사람이 말을 타고 바람처럼 일행이 노숙을 하고 있는 곳으로 달려왔다.

호천단 고수들이 일제히 일어나 도검을 잡아갔다. 이 외지에 그들을 찾아올 사람은 없다. 불청객은 바람처럼 달려와 일행의 숙영지 앞에 멈췄 섰다.

"누구냐?"

범교가 날카롭게 물었다. 그러자 사내가 말에서 훌쩍 뛰어 내리더니 허리를 굽히며 말했다.

"지낭께서 보내셨습니다."

"단 대주가?"

범교가 되물었다.

"그렇습니다."

사내가 대답하자 뒤에 있던 금령이 앞으로 나서며 입을 열었다.

"그가 무슨 일로 보냈느냐? 그는 어디에 있느냐?"

"아마도 내일 오전 중에는 도착하실 것입니다. 지낭께서는 소도주께서 더 이상 이동하지 마시고 자신을 기다려 달라고 하셨습니다."

“지낭이? 무슨 이유로?”

“그건 저도 잘 모르겠습니다.”

사내가 고개를 저었다.

“그에게 무슨 일이 있었느냐?”

“그렇지는 않습니다. 다만 금산지회의 소식을 자세히 들으시
더니 문득 제게 앞서 달려가 소도주님의 행보를 만류하라 명하
셨습니다.”

“음… 도대체 무슨 일이기에…….”

금령이 나직하게 중얼거렸다. 그러자 석요송이 말했다.

“일단 그의 말대로 이곳에서 그를 기다리시지요.”

“이유도 모르고 말이오? 일월문에 도착하는 시간이 길어질수
록 그들의 준비는 단단해 질 거요.”

“겨우 하루입니다. 그의 성정을 보건대 괜한 일은 아닐 것입
니다.”

“음… 인검의 생각이 그렇다면 알겠소. 넌 다시 말을 달릴 수
있겠느냐?”

금령이 단중자의 소식을 가져온 사내에게 물었다.

“말을 바꿀 수 있다면…….”

“좋다. 말을 내어줄 테니 다시 그에게로 가서 서둘러 오라고
전하거라.”

“알겠습니다, 소도주님!”

사내가 금령에게 고개를 숙이며 대답했다. 그러자 범교가 일
행의 말들 중에서 한 필을 골라 끌고 왔다.

“좋은 놈이오. 하루에 능히 수백 리를 달릴 수 있소.”

“내일 돌려 드리지요.”

대답을 한 사내가 훌쩍 말에 오르더니 자신이 달려온 길을 되짚어 남쪽으로 달려가기 시작했다.

“도대체 무슨 일일까요?”

금불현이 금령과 석요송을 번갈아 보며 물었다. 그러자 석요송이 대답했다.

“그의 별호가 지낭이다. 그런 그가 행보를 막았다면 그럴 만한 이유가 있을 것이다.”

“내가 무슨 실수를 했을까?”

문득 금령이 고개를 갸웃하며 중얼거렸다.

“지금까지는 실수한 일이 없었습니다.”

금불현이 대답한다.

“나도 그리 생각했네. 그러나 분명 지낭은 내 행보에서 허점을 발견한 거야. 뭘까?”

금령이 마치 수수께끼를 풀 듯 곰곰이 생각에 잠겼다. 그러나 석요송은 별반 고민을 하지 않았다. 어차피 하루면 풀릴 의문이다. 그 일을 고민하느니 밤바람에 흔들리는 갈대를 구경하는 편이 나았다.

해가 중천에 떠올랐을 때 멀리서 말발굽 소리가 들렸다. 강변을 따라 난 갈대숲으로 일단의 사람의 말을 몰아 왔다. 바람처럼 달려온 그들은 한순간 석요송 일행의 숙영지에 도달했다. 금령은 볕 잘 드는 강변에 나무 의자를 놓고 그 위에 앉아 장내에 도착한 사람들을 맞았다. 지낭 단중자다.

"소도주!"

지낭이 말 위에서 내려 포권을 해 보였다. 삼십삼진에서 만났을 때보다는 확연히 예의를 차리는 모습이다. 그 모습에서 석요송은 단중자가 금령에게 자신의 인생을 걸었음을 확신했다.

지낭이 허리를 펴자 그의 모습 또한 삼삽삼진에서 보던 것보다 훨씬 생기가 넘치고 있음이 느껴졌다. 아마도 인생에 새로운 목표가 생겼기에 흘러나오는 기운일 터였다. 석요송 자신에 의해 한 팔이 잘렸음에도 불구하고 그에게서 몸이 불편한 자의 소심함 같은 것은 찾아볼 수 없었다.

'이제 보니 무척 잘생긴 얼굴이구나.'

석요송이 바람에 머리카락을 휘날리며 서 있는 단중자를 보며 생각했다.

"어서 오시오."

금령이 앉은 채로 단중자를 맞았다. 어찌 보면 지나치게 도도한 모습이나 단중자는 또한 그런 금령의 도도함이 마음에 드는 모양이었다. 그게 패자의 모습에 더 어울린다고 생각하는 지도 몰랐다.

"기다려 주셔서 감사드립니다."

"그대는 앞으로 나의 장자방이 될 사람이오. 어찌 그 말을 무시하겠소."

"감사합니다."

단중자가 다시 고개를 숙여 보인다.

"이제 내 걸음을 멈추게 한 이유를 말해보시오."

금령의 말에 단중자가 잠시 숨을 고른 후 입을 열었다.

"삼십삼진을 떠나도 좋다는 명을 받은 후 전 즉시 금산으로 향했습니다. 그런데 제가 금산에 도착하기 전에 금산지회는 이미 끝이 났지요."

"그렇소. 이번 금산지회는 무척 빨리 끝난 셈이오. 보통은 열흘을 넘기게 마련인데……."

"그게 조금 이상했습니다. 소도주님을 후계자로 정하는 금산지회였습니다. 경쟁자가 없다면 모를까. 금문의 노호들이 호시탐탐 태상장로 자리를 노리고 있는 상황이고 말입니다. 그런데 그들은 예상과 달리 너무 순순히 소도주님을 금문의 후계자로 인정했습니다."

단중자의 말에 금령이 고개를 저으며 말했다.

"순순히 인정한 건 아니오. 내게 일월문과 천오문을 가져오라 했으니 말이오."

"물론 그렇긴 하지만 어쨌든 예상보다는 수월했지요. 더군다나 소도주님에 대응해 금문을 맡겠다고 나선 장로가 한 명도 없다고 들었습니다."

"그렇소. 그럼 지낭은 이 일에 무슨 음모가 있다고 생각하는 거요?"

"파회 소식을 듣고 전 먼저 금산에 왔던 장로들의 움직임을 파악했습니다. 도주께서는 백두 인근으로 움직이셨고, 나머지 각 파의 장로들은 본거지로 돌아갔다고 하더군요."

"이상한 것이 없지 않소?"

"아닙니다. 이상한 일입니다."

"뭐가 말이오?"

"지금까지 금산지회가 파한 후에는 항상 십육사 중 일부가 도주님을 금산에서 이백 리 경계까지 전송하는 것이 관례였습니다. 그런데 이번에는 도주님을 전송한 장로가 아무도 없습니다. 정종의 장로들까지 말입니다."

"그야 조부님께서 백두의 친인을 만나러 가시기 위해 조용히 움직이길 원하셨기 때문일 거요. 백두에 계신 분은 번거로운 것을 싫어하는 분이라 들었소."

"이치에 맞지 않습니다. 비록 도주께서 전송을 거부해도 반드시 장로 중 서넛은 도주님을 호위해야 했습니다. 더군다나 소도주님까지도 도주님이 움직이시는 방향과 전혀 다른 방향으로, 그것도 청도에서 가장 먼 곳으로 움직이고 계십니다. 이건… 무척 위험한 일입니다."

지낭 단중자의 말에 금령의 표정이 변했다.

"설마 그들이……?"

"충분히 가능한 일입니다, 애초에 명분으로는 소도주님을 반대할 근거가 마땅치 않았습니다. 그러니 일단 소도주님을 인정하는 듯하면서 원행에 나서게 한 후, 뒤에서 다른 일을 도모하려 했을 수 있습니다."

"만약 그렇다면 그들이 뭘 노릴 것 같소?"

"아마도… 도주님일 것입니다."

"그들이 과연 조부님을 감당해 낼 수 있겠소?"

"만약 정종의 다른 네 분 장로께서 도주님을 호위하지 않는다면 도주님이 위험에 빠지실 수 있습니다. 더군다나 도주님은 금산지회에서 소도주님을 후계자로 인정받으셨기에 저들에게 대한 경계를 늦추셨을 수 있습니다. 위험합니다. 무공으로야 어찌 도주님을 당하겠습니까만은 무림의 일이 꼭 무공으로만 결정되는 것이 아니니…….”

지낭 단중자가 단정적으로 말했다. 그러자 금령이 다시 단중자에게 물었다.

“만약 그렇다면 어찌해야 할 것 같소?”

“도주님께 기별을 넣을 수 없습니까?”

“음… 그것이 지금은 쉽지가 않소. 조부님께서는 차유 어른만 대동하고 이동하고 있기에 그 행적을 알기가 어렵소. 전서구가 닿을 수 없소.”

“그렇다면 북행을 포기해야 합니다.”

단중자가 단호하게 말했다.

“일월문과 천오문을 얻지 못하면 난 금문의 후계자가 될 수 없소. 말머리를 돌렸는데 만약 그들이 조부님께 어떤 위해도 가하지 않는다면 난 결국 후계자 자리를 내놓아야 할 거요. 음, 어쩌면 그들이 그걸 노리고 있는지도 모르겠소. 분명 내 행적을 살피고 있을 테니. 이건… 진퇴양난이군.”

금령이 고개를 저으며 중얼거렸다. 이때만큼은 단중자도 특별한 방도가 없는지 깊이 생각에 잠겼다. 그때 문득 석요송이 입을 열었다.

“두 가지 모두를 시도하지요.”

“무슨 소리요?”

단중자가 석요송을 보며 물었다. 그러자 석요송이 말했다.

“소도주께서는 계속 일월문을 향해 가십시오. 도주께는 제가 가보겠습니다."

그러자 금령이 고개를 저었다.

"그대의 실력을 모르는 바는 아니다. 그대 홀로 가서 일을 해결할 수는 없소. 나와 호천단 전부가 가야 하오."

"남아 있는 밀영들을 데리고 가겠습니다."

"크게 차이가 없을 거요."

그러자 이번에는 석요송이 고개를 저었다.

"그렇지가 않습니다. 만약의 경우 저들이 도주님을 암습한다 해도 승부를 확신하기 전에는 장로들이 직접 나서지 못할 겁니다. 도주님은 누가 뭐래도 당대 금문도들에게 절대적인 존재십니다. 그런 도주님을 어찌 얼굴을 드러내놓고 공격할 수가 있겠습니까? 필시 얼굴이 알려지지 않은 살수들을 움직일 터이고 그렇다면 밀영들과 제가 대처할 수 있을 겁니다. 더군다나 백두 인근에는 곳곳에 금문의 진들이 있습니다. 절대 많은 수의 사람을 움직일 수 없습니다."

석요송의 말이 끝나자 단중자가 고개를 끄덕이며 말했다.

"인검의 말이 맞을 수도 있습니다. 더군다나 일단 위험을 감지한다면 도주님의 무공으로 볼 때 살수들에게 당할 일은 거의 없을 것입니다. 그러니 지금 급한 것은 도주님께 위험을 알리는 일이지요."

"어쨌든 조부님이 위험한데 나더러 계속 이 길을 가라는 말이오?"

금령이 불쾌한 표정으로 말했다. 그러자 석요송이 대답했다.

"그게… 패자(覇者)의 길이고, 소도주께서 선택하신 운명입니

다. 이제 다시 모든 것을 되돌리시겠다면 저 또한 만류치는 않
겠습니다. 아니 오히려 제게는 좋은 일이지요. 인검의 굴레에서
벗어날 수도 있으니… 그러나 과연 소도주께선 패자의 길을 버
리실 수 있습니까?"

냉혹한 질문이다. 금령이 석요송을 노기를 담은 눈으로 노려
본다. 그러다가 차갑게 입을 열었다.

"그대 말이 맞소. 난… 이 길을 포기할 수 없는 운명이지. 좋
소. 인검 그대가 가시오. 그러나 반드시 조부님께 아무 일도 없
어야 할 거요. 그게… 우리 모두를 위해……."

금령이 협박 아닌 협박을 했다. 그런 금령을 향해 석요송이
무심하게 대답했다.

"사람의 목숨은 하늘에 달렸지요. 천명을 거부할 수 있는 사
람은 천하에 없습니다. 전 다만 도주께 천명이 남아 있는지 그
걸 확인하러 갈 뿐입니다."

석요송이 훌쩍 말에 올랐다. 그러자 금불현이 재빨리 금령에
게 말했다.

"함께 가겠습니다."

"그대도?"

"허락해 주십시오."

그러자 금령이 표정이 조금 변하더니 이내 고개를 끄덕였다.

"그대는 머리가 비상하니 그에게 도움이 되겠지. 다녀오시
오."

금령의 허락이 떨어지자 금불현 역시 훌쩍 말에 올랐다. 그러
고는 석요송을 보며 말했다.

"가요, 형님!"

말을 건넨 금불현이 석요송이 미처 뭐라 대답하기 전에 남쪽을 향해 말을 달리기 시작했다. 그러자 석요송이 당황한 표정을 짓다가 급히 금령에게 고개를 숙여 보인 후 금불현의 뒤를 따랐다.

"과연 조부님을 구해낼 수 있겠소?"

석요송 등이 떠나자 금령이 지낭에게 물었다. 그러자 지낭이 대답했다.

"그의 말대로 하늘의 뜻에 달린 문제겠지요. 일단 전서를 청도로 보내십시오. 그러면 청도에서 돌아오는 장로들의 발걸음을 백두로 돌릴 것입니다. 정종 장로들의 행보가 백두로 향한다면 음모를 꾸민 자들도 함부로 움직이지 못할 것입니다."

"알겠소. 전서를 보내시오."

금령의 말에 범교가 급히 전서구를 준비하기 시작했다.

두두두!

말은 쉬지 않고 달렸다. 강을 건너고 초원을 달렸다. 산을 넘고 계곡을 건넜다. 그렇게 오일을 쉬지 않고 달린 석요송과 금불현 앞에 거대한 산맥이 나타났다. 드디어 백두의 먼 경계에 들어선 것이다.

"어떻게 찾죠?"

금불현이 석요송에게 물었다. 이 넓고 넓은 산속에서 금온과 차유를 찾는 것은 난감한 일이 아닐 수 없었다.

"가는 곳을 알고 있다."

석요송이 대답했다.

"하지만 길이 여러 곳이잖아요? 그리고 저들이 도주께서 목적지에 도달할 때까지 기다리진 않을 거예요."

"그렇긴 하지. 그래서 밀영들이 중요해."

"밀영들이라고 이 넓은 산맥을 모두 감시할 순 없을 거예요."

"그러나 금산에서 이쪽으로 오는 길은 한정되어 있다. 밀영들이라면 충분히 감당할 수 있을 거야."

두 사람이 심각하게 이야기를 나누는 사이 작은 마을 하나가 눈앞에 나타났다.

두 사람은 마을로 들어가 산길을 넘나드는 사람들이 한 잔 술로 목을 축이는 주막으로 들어갔다.

"국밥 한 그릇 말아주세요."

금불현이 한가한 주모에게 소리쳤다.

"술은?"

나이 지긋한 주모가 퉁명스레 물었다.

"술은 됐어요."

"젊은 사람들이 힘을 쓰려면 탁주라도 한 잔 마셔야지!"

주모가 장사하는 사람답지 않게 퉁퉁거린다. 그런 주모의 모습이 재미있는지 금불현이 물었다.

"그럼 공짜로 주실래요?"

"세상에 공짜가 어딨어!"

주목의 목소리가 사납다.

"그럼 그냥 국밥이나 말아주세요."

금불현의 대답해 주모가 사납게 금불현을 바라보고는 주방

안으로 들어갔다.

석요송과 금불현이 국밥이 나오기를 기다리며 잠시 땀을 식히고 있으려니 주모가 작은 상을 들고 나와 두 사람 사이에 내려놨다. 말은 퉁명해도 상차림은 정갈한 것이 입맛을 돌게 했다.

"맛있겠어요."

금불현이 상 위의 나물 찬들을 보며 말하자 주모가 다시 퉁명스레 말했다.

"근처에서 나 만큼 음식 솜씨 좋은 사람 없어."

주모의 말에 석요송과 금불현이 미소를 지으며 요기를 하기 시작했다. 과연 주모의 장담처럼 음식들은 맛깔스러웠다. 덕분에 두 사람은 단숨에 상을 비웠다. 상을 비우고 나자 주모가 얼른 다가와 물었다.

"어때, 맛있지?"

"아주 좋아요."

금불현이 진심으로 고개를 끄덕였다. 그러자 주모가 은근한 어조로 말했다.

"탁주는 더 좋아."

"하하, 술은 됐어요. 그나저나 묵어갈 방이 있나요?"

금불현의 말에 주모가 반색을 한다.

"자고 가려고? 아직 해가 떨어지려면 멀었는데?"

"이삼 일 쉬어가려고요."

"그, 그래? 그런데 방이 좀 허름한데……?"

아마도 객방은 음식만큼 자신이 없는 모양이었다.

"괜찮아요. 등만 붙이면 돼요."

"그럼 이리로 와봐."

주모가 두 사람을 주막에 달려 있는 허름한 초옥으로 이끌었다.

"누추해서… 하룻밤은 몰라도……."

주모가 여전히 자신없는 말투로 방문을 연다. 그러자 오랫동안 비워둔 방의 특유한 냄새가 두 사람의 코를 찌른다. 과연 주모가 자신없어 할 만큼 허름한 방이다.

"좀… 그렇지?"

주모가 음식을 권할 때와는 딴판으로 의기소침하다. 말은 걸어도 양심은 있는 사람인 모양이었다.

"그래도 맨땅에서 자는 것보다야 낫겠군."

석요송이 금불현에 앞서 입을 열었다. 그러자 주모가 얼른 대답했다.

"그, 그야 물론이지. 맨땅보다야 낫지. 내 값은 싸게 해줄게. 한 닷 냥만 줘."

"며칠에요?"

금불현이 물었다.

"뭐, 어차피 묵어가는 손님도 없는 데 있고 싶은 만큼 있고. 대신 밥값은 꼬박꼬박. 알았지?"

"알았어요. 여기요."

금불현이 전낭에서 은자 한 냥을 꺼내 놓는다.

"아이구 이건 은자네?"

"삼사일 묵고 밥값까지요. 됐죠?"

"아암, 물론이지. 그럼 편히들 쉬어. 아 내가 이불은 따로 내
어 올게."

주모가 받아든 은자를 빼앗길까 두려워하는 사람처럼 얼른
자리를 떠났다.

"다른 곳을 찾아볼 걸 그랬나요?"

금불현이 방안을 둘러보며 눈살을 찌푸렸다.

"됐어. 노숙도 하는 판에… 그나저나 아우가 불편하겠군."

"제가 왜요?"

"아우는 노숙을 해도 깔끔한 것을 좋아하잖아? 더군다나 항
상 혼자 잠자리를 쓰고. 그런데 여긴……."

"어쩔 수 없죠. 뭐. 이럴 때도 있어야죠. 일단 좀 쉬어요."

금불현이 방바닥에 드러누우며 말했다. 그러자 석요송도 자
리에 앉아 벽에 등을 기댔다.

"밥 먹어."

주모의 목소리에 두 사람이 눈을 떴다. 어느새 달빛이 창에
드리우고 있었다.

"벌써 밤인가 보네요."

금불현이 방문을 열며 말했다.

"곤히 자는 것 같아서 깨우지 않을까 하다가 그래도 내가 양
심은 있거든, 밥은 먹여 재워야 할 것 같아서."

주모가 방문 안으로 상을 들이밀며 말했다. 그런데 그때 석요
송의 눈이 반짝였다. 열린 방문 저쪽으로 주막에 들어서는 일단
의 사람이 보였기 때문이었다.

밤이 늦어 주막을 찾아드는 손님이 이상할 것은 없었지만 석요송에 눈에 보인 사람들은 사람들의 눈길을 끌 만했다. 그들은 모두 한 가문의 사람들로 보였는데 숫자는 대략 십여 명에 남녀노소가 모두 포함되어 있었다.

"아이고, 어서 오세요."

석요송보다 뒤늦게 그들을 발견한 주모가 황급히 손을 비비며 달려 나갔다. 이 한적한 주막은 하루에 손님 열을 받기 어려운데 한꺼번에 십여 명의 손님이 들이닥치니 주모로서는 황송한 일이 아닐 수 없었다.

"요기를 좀 합시다."

일행 중 중년으로 보이는 사내가 말했다. 그러자 주모가 얼른 대답했다.

"무엇으로 할까요? 닭이라도 잡을까요?"

"이 집의 산채와 국밥이 맛있다 들었소."

순간 주모의 표정이 일변했다. 국밥과 산채만 팔아서야 별로 이문이 남지 않는다. 그러나 그래도 손님은 손님인지라 주모가 퉁명스레 말을 하며 안쪽으로 들어갔다.

"잠시만 기다리시우."

말투부터 변한 주모의 모습에 사내가 씁쓸한 표정을 짓더니 주변을 스윽 돌아봤다. 그때는 이미 석요송이 방문을 닫은 후였다.

"드세요."

금불현은 방 안쪽에 있었기에 주막을 찾아든 일행은 눈여겨보지 않는 상태였다. 그런 그가 석요송에게 식사를 권했다. 그러자 석요송은 수저를 들며 말했다.

"살수들이야."

"예?"

갑자기 무슨 말이냐는 듯 금불현이 물었다.

"새로온 손님들 말이야. 살수들이야."

"정말요?"

"기도가 남다르더군. 또한 품에 병장기를 숨기고 있어. 뛰어난 살수들이야."

석요송의 말에 금불현이 밥 먹는 것을 잊은 듯 문가로 다가들었다. 그리고는 살짝 문을 열어 밖의 동정을 살폈다. 그때 주모는 벌써 밥과 국 그리고 반찬을 주막 마당으로 내어오고 있었다.

주모가 식사 준비를 마치자 사내의 일행들이 서둘러 요기를 하기 시작했다. 그러다가 문득 처음 주모와 말상대를 하던 사내가 한쪽에서 불만스런 표정으로 손님들이 요기하는 것을 보고 있는 주모에게 물었다.

"이보시오, 주모."

"왜 그러시오?"

주모가 퉁명스레 대답했다.

"말 좀 물읍시다."

"말해 보시오?"

"이 근방에 당솔이란 자가 있다던데 아시오?"

"그 인간은 왜 찾소?"

"아시는 모양이구려?"

“물론 너무 잘 알고 있소. 그 인간, 갚지 않은 술값이 은자 열 냥이 넘으니까.”

“아, 그럼 이곳에 종종 오나 보구려.”

“흥, 자기도 낯짝이 있으니 자주야 오겠소? 은자라도 몇 푼 생기면 오지.”

“어디 사는지는 아시오?”

“그 인간 거처를 내가 어찌 아오? 뭐, 들리는 소문에 의하면 무이대 강 근처에 산다고 하더이다.”

“무이대 강이 어디요?”

“이 근처 사람이 아니시오?”

주모가 귀찮은 듯이 물었다. 그러자 사내가 고개를 저으며 말했다.

“우린 제법 멀리서 왔소.”

“어디서 왔기에 무이대 강을 모른단 말이오?”

“대막에서 왔소.”

“아니 그 먼 곳에서 여긴 왜……?”

“그를 만나러 왔소.”

“그라니… 설마 그 당솔, 그 인간을 만나러 그 먼 곳에서 왔단 말이오?”

“그렇소.”

“도대체 왜 그를…….”

주모가 이해가 가지 않는다는 듯 물었다. 그러자 사내가 차가운 얼굴을 하며 말했다.

“주모 내 한 가지 충고하리다.”

“마, 말해 보시오.”

“만약 다음에라도 그를 보게 된다면 그를 함부로 대하지 마시오.”

“그, 그 인간… 그 사람이 뭐 대단한 사람이라도 된단 말이오?”

“지금껏 그의 손에 죽은 자가 일백이 넘소.”

“헉!”

주모가 말을 잇지 못하고 손으로 입을 가렸다. 그런 주모를 보며 사내가 다시 말했다.

“다행인 것은 그 사람이 이미 오래전에 손에서 칼을 놓았단 것이오. 만약 그렇지 않았다면 이미 주모의 목은 남아 있지 않았을 거요. 그를 함부로 대한 듯한데…….”

“그, 그런 사람을 왜……?”

주모가 엉겁결에 물었다. 그러자 사내가 빙그레 웃으며 대답했다.

“그가 흥미를 느낄 만한 사냥감이 생겼기 때문이라오. 자, 그러니 이제 말해주시오. 무이대 강이 어디요?”

“무, 무이대 강인 이곳에서 동쪽으로 십여 리 가면 나오는 작은 강이… 입니다요.”

주모의 말투가 다시 변했다. 이들은 보통 사람이 아니라는 것을 깨달았던 것이다.

“음, 그런데 이상하군. 무이대 강이라는 이름을 보면 둘도 없이 큰 강인 듯싶은데 작은 강이라니……?”

“그냥 너무 작은 강이라 누군가 장남삼아 이름을 그리 붙여 놓았지요."

"그렇구려. 세상 재미있어. 산중의 작은 강에 무이대 강이라는 이름을 붙이다니. 허허허. 그런데 주모!"

"왜, 왜 그러시오?"

주모가 불안한 시선으로 물었다.

"우리가 알기에는 천하제일살수 당솔에게는 한 명의 거친 마누라가 있다 하던데… 혹 그와 함께 다니던 노파를 보지 못했소?"

"그, 글쎄요……."

주모가 고개를 갸웃했다. 그러자 다시 사내가 말했다.

"그 거친 마누라의 이름은 실모, 그러나 사람들은 그녀의 이름보다는 불락모라는 별명으로 부른다오. 세상에 즐거운 것이 없다는 여인이란 말이오. 만나는 사람마다 시비를 붙고 짜증을 내어 붙은 별호라오. 정녕 그런 여인을 못 보았소?"

"난 보지 못했습니다만……."

주모가 고개를 저었다. 그러자 사내가 호탕한 웃음을 터뜨렸다.

"하하하, 정말 원앙이살이 살수계를 떠난 모양이군. 이렇게까지 말하는 데에도 본색을 드러내지 않으니. 실모 정녕 우리가 누군지 모르겠소?"

사내가 주모를 보며 물었다. 순간 주모의 표정이 일변했다. 그러더니 순식간에 그림자를 남기며 지붕으로 날아올랐다.

"사림(死林)의 십객이 한꺼번에 나타나다니 사림이 왜 우리 두 사람을 노리는가?"

지붕 위로 날아오른 주모가 차가운 목소리로 소리쳤다. 지금까지 그녀가 보여주던 모습과는 천양지차의 모습이요, 목소리다.

"하하하, 실모! 안녕하시오. 후배 시월목이 인사드리오."

주모와 대거리를 하던 사내가 포권을 해 보이며 말했다.

"무슨 일로 날 찾아왔느냐?"

"이미 말하지 않았소? 두 분이 들으며 아주 흥미있어 할 일이 있어서 찾아왔다고."

"우리 두 사람은 이미 살업에서 손을 씻은 지 오래다."

"그러나 이 이야기를 들으면 다시 검을 들게 될 것이오."

"물러가라. 내 듣지 않은 것으로 하고 무이대 강에서 귀를 씻겠다."

"그럴 수는 없소이다. 이대로 물러갈 것이라면 뭐하러 이 먼 곳까지 왔겠소. 실모께서 안 들으시겠다면 당솔께라도 말씀을 드려야겠소."

"사림이 천하살계를 평정했다더니 과연 안하무인이군. 감히 우리 두 사람을 강압하려 하다니."

그때 다른 목소리가 들렸다.

"실모, 난 활류요. 이 일은 정말 대단한 일이오. 살계의 역사를 다시 쓸 일이란 말이오. 그러니 이야기라도 한 번 들어주시구려."

지금껏 침묵을 지키고 있던 노인이었다. 그러자 주모가 노인을 보며 말했다.

"사림 일객께서 직접 친림하실 줄은 몰랐군요. 도대체 무슨 일이기에……?"

"용을 잡을 것이오."

"용? 설마 대요황제의 목이라도 벨 생각인가요?"

"비슷하오."

"저, 정말 대요황제를 베겠단 말이요?"

주모가 다시 물었다.

"물론 그는 아니지만 그와 비슷한 무게의 인물이오. 당 아우를 만나고 싶소."

노인의 말에 주모의 표정이 여러 번 변했다. 그러다가 문득 입을 열었다.

"내가 한 말은 모두 사실이에요. 그는 무이대 강에 있어요. 가면 만나실 수 있을 겁니다."

그러자 노인이 고개를 끄덕였다.

"실모의 뜻은 잘 알겠소. 그를 만나 이야기를 나눠보겠소. 아우들 가세."

노인이 자리를 털고 일어났다. 그리고는 순식간에 주막을 벗어났다. 그러자 다른 아홉 사람도 그 자리에서 거짓말처럼 사라지는 것이었다. 그러자 지붕 위에 있던 주모가 훌쩍 마당으로 내려섰다. 그리고는 고개를 돌려 석요송 등이 있는 방을 잠시 주시하더니 이내 그 자리에서 자취를 감췄다.

第六章 살수

　석요송과 금불현이 어둠을 헤치며 전진했다. 멀리 주막을 벗어난 주모의 신형이 어스름히 보였다. 국밥이나 말아 파는 주모라기에는 너무도 빠른 움직임이다. 주모는 근방의 지리에 밝은 듯 길이 없는 곳에서도 길을 만들어 동쪽으로 내달렸다.

　몇 개의 산과 계곡을 지난 주모는 어느새 폭이 이십여 장 정도에 지나지 않는 강변에 도달했다. 주모가 말한 무이대 강인 듯싶었다. 일단 강변에 도착한 주모가 잠시 주변을 살폈다. 그렇게 주변을 확인한 주모가 이번에는 강줄기를 따라 북으로 이동하기 시작했다.

　이각여를 이동하자 북쪽 강변에 한 채의 초옥이 모습을 드러냈다. 산이 바로 강으로 이어지는 험준한 지형에 서 있는 초옥은 짙은 어둠에 쌓여 있었다. 아직은 누구의 방문도 받지 않은 것이 분명했다.

"영감!"

문득 주모의 입에서 다급한 목소리가 흘러나왔다. 그러나 초옥에선 아무런 기척도 들리지 않는다.

"영감, 어서 나와요."

다시 주모가 소리쳤다. 그러자 방문이 열리는 대신 초가의 지붕 위에서 한 명의 노인이 삐끔 고개를 쳐들고 마당의 주모를 내려 보며 입을 열었다.

"웬 일이야? 오늘은 오는 날이 아니잖아? 주막은 어떡하고?"

"지금 주막이 문제가 아니우."

"그럼 뭐가 문제야? 주막에서 은자를 벌지 않으면 우린 굶어 죽어."

노인이 퉁명스레 말을 하며 지붕 위에서 날아내렸다.

"거긴 왜 올라가 있어요?"

"제길 한밤중에 인기척이 들리니 나도 모르게 지붕으로 올라 갔지. 옛날 버릇을 못 버리나봐. 그건 그렇고 하던 말이나 해봐. 무슨 일이야?"

"사림의 살수들이 왔어요."

"사림? 그 살귀들이 왜?"

"영감을 찾아요."

"날? 무슨 일로?"

"청부를 하러 온 것 같아요."

"그놈들도 살수인데 살수가 살수에게 청부를 해? 더군다나 난 이미 청부를 손을 뗀 지 오래인데?"

"그자들의 말로는 거절하기 힘든 일이라고 했어요. 정확히 말하면 영감이 흥미를 느낄 만한 일이라고 했지요."

"내가 흥미를 느낄 만한 일이라… 사람 죽이는 싫어서 살검을 놓은 것인데 그런 내가 흥미를 느낀다고? 제길 벌써 흥미가 돋네. 무슨 일일까?"

"영감!"

주모가 벼락처럼 소리쳤다.

"아이쿠야. 귀청 떨어져!"

"그래서 그자들을 만나볼 생각이에요?"

"그럼 도망갈까?"

"잠시 몸을 피해요. 사람과 엮이면 골치 아파요."

"휴… 당신은 하나를 알고 둘은 모르는군."

노인의 말에 주모가 화난 얼굴로 물었다.

"무슨 소리예요?"

"당신이 아무리 지름길로 달려왔다고 해도 사림 십객 중 풍살보다 빠를 것 같아?"

"그게 무슨……?"

"그만 나오시오. 아니면 내 화살을 받아야 할 거야!"

노인이 어깨에 메고 있던 각궁을 꺼내 들며 말했다. 그러자 초옥 밖 어둠 속에서 한 명의 사내가 모습을 드러냈다.

"역시 당 노사시군요. 후배 인사드립니다. 풍살입니다. 오랜만에 뵙습니다."

"한 십 년 만인가?"

"노 선배께서 은거하시기 바로 직전 개봉에서 뵈었으니 그렇지요."

"자네도 늙었군."

"당 노선배께서는 정정하시군요."

"하하하, 일없이 좋은 공기, 좋은 물을 마시니 회춘을 하는 것 같네. 그런데, 무슨 일인가?"

"찾아온 이유는 대형께서 말씀드리실 겁니다."

"그는 어디 있는가?"

"곧 도착하실 겁니다. 불락모 어른의 발이 워낙 빠르셔서……."

"그래? 시간이 좀 있다는 말이지?"

당솔이라 불린 노인의 표정이 싸늘하게 변했다. 그러자 풍살이란 자가 급히 얼굴을 굳혔다.

"노선배 설마 지금 날 위협하는 것은 아니지요?"

"왜 아니겠나?"

팡!

한순간 노인이 손에 있던 각궁이 어느새 한 대의 화살을 발사했다. 그러자 풍살이란 자가 기겁을 하며 신형을 날렸다. 그런데 그가 신형을 날린 곳에는 이미 주모 노릇을 하던 실모가 가느다란 검을 빼 들고 기다리고 있었다.

실모의 손에서 뻗어 나온 검기가 풍살의 허벅다리를 찔렀다. 보통의 경우는 목이나 심장을 노리는 것이 검 든 자의 습관이지만 실모는 처음부터 상대의 두 다리를 노렸다. 철저히 실리를 내세운 검법이다.

팟!

풍살의 허벅다리에서 피분수가 솟았다. 그러자 풍살이 품속에서 암기를 꺼내들어 실모에게 내던졌다.

"젠장!"

암기를 던지는 그의 입에서 욕설이 흘러나왔다.

따다당!

풍살이 내던진 암기들이 실모의 검에 막혀 사방으로 튕겨져 나갔다. 그러나 그사이 시간을 번 풍살이 번개처럼 실모와 거리를 벌리며 물러났다.

그런데 그때 한 자루 장검이 뒤로 물러서던 그의 목에 드리워졌다.

"조심해야지. 자칫하면 목이 베겠어."

"음!"

풍살의 입에서 나직한 신음성이 흘러나왔다. 검을 드리운 사람은 당연하게도 당솔이었다. 어느새 각궁을 거둔 당솔이 살수가 쓰기에는 지나치게 긴 장검을 들어 풍살의 목을 겨누고 있었던 것이다.

"노, 노선배! 왜 이러십니까?"

"왜 이러기는. 설마하니 우리 원앙이살의 고요를 침범하고도 무사하길 바랐는가?"

"사림을 적으로 돌리고 두 분이 무사하실 수 있겠습니까?"

"하하하, 아직도 우릴 모르는군. 이봐, 풍살. 우릴 찾는데 얼마나 시간이 걸렸지?"

"그, 그것이……."

"아마 족이 수개월은 걸렸을걸? 사림의 눈으로도 그 정도인데 우리가 수시로 거처를 옮기면 누구도 우릴 찾지 못해. 더군다나 그 와중에 재미삼아 사림의 살수들을 하나둘 죽이다 보면 결국 곤란해지는 쪽은 사림이 될 거야. 그렇게 되면 사림도 어쩔 수 없이 자네의 죽음을 묻어두겠지. 자 이젠 그만 죽어줘야겠어. 사림일객 활류가 오고 있다니 일단 몸을 피해야 할 것 같거든. 그가 두렵지는 않지만 또한 무시할 수도 없으니까. 자네의 잘못이라면 발이 너무 빠른 것이었다고 있지. 혼자 오는 게 아니었어."

스윽!

당솔의 검이 움직이자 풍살의 목에 혈선이 생겨난다. 조금만 더 힘을 주면 풍살의 목은 그 자리에서 잘려 나갈 것이다. 그런데 그 위기일발의 순간 갑자기 어둠 속에서 나직한 목소리가 들려왔다.

"당 노사, 아우의 무례를 용서하시구려."

순간 당솔의 검이 멈췄다.

"벌써 왔군. 역시 사림 일객이야. 자넨 조금 더 살겠군."

당솔이 여전히 풍살의 목에 검을 겨눈 채 말했다. 그러는 사이 앞서 실모의 주막에 들렀던 자들이 하나둘 장내에 모습을 드러냈다. 그들은 동료인 풍살이 죽음의 위기에 처해 있음에도 불구하고 조급하거나 걱정하는 빛을 보이지 않았다.

"어서 오시오, 활 노사!"

당솔이 고개를 돌려 마른 노인을 보며 말했다. 그러자 노인이 가볍게 고개를 끄덕이며 대답했다.

"오랜만이구려. 이 활류는 늙어 허리가 굽었는데 당 노사는 여전히 정정하시구려. 젊은 사람을 잡고 드잡이질을 할 만큼 말이오."

풍살에게 독수를 쓴 것을 타박하는 말이다.

"늙어도 제 집은 지켜야 살수의 체면이 서는 것 아니겠소?"

함부로 자신의 거처를 찾아온 사람의 행동을 질책하는 당솔의 대꾸다. 그러자 활류가 미소를 지으며 말했다.

"아우를 상대하는 것을 봐서는 당 노사는 절대 늙지 않았구려. 그런데 언제까지 아우를 잡고 있을 셈이오? 그러다가는 아우의 피가 모두 빠져나가겠소. 아무리 살수의 생명이 질기다 해도 몸에 피가 없으면 죽을 수밖에 없소."

"그런 활 노사는 언제까지 내 집에 있을 거요? 이 친구가 죽는 것은 내 알바 아니고 내겐 나의 청정이 중요하오."

"그가 죽으면 원앙이살도 죽소."

활류가 차갑게 경고했다. 그러자 당솔이 실소를 흘리며 말했다.

"글세. 과연 그대의 형제들이 나와 내 마누라를 죽일 수 있을까? 우리 두 사람이 어떤 길을 걸어왔는지 잘 알 텐데? 사림의 존망을 걸고 싶다면 마다치는 않겠지만……."

슥!

당솔이 다시 검에 힘을 주었다. 그러자 풍살의 목에 다시 새로운 혈선이 생겨났다. 순간 활류가 입술을 깨물더니 한 걸음 뒤로 물러나 당솔에게 포권을 취하며 말했다.

"당 노사의 청정을 방해한 점 깊이 사과드리오. 그러니 너그럽게 용서를 해주시고 제 이야기를 한 번 들어주시구려."

천하제일살문으로 꼽히는 사림의 수장이 보일 수 있는 최대
한의 성의다. 그러자 당솔이 조금 놀란 표정을 짓더니 이내 풍
살의 목에서 검을 거뒀다.

"서둘러 손을 쓰게. 크게 상하진 않았을 거네."

당솔의 말에 풍살이 얼굴을 붉히며 재빨리 당솔에게서 벗어
났다. 그러자 당솔이 활류를 보며 물었다.

"도대체 무슨 일이기에 이 늙은이를 찾아온 거요?"

그러자 활류가 말했다.

"아주 큰일이 있소."

"날 살계에서 손을 뗐소."

"이 일은 살계의 일이되 어찌 보면 살계의 일이 아니오. 성사
만 된다면 당 노사나 우리 사림이나 살수의 멍에를 벗고 천하를
굽어보게 될 것이오."

"도대체 무슨 일이기에……?"

"조용한 곳에서 말씀드리고 싶소이다만……."

"이곳에서 누가 듣는다고 그러시오?"

"낮말은 새가 듣고 밤에 하는 말은 쥐가 듣는다지 않소이까?"

"음… 마누라 술상 좀 봐."

"내가 여기서도 주모 줄 알아요?"

실모가 차갑게 쏘아 붙였다.

"아, 그러지 말고 좀 봐줘."

"흥, 다시 검을 들 생각일랑 아예 마슈."

실모가 퉁명스레 말하고는 초옥에 딸린 부엌으로 들어갔다.
그러자 당솔이 활류를 초옥의 마루로 이끌었다.

“이리로 오시구려.”

당솔의 말에 활류가 망설이지 않고 처마 아래에 마루에 가 앉
았다.

“무슨 이야기를 하는 걸까요?”

금불현이 궁금해 죽겠다는 듯 물었다. 그러나 초옥 아래로 자
리를 옮긴 당솔과 활류가 무슨 소리를 주고받는지는 석요송도
알 수 없었다.

“좀 더 가까이 가볼까?”

“그건 위험해요. 사림의 살수들은 하나같이 절정의 살수들이
에요. 사람의 기척을 알아채는 데에는 귀신같은 자들이죠.”

“그러나… 저들이 무슨 소리를 하는지 듣지 않고는 여기 온
보람이 없지.”

석요송이 결심을 굳힌 듯 말했다.

“그럼 형님만 가보세요. 전 이곳에서 뒤를 살필게요. 솔직히
전 저들의 귀를 속일 자신이 없어요.”

“그러지. 그럼 뒤를 부탁해.”

석요송이 고개를 끄덕이고는 슬쩍 걸음을 옮겼다. 귀령보가
펼쳐졌다. 석요송의 신형이 한줄기 연기로 화해 초옥으로 다가
갔다.

“여기 있어요.”

탁!

실모가 투덜거리던 것과는 다르게 빨리 술상을 봐왔다. 술상

이라야 물론 탁주 한 병에 산채 두어 가지다. 술이 나오자 당솔이 술병을 들어 잔에 술을 따랐다. 그러고는 활류를 보며 술을 권했다.

"드시오."

당솔의 권유에 활류가 망설이지 않고 술을 마셨다. 살수가 권하는 술을 의심없이 마시다니 활류의 배포도 살수를 넘어선 것이 분명했다.

"커, 좋구려. 근방에서 실부인의 주막이 가장 음식과 술맛이 뛰어나다던데 그 말이 정말이었소이다. 언제 이렇게 술 빚는 법을 배우셨소이까?"

활류가 한쪽에 서 있는 실모를 보며 물었다. 그러자 실모가 퉁명스럽게 대답했다.

"술고래 영감과 살다 보니 자연이 그리되었수."

실모의 대답에 활류가 빙그레 미소를 지어 보인다.

"역시 두 분 금술은 남다르시군요. 남편을 위해 손수 술을 빚는 사람은 그리 많지 않지요. 더군다나 무림의 여인으로선……"

"후후, 내가 장가는 잘 갔소. 자, 이제 말해보시오. 도대체 무슨 일을 가지고 오셨소."

당솔의 말에 활류가 목소리를 낮추며 말했다.

"정말 큰 사냥을 한 번 해보려 하오."

"사냥이라… 누구요?"

"음, 그 상대는 당 노사의 대답을 듣고 나 이후에야 말해줄 수 있소."

"그렇다면 다른 말이 필요없구려. 난 다시 살행에 나설 이유가 없으니까."

당솔이 냉정하게 대답했다. 그러자 활류가 고개를 저으며 말했다.

"먼저 이 청부의 대가를 들어보시구려. 그리고 나서 가부를 정해도 늦지 않소."

"청부의 대상보다 청부의 대가를 먼저 말한다? 이것 참 도대체 무슨 일이기에……?"

당솔이 고개를 갸웃하며 중얼거렸다. 그러자 활류가 정색을 하며 말했다.

"이 청부를 위해 천하오대 살문 중 세 곳이 모였소."

순간 당솔이 크게 놀란 표정을 지었다.

"세 곳씩이나 말이오?"

"그렇소. 우리 사림과 지황문, 그리고 청웅방이 힘을 모았소."

"이건… 정말 보통 살행이 아니구려."

당솔이 호기심을 보였다. 통명한 표정으로 서 있던 실모도 고개를 돌렸다.

"그렇소이다. 아마도 강호사 최대의 살행이 될 거요."

"대가를 먼저 말하겠다 했소?"

당솔이 물었다.

"그렇소이다."

"뭐요?"

"강호에 우리 삼문이 힘을 모아 하나의 문파를 세울 거요. 그

리고 그 문파는 더 이상 어둠 속의 살문이 아닌 당당한 무림문
파가 될 거요.”

“그게 가능하겠소. 필요할 때야 사람으로 봐주지만 청부가
끝나면 개, 돼지 취급을 받는 우리요. 그런데 무림문파라니…
아마 개파를 하기도 전에 무림공적이 되어 멸살을 당할 거요.”

“그러나 강호의 정통문파 몇이 우리를 보증하면 그럴 일이
없을 거요.”

“보증? 도대체 누가 살문을 보증한단 말이오?”

“금문, 그리고 북천십이문 중 서너 곳이면 어떻소?”

“음……!”

당솔이 나직한 신음성을 흘려냈다. 은거한 그조차도 금문이
당금천하의 절대강자임을 모르지 않는다. 거기에 더해 북천십
이문 중 서너 곳이라면 활류의 말은 충분히 가능성이 있었다.

“누구의 청부요?”

“금문이오.”

“금문에서 청부를……? 이해할 수 없구려. 금문이 굳이 살수
의 손을 빌어 하고자 하는 일이 뭐가 있을까? 자신들이 마음만
먹는다면 천하에 못할 일이 없을 텐데?”

“그렇소. 그러나 그런 금문조차도 못하는 일이 있소.”

“도대체 그게 뭐요?”

“중이 제 머리를 못 깎는 이치와 같소. 이 일은……!”

그런데 그때였다.

“웬 놈이냐?”

갑자기 실모의 노성이 터져 나왔다. 동시에 그녀의 신형이 바

람처럼 초옥의 지붕 위로 올라갔다.

퍼드득!

순간 지붕 위에서 한마디 새가 밤하늘을 가르며 날아갔다.

"뭔데 그래?"

당솔이 물었다.

"밤새였나 봐요."

실모가 고개를 갸웃하며 지붕 위에서 내려왔다.

"마누라도 늙긴 늙었군. 새와 사람을 구분하지 못하다니."

"워낙 기척이 약해서 그랬어요. 하긴 사림의 살수들이 이렇게 많이 모여 있는데 누가 감히 이곳을 엿보겠어요."

실모가 마당에 가득 들어차 있는 사림의 살수들을 보며 말했다. 그러자 당솔이 다시 활류를 보며 말했다.

"계속해 보시구려."

"말 그대로 이 일은 금문 내부의 일이고, 이 일이 끝나면 금문은 천하를 도모할 거요. 그런데 아무리 금문이 대단하다 해도 천하를 홀로 도모할 수는 없소. 강호에 자신들의 조력자가 있어야 하지 않겠소? 그래서……."

"우리 살문들을 모아 하나의 문파로 인정하고 금문에 협력하게 하겠다?"

"그렇소."

활류가 고개를 끄덕였다.

"위험하군."

"알고 있소. 자칫하면 이용만 당하고 말거요. 그러나… 그들이 누구를 청부했는지 안다면 도박을 해볼 수 있다고 생각하게

될 거요. 그들이 우리를 배신하는 순간 청부자들도 끝이 날 테
니 말이오. 우리가 입을 열면 청부자들은 한순간에 나락으로 떨
어질 거요."

"도대체 청부자와 상대가 누구요?"

"하시겠소?"

"음… 일의 선후를 바꾸고 싶은데……."

당솔이 말했다. 그러자 활류가 고개를 저었다.

"그건 나도 양보할 수 없소. 이미 우리 세 살문은 목표를 향해
움직이고 있소. 청웅방의 눈에 목표가 들어왔고, 우린 그 주위
에 십면매목에 천라지망을 펼칠 거요. 귀신도 빠져나가지 못
할……."

"살수들이 모두 온 것이오?"

"그렇소. 이번 일에는 세 살문의 모든 인원이 동원되었소. 근
일백에 달하는 숫자요."

"대단하군. 이건 전쟁이군."

"그는 쟁을 치러야 잡을 수 있는 신룡이요."

"이쯤 되면 누군지 짐작이 가는군."

당솔이 중얼거렸다.

"누구겠소?"

"내가 입을 여는 순간 돌아올 수 없는 강을 건너게 되는 것인
데… 마누라 어때? 흥미가 있어?"

그러자 실모가 퉁명스럽게 대답했다.

"당신 좋을 대로 하세요."

"흐흐. 흥미가 있다는 말이군. 좋소. 내가 짐작하는 목표는

바로……."

당솔이 나직하게 활류에게 말했다. 그러자 활류가 고개를 끄덕였다.

"맞소. 바로 그요."

"정말 큰일이군."

당솔이 자신이 말해놓고도 믿기 어렵다는 듯이 중얼거렸다.

"일이 성공하면 미래는 보장될 거요. 그리고 사실 실패하기가 더 어려운 상황이오. 그가 지금 단신으로 백두를 찾아들었소."

"단신으로 말이오?"

"그렇소. 평소와 달리 조금 방심한 듯하오. 아마도 금산에서의 일이 그를 방심하게 만든 모양이오."

"금산에서의 일이라면 무슨……?"

"금문의 금산지회 말이오. 거기서 금문의 소도주가 그의 후계자로 공인되었소. 그게 그를 방심하게 한 것 같소."

"아, 신룡이 죽을 때가 되니 빈틈을 보이는구나."

"함께 갑시다."

"어디서 사냥을 할 거요?"

"낙성곡이라는 곳이오."

"낙성곡……."

당솔이 나직하게 중얼거릴 때 다시 한 번 바람이 불었다. 실모가 이번에는 아무 말 없이 초옥의 지붕으로 날아오른 것이다. 원앙이살이란 별호로 살수계에서 거목으로 추앙받는 고수의 면모를 유감없이 드러낸 실모였다. 그녀가 지붕 위에 올라서자마

자 주변을 살폈다. 그러나 주변은 역시 조용하다. 눈에 띄는 것
은 아무것도 없었다.

"또 왜?"

아래쪽에서 당솔의 말이 들렸다.

"아니에요."

실모가 퉁명스레 대답했다. 그러나 그녀는 쉽사리 지붕에서
내려오지 않았다. 그녀는 아주 세심하게 주변을 살폈다. 그러다
가 고개를 갸웃하고는 다시 마당으로 내려갔다.

"위험했어요."

석요송이 돌아오자 금불현이 말했다.

"그러게. 놀랍도록 오감이 발달한 사람들이야."

"살수잖아요."

"살수는 모두 그런가?"

"그게 그들의 생명줄이니까요. 그나저나 뭐래요?"

"가면서 이야기하지."

석요송이 은밀히 어둠 속으로 이동했다. 금불현이 재빨리 그
의 뒤를 따랐다.

"역시 살수를 동원한 건가요?"

금불현이 심각한 표정으로 물었다.

"이곳에 온 자들 말고 다른 자들은 이미 움직인 듯하더군. 도
주의 행적도 파악한 듯하고."

"청웅방이라면 능히 그렇겠죠."

"이름난 살문인가?"

“강호에 오대살문이 있어요. 청웅방은 그중 하나죠. 오늘 본 사림도 그렇고, 그들이 끌어들였다는 지황문도 그렇고요. 이 세 개의 살문이 한곳에 모였다는 것을 강호인들이 알면 모두 놀라 자빠질 거예요. 그나저나 낙성곡이라고 하셨죠?”

“그래. 그 안에 십면매복의 살진을 펼친다고 했어.”

“그럼 그전에 도주님을 만나야겠군요.”

“그렇겠지.”

“지금 떠날까요?”

“우리가 사라지면 그녀가 의심할 거야.”

“그렇군요. 그럼 내일 일찍 길을 나서죠.”

금불현이 고개를 끄덕였다. 어느새 그들 앞에 낡은 주막이 모습을 보였다.

“잘들 가시우?”

주모 실모는 아무 일도 없었다는 듯 천연덕스럽게 작별을 인사를 했다.

“잘 쉬고 갑니다. 그럼……”

금불현이 가볍게 고개를 숙이자 실모가 다시 물었다.

“며칠 쉬어 간다더니……?”

“그러고 싶었는데 갑자기 급한 일이 생각나서… 아무튼 돌아오는 길에 다시 들르지요.”

“그래 주면 고맙고… 가슈.”

실모가 손을 흔들고는 이내 주막 안으로 들어갔다. 그러자 금불현이 석요송을 보며 속삭였다.

“눈치챘을 까요?”
“글세… 모르겠군. 아무튼 뒤를 조심해야겠어.”
“알았어요.”
금불현이 굳은 표정으로 고개를 끄덕였다.

*　　*　　*

창공에 큰 원을 그리며 매 한 마리가 유유히 날고 있었다. 그
아래, 노인 둘이 산길을 가고 있었다. 느린 듯하지만 한순간 보
면 어느새 몇 십 장 앞으로 나아가 있는 노인들의 움직임은 마
치 신선의 그것처럼 신비했다.

한여름 무더위를 뿌렸던 태양은 어느새 그 힘을 잃었고, 이제
는 선선한 바람이 불어오고 있었다.

“좀 쉬었다 가세.”

노인 중 좀 더 늙은 노인이 말했다.

“그러지요. 마침 저기 계곡이 있군요.”

“입추가 지났는데 아직도 낮에는 좀 덥군.”

“바람은 이미 선선합니다. 단지 도주께서 무리해서 걸으셨지
요.”

“그런가? 아무튼 좀 쉬세.”

노인은 금산을 떠나 지인을 만나러 백두로 온 금온이었다. 그
의 곁에는 언제나처럼 차유가 따르고 있었다. 두 사람은 몇 그
루의 소나무가 그늘을 만드는 작은 개울가에 자리를 잡고 앉았
다. 두 손을 물에 담가 세수를 한 차유가 고개를 들어 금온을 보

며 물었다.

"정말 올까요?"

"그러길 바라네."

"하지만……."

"사람이란 말이야. 결국은 자신의 눈으로 확인하지 않으면 안심이 되지 않는 법이야. 올 거야."

"소도주께는 알리지 그러셨습니까?"

"후후후, 그렇다면 령이 원행을 나섰겠나?"

"하긴 그렇군요. 이 일은 지나치게 위험한 일이지요."

"그래도 제대로 된다면 큰 우환을 없애게 될 걸세. 명분도 얻고 말이야."

"그렇다고 해도……."

"또 그들을 만나는 것은 내가 마지막으로 해야 할 일이기도 하고……."

"진정 그들을 거두시렵니까?"

"난 령이 그들을 상대하는 걸 원치 않아. 내가 죽은 후라도 말이야. 령에겐 새로운 금문이 필요해."

"알겠습니다."

차유가 순순히 대답했다.

"어디에 덫을 놓았을까?"

"아직 소식이 없습니다."

"은밀히… 내가 위험하다 해도 절대 모습을 드러내지 말라고 해. 그들이 얼굴을 드러내기 전에는 말이야."

"알겠습니다."

차유가 고개를 숙여보았다. 그런데 그때였다. 문득 한 줄기 바람이 불어와 금온의 젖은 얼굴을 훑고 지나가는 순간 갑자기 금온이 손에 들고 있던 나뭇가지를 번개처럼 던져냈다.

팟!

금온이 던져낸 나뭇가지가 허공을 날아가는 사이 차유가 그 나뭇가지를 따라 날아갔다.

"헉!"

숲속에서 한마디 기겁성이 터져 나왔다.

팟!

그리고 다음 순간 한줄기 피분수가 허공으로 솟구쳤다. 일진 광풍처럼 일어난 한순간의 혈사를 뒤로하고 차유가 천천히 걸음을 옮겨 금온에게 다가왔다.

"혼자던가?"

"둘이었습니다. 하나는 살려 보냈습니다."

"잘했네. 그들도 일이 수월치 않다는 걸 알아야 직접 오게 될 거야. 그런데 누구던가?"

"글쎄요. 차림새로 보아서는 청응방의 살수들 같았습니다."

"오라. 그렇군. 어쩐지 매가 날더라 싶었어. 청응방의 매였군."

금온이 고개를 들어 하늘을 바라봤다. 여전히 그들의 머리 위를 한 마리 매가 맴돌고 있었다.

"매가 떴으니 따라올 겁니다."

"그렇겠지?"

"어디서 나설까?"

"지형으로 보자면 낙성곡이 제격이지요. 그곳은 근방의 산꾼들도 그 지형을 제대로 알지 못하는 곳입니다. 살수들이 움직이기에 그만한 곳이 없습니다."

차유의 말에 금온이 고개를 끄덕였다. 그러다가 물끄러미 차유를 보며 말했다.

"자네 말이야."

"예, 도주!"

"지금 돌아가는 게 어때?"

"예? 그게 무슨 말씀이십니까?"

"이번 일은 사실 너무 위험해. 비록 동심원의 은검들 절반을 불러냈다고 해도 겨우 스물다섯, 감당할 수 없을 지도 모르네."

"그런데 왜 제가 돌아갑니까?"

차유가 따지듯 물었다.

"이미 자넨 내게서 자유로운 사람이야. 이번 금산지회에 자넬 억지로 데려온 것은 다른 장로들에게 자네가 여전히 내 사람이라는 것을 보여주려는 의도였을 뿐, 나와 죽음까지 함께할 필요는 없네."

"생로라면 몰라도 사로라면 더욱더 제가 도주님의 곁에 있어야지요. 은거해서 살아보니 좋기는 한데, 조금 허망한 생각도 들더군요. 마치 평생 제가 살아온 길을 부정하는 것 같기도 하고, 허깨비로 살아가는 것 같기도 하고."

"나오기 싫다더니?"

"투정 한 번 부려본 거지요."

"하하하, 천하의 차유가 투정을 부려?"

"늙으니까 투정이 느는군요. 그러니 돌아가란 말은 하지 마십시오. 그리고… 이 일은 무척 재미가 있을 것 같습니다. 최후라도 뭐 상관없는 일이지요. 이 나이에."

"재밌기는 할 거야. 그럼 다시 갈까?"

"그러지요."

차유가 힘차게 자리에서 일어났다.

"이상한 일이구려."

석요송이 고개를 갸웃했다. 그의 앞에 은림각 밀영의 우두머리인 일영이 서 있었다.

"그렇습니다. 그들이 이곳에 모습을 나타낼 줄은 몰랐습니다."

일영이 대답했다.

"정말 그들이 확실했소? 혹시 살수들을 착각한 것은 아니오?"

"그렇지 않습니다. 비록 교류는 없었지만 그들과 우리 밀영은 하는 일이 같습니다. 얼굴을 몇 번 본적도 있고……."

그러자 곁에 있던 금불현이 신중한 표정으로 말했다.

"그렇다면 도주께선 단신으로 이곳에 오신 것이 아니군요. 위험을 감지하신 걸까요?"

"모르지. 어쩌면 항상 도주의 강호행에 은밀히 그들이 동행하고 있었을지도……."

"그러기에는 사람이 너무 많습니다. 제가 알기로 동심원 은검의 숫자는 많아야 오십, 그런데 이번에 확인한 숫자는 얼추 그 절반에 해당하는 것 같습니다."

일영이 대답했다.

"일이 예상치 못하게 돌아가는군. 아무튼 빨리 도주를 만나야겠소. 위치를 확인했다니 다행이구려."

"그리 어렵지 않았습니다. 도주께서는 굳이 자신을 숨기지 않고 이동하고 계시니까요."

"낙성곡이란 곳은 찾아냈소?"

"그렇습니다."

"좋소이다. 그 전에 도주님을 만나야겠소."

"길을 열지요."

산이 갈수록 험해졌다. 석요송에 앞서 달리는 밀영들이 흘려내는 숨소리가 작게나마 들려왔다. 그건 곧 밀영들이 지쳐 가고 있다는 의미였다. 벌써 하루 밤낮을 쉬지 않고 달리는 중이었으니 극고의 수련을 거친 밀영들일지라도 지칠 수밖에 없었다.

"쉬어 갑시다."

석요송이 말했다. 그러자 앞서 달리던 밀영들이 걸음을 멈췄다. 가쁜 호흡이 석요송의 바로 앞까지 들려온다.

"모두 괜찮소?"

석요송이 다시 물었다. 그러자 일영이 고개를 끄덕인다.

"아직은 더 달릴 수 있습니다."

"방향은 맞소?"

"맞습니다. 청웅방의 움직임을 확인했습니다. 이제 매가 떠 있는 것만 확인하면 도주님을 찾을 수 있을 겁니다."

일영이 자신있게 대답했다.

"기이한 일이군요. 청웅방은 도주님을 쫓고, 그 청웅방을 쫓아 도주님을 만나러 가다니."

금불현이 하늘을 살피며 말했다. 그의 말처럼 석요송 일행에게 지금 가장 확실한 길잡이는 청웅방이었다. 살수계에서 추적술로는 타의 추종을 불허하는 그들이다. 그런 자들이라면 도주 금온의 확실한 위치를 알고 있음이 분명했다.

"낙성곡은 얼마나 남았소?"

석요송이 물었다.

"하룻길입니다."

일영이 대답했다.

"자칫하다가 도주께서 낙성곡에 들어선다면 낙성곡 안에서 도주님을 만나는 것은 쉽지 않을 거요. 그들이 도주님을 쫓기 시작할 테니 말이오."

"최대한 서둘겠습니다. 일각 후에 출발한다. 모두 몸을 추슬러라."

일영이 밀영들에게 나직하게 소리쳤다. 그러자 밀령들이 제각기 가부좌를 틀고 앉아 운기를 하기 시작했다. 일영의 말처럼 일행은 정확하게 일각 후 다시 길을 나섰다.

"매가 보입니다."

문득 앞서 달리던 밀영 하나가 소리쳤다. 사람들의 시선이 일제히 하늘로 향했다. 과연 멀리 하늘을 맴도는 매가 보였다.

"정말 청웅방의 매일까요?"

금불현이 중얼거렸다.

"분명하오. 계속 한 방향으로 움직이며 맴을 돌고 있으니 분명 길들여진 매요."

일영이 대답했다. 그러자 석요송이 고개를 끄덕이며 말했다.

"서두릅시다."

이제 석요송이 일행의 가장 앞으로 나섰다. 석요송의 움직임이 너무 빨라 밀영들과의 거리가 서서히 벌어지기 시작했다. 한순간 석요송의 눈앞에 거대한 계곡이 들어왔다. 거리는 대략 십여 리 밖이었지만 워낙 거대한 계곡이라 멀리서도 손에 잡힐 듯 느껴졌다.

"낙성곡입니다."

뒤쪽에서 일영의 목소리가 들린다. 석요송이 달리면서 하늘을 보았다. 아직은 매가 제법 멀리 있었다.

'이러다가는……'

석요송이 다시 진기를 뽑아 올렸다. 그러자 그의 몸이 한줄기 바람으로 변해 숲을 뚫고 나가기 시작했다.

"힘을 내라."

일영이 뒤처지는 밀영들을 보며 소리쳤다. 그러나 지친 밀영들이 아무리 힘을 써도 석요송을 따라 붙기는 무리였다. 양쪽의 거리가 점점 멀어지기 시작했다.

노인은 거대한 계곡을 내려다보고 있었다. 계곡 속의 숲이 마치 바다처럼 넓다. 노인의 얼굴에 기이한 빛이 서렸다. 살기인지 혹은 두려움인지 모를 안색이다.

"이곳이군."

"생각보다 넓군요."

"사냥을 당하기에는 좋은 곳이지."

"그들이 앞서 와 있을까요?"

"행로를 알려주었는데 매복을 하지 않았다면 바보 같은 놈들이지."

"그렇군요."

차유가 고개를 끄덕였다. 그러자 금온이 주변을 둘러보며 말했다.

"은검들은 모두 들어라."

아무런 대답도 들려오지 않는다. 그러나 금온은 묵언 중에 수십 년 자신을 따른 검객들이 대답을 했음을 알고 있었다.

"낙성곡이다. 아마도 거대한 살진이 펼쳐져 있을 것이다. 살아나올 확률은 반반이다. 그대들 중 죽는 자도 있을 것이다. 그래서 오늘은 그대들 스스로 자신의 길을 선택할 수 있다. 낙성곡에 들지 않아도 된다. 오늘 이후 그대들은 자유다. 그동안 수고 많았다. 가세."

금온이 차유를 바라봤다. 그러자 차유가 고개를 끄덕이고는 먼저 신형을 날렸다. 차유가 마치 새처럼 거대한 절벽을 날아내렸다. 그 뒤로 금온이 그리고 다시 숲에 은신해 있던 은검들이 몸을 날렸다.

석요송은 멀리서 절벽을 날아내리는 자들을 바라보고 있었다. 그는 더 이상 달리지 않았다. 석요송은 금온을 만나기에는

너무 늦었다는 것을 알고 있었다. 이젠 그도 동료들을 기다릴
때다. 그리고… 낙성곡으로 들어갈지 말지를 결정해야 할 시간
이었다.

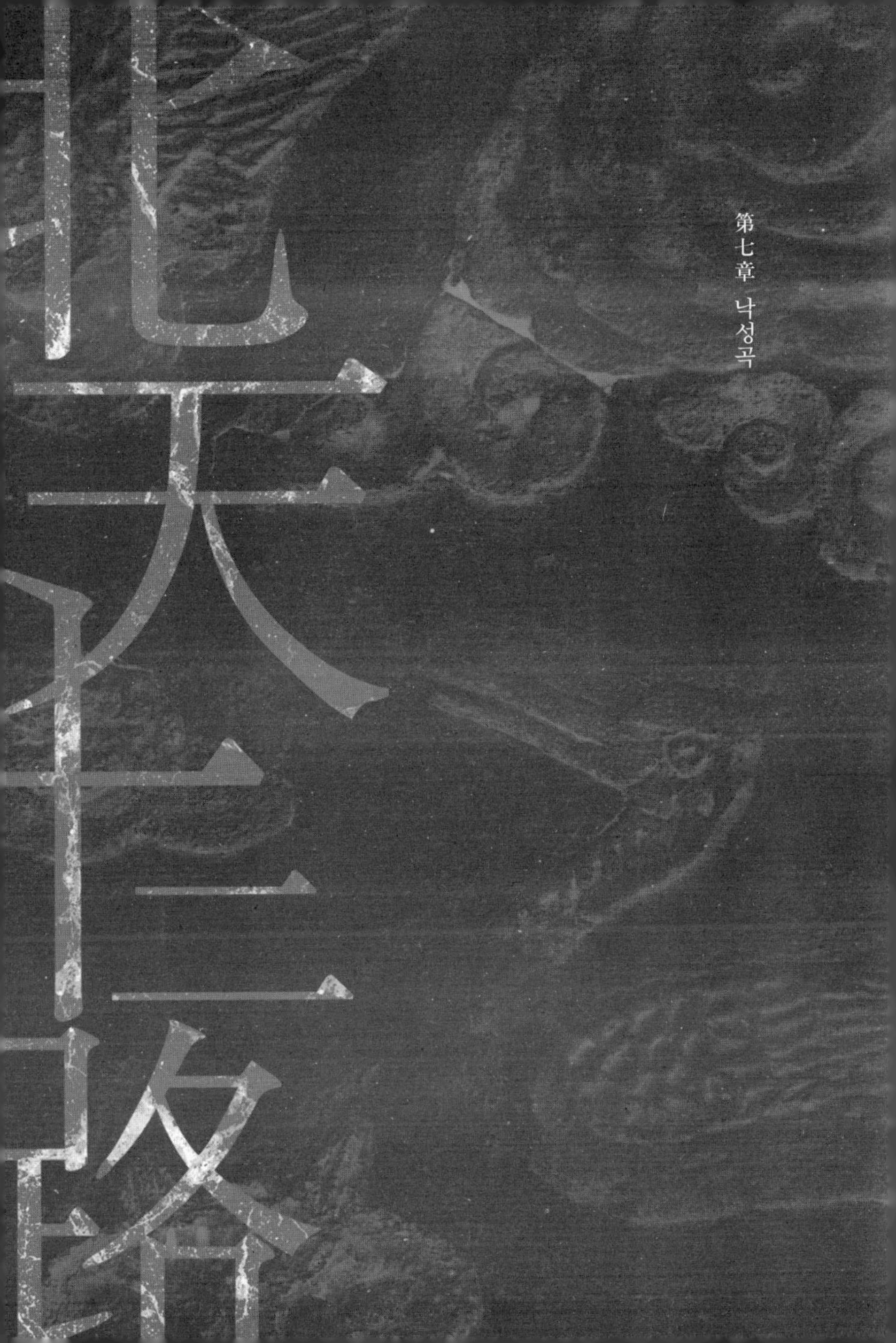

第七章　낙성곡

검은 계곡은 대낮에도 어두웠다. 하늘에서 별이라도 곧 떨어져 내릴 것 같이 깊고 어두운 계곡이다. 수백 년 묵은 나무들이 사방을 뒤덮고 있었고, 그 숲 먼 쪽으로 계곡의 경계를 이루는 수백 척 절벽들이 끝없이 이어져 있었다.

"이건 너무 살벌하군요."

석요송의 뒤를 따르던 금불현이 몸을 떨며 말했다.

"조심해. 독지가 있을 수도 있어."

석요송이 나직하게 경고했다. 밀영들은 보이지 않았다. 그러나 석요송과 금불현 주변으로 밀영들이 함께 움직이고 있는 것은 분명했다.

"곧 날이 어두워질 겁니다."

보이지 않는 곳에서 일영의 목소리가 들려왔다.

"조금 더 이동한 후 적당한 곳을 찾아 쉬어가도록 합시다."

석요송이 대답했다.

"알겠습니다."

다시 일영의 목소리가 들려왔다. 그러자 금불현이 말했다.

"이런 계곡에 천라지망이라면 아무리 도주님이라 해도 쉽지 않을 것 같아요."

"그래도 그는 금문의 주인이지."

"그렇긴 하지만……."

금불현이 무언가 불안한 듯 말꼬리를 흐렸다.

어둠 속에서 불꽃이 피어올랐다. 환하게 피어오른 불꽃이 밀려드는 어둠을 다시 밀어냈다. 그 불꽃 아래 두 명의 노인이 노숙할 준비를 하고 있었다.

준비는 언제나 차유의 몫이었다. 차유는 늙은 몸으로 금온이 쉴 자리를 능숙하게 마련했다.

"잠시 기다리시면 요기를 준비하지요."

천막을 친 후 차유가 말했다.

"준비는 무슨 건포로 해결하세."

"그래도……."

"어허, 외지에 나와 먹을 것을 챙기는 것은 강호인의 자세가 아니야."

"알겠습니다. 그럼!"

차유가 짐 속을 뒤져 마른 고기를 꺼내 물주머니와 함께 금온에게 건넸다. 그러자 금온이 건포를 받아 한 입 베어 물고는 천천히 씹기 시작했다.

"좋은 밤이군."

금온이 건포를 씹으며 하늘을 봤다. 우물에서 내다보는 하늘처럼 계곡 위 하늘이 둥그렇게 보였다.

"낙성곡이라는 이름이 어울리는 장소인 듯싶습니다."

"별이 지기 알맞은 장소야."

순간 차유가 흠칫한 표정으로 반발했다.

"무슨 그런 불길한 말씀을……."

"아니야. 많은 별이 질 걸세."

금온이 차분하게 대꾸했다. 그러자 차유가 말없이 검을 들더니 자신의 옆에 붙여 놓았다. 언제라도 검을 빼 들 준비를 하는 것이다. 그 모습을 보고 있던 금온이 웃음을 흘렸다.

"설마 첫날부터 귀찮게 하려고?"

"사정을 보아주는 자들이 아니지요."

"나 같으면 좀 더 깊이 끌어들일 거야."

"혹은 안쪽으로 몰아붙일 수도 있지요."

"그도 그렇군. 아무튼 초저녁에는 안 올 테니까. 자자고!"

금온이 건포를 씹으며 천막 안으로 들어갔다.

늙으면 잠이 없다더니 차유가 아직 날도 밝지 않았는데 눈을 떴다. 그러고는 마치 전장에 나가는 사람처럼 검을 들고 일어섰다.

창!

날카로운 소성이 어둠 속에서 터져 나왔다. 차유가 검을 뺐다.

“악!”

외마디 비명이 뒤이어 들려왔다.

“은검들을 물리게.”

문득 천막 안에서 금온의 목소리가 들려왔다.

“하지만……..”

“온 자들이 누군지 얼굴을 보려 함일세.”

“알겠습니다. 모두 물러나라!”

차유의 명이 있자 검은 그림자들 몇이 잦아든 모닥불 근처로 이동하더니 이내 금온과 차유를 둘러쌌다. 그러자 다시 그들이 나온 숲에서 인기척이 느껴지더니 머리에 검은 두건을 쓴 자들이 나타났다.

“청도주를 뵈오!”

두건을 쓴 자들 명 몇이 앞으로 나서더니 금온에게 정중하게 허리를 굽혔다.

“하하하, 살수가 강호의 예법을 따르다니 확실히 세상이 변했군.”

“아무리 천한 살수인들 천하제일인을 뵙고 어찌 인사를 드리지 않겠습니까?”

“천하제일인이라! 내가 그런 사람이었나?”

금온이 미소를 지으며 물었다.

“당금 천하는 누가 뭐래도 금문의 세상이지요. 그 금문의 주인이시니 어찌 천하제일인이라고 아니라 할 수 있겠습니까?”

“듣기는 좋군. 그런데 어디 어디서들 왔나? 청웅방은 수일 동안 내 뒤를 쫓았으니 알겠고. 또 어디서 나왔는가?"

"죄송하지만 말씀드릴 수 없습니다."

"이번 행사에 자신이 없나 보군."

"다시 죄송스럽지만 도주께선 이 낙성곡을 결코 살아서 나가 실 수 없을 겁니다."

"그럼 왜 정체를 밝히지 못하는고?"

금온이 비웃음을 흘렸다. 그러자 복면의 사내가 고개를 저으며 말했다.

"얼굴은 가리는 것이 살수의 철칙, 아직은 살수이니 어찌 얼굴을 함부로 드러내겠습니까?"

"아직은 살수라… 그럼 곧 살수의 굴레를 벗을 수 있다는 말인데. 그건 누군가의 약속이 있었다는 말이고. 누구냐? 너희들에게 청부를 넣은 자가?"

갑자기 금온의 기세가 일변했다. 서슬 퍼런 그의 기세에 복면의 살수들이 흠칫 놀라는 기색을 보였다.

"청부자를 발설하지 않은 것 역시 살수의 철칙이지요. 도주께서 더 잘 아시지 않습니까?"

복면의 사내가 무거워진 음성으로 대답했다.

"짐작하지 못하는 것은 아니야. 그래도 확실히 알고는 싶어. 금천명일까? 금자명일까? 아니 그 둘 다? 금관유는 또 이 일에 관여를 했을까? 이런 것들이 궁금하군. 그런데 그대들이 말해줄 수 없다면 방법은 하나야. 그대들을 모두 베고 나면 결국 그들이 나서겠지. 설마 그걸 바라는 건가?"

"그런 일은 일어나지 않을 겁니다. 이 낙성곡에는 천라지망이 펼쳐져 있지요. 도주께서 아무리 천하제일인이라고 해도 이 곳에서 살아나가실 수는 없습니다.”

“그래… 그럴까?”

번쩍!

한순가 벼락보다 강렬하고 태양보다 눈부신 빛줄기가 번쩍였다. 금온의 허리에서 시작된 그 빛이 한순간에 복면인들을 휩쓸었다.

“악!”

“컥!”

“피햇!”

벼락처럼 혼란스런 목소리들이 터져 나왔다. 모닥불에 비친 선혈들이 낭자하게 흩뿌려졌다. 단 일검에 살수들의 진영이 흐트러지고 서너 명의 살수는 그 자리에 고꾸라졌다. 그러자 기다렸다는 듯이 차유가 하늘을 날아 살수들 사이로 떨어져 내렸다.

“도주님의 청정을 어지럽히는 자, 살아남지 못한다!”

쉬이익!

차유의 손에 들린 검이 뱀처럼 소름끼치는 소리를 냈다. 그러자 다시 비명 소리가 터져 나왔다.

“큭!”

짧은 비명을 흘려내며 다시 살수 서넛이 목숨을 잃었다. 그러는 사이 살아남은 살수들이 놀란 새 떼처럼 어두운 숲속으로 몸을 숨겼다. 그러고는 연이어 숲속에서 암기들이 날아들기 시작했다.

파파팟!

하늘을 가득 메운 암기들이 폭우처럼 쏟아졌다. 그러자 금온의 곁을 지키던 은검들이 일제히 도검을 뽑아 허공을 휘저었다.

따당!

은검들이 만드는 검기의 막에 암기들이 사방으로 튕겨져 날아갔다. 그러자 거짓말처럼 암기의 공세가 뚝 멈췄다. 그러고는 멀리서 한줄기 목소리가 들려왔다.

"과연 청도의 도주시오. 그러나 아무리 도주께서 하늘을 벨 무공을 지니고 있다고 해도 낙성곡을 벗어나지 못할 것이오. 이제부터 도주의 앞에 나타나는 모든 것은 죽음의 증표가 될 것이오. 천하살수계의 모든 살법이 동원될 것이니 부디 옥체보중하시길!"

"기대하지. 한 명씩 얼굴을 가린 천을 떼어내면 누가 왔는지 알게 될 테니까. 하하하!"

낮고 서늘한 금온의 목소리가 숲을 퍼져나갔다.

"도주!"

어느새 차유가 금온 앞에 다가섰다. 그러자 금온이 새벽하늘을 보며 중얼거렸다.

"이제 사로(死路)가 시작된 건가?"

매캐한 내음이 코를 찌른다. 독이다. 곳곳에서 독에 묻은 암기도 발견되었고, 간혹 불에 탄 나무들도 보였다.

"지독하군요."

금불현이 중얼거렸다. 주변을 돌아보면 죽음의 덫이 아닌 곳이 없었다. 다행이라면 앞서간 금온 일행이 그 덫들을 대부분 걸어내고 갔다는 것, 그래서 석요송 일행은 조심해서 길을 가고 있었지만 큰 위험을 없었다.

"다행히 아직은 모두 무사한 것 같군."

석요송이 말했다. 그의 말처럼 지금까지 금온이나 차유는 물론 은검들의 시신은 발견되지 않았다.

"살수들은 계속 발견되고 있어요."

"금문의 태상장로를 거두려면 그 정도 희생을 필요하겠지."

석요송이 담담하게 말했다. 그때 일영이 석요송 앞에 나타났다.

"어떻소?"

"조금 이상합니다."

"뭐가 말이오?"

"도주님의 행보가 너무 느립니다."

"너무 느리다……?"

"도주님과 차 어른, 그리고 은검들의 능력을 보면 살수들의 공세가 아무리 거세도 이렇게 늦게 움직이지는 않을 겁니다."

"역시 그런 건가?"

석요송이 중얼거렸다. 그들이 예상처럼 이 살진 속에 들어온 것은 금온이 스스로가 원한 것일 가능성이 점점 커지고 있었다.

"그리고……."

밀영이 다시 입을 열었다.

"무엇이오?"

"후방에 남아 있던 밀영으로부터 전서가 왔는데 그들이 오고 있답니다."

"그들?"

"금자명과 금천명 그 두 사람이 낙성곡으로 접근하고 있다는 전갈입니다."

"직접 말이오?"

석요송이 조금 놀란 표정으로 물었다. 그러자 일영이 무거운 얼굴로 고개를 끄덕였다.

"그렇습니다. 비록 따르는 자는 많지는 않지만……."

"몇이라 하오?"

"대략 스물 정도랍니다."

"그렇다면 일에 직접 관여할 생각은 없는 모양이구려. 그저 일이 제대로 되었나 확인만 하겠다는 심산이야."

석요송이 중얼거렸다. 그러자 금불현이 입을 열었다.

"도주님과의 거리는 얼마죠?"

"아무 방해가 없다면 두어 시진 정도요."

일영이 대답했다.

"이젠 만나 뵙죠?"

금불현이 석요송에 물었다. 그러자 석요송이 잠시 생각에 잠겼다가 고개를 저었다.

"아니, 도주께서 손님을 청했다면 그 손님과 만나는 것을 확인해야겠어, 그때……."

"도주님이 위험할 수도 있어요."

"최소한 손님들을 맞을 때까지는 무사할 거야."

석요송이 단호하게 말했다.

"어떻게 그렇게 확신하죠?"

"그 양반이 청도의 도주니까."

석요송이 대답했다.

"은검 둘이 상했습니다."

차유가 어두운 낯빛으로 말했다. 그러자 금온이 고개를 끄덕였다.

"안타까운 일이야."

"물이 떨어졌습니다. 저들이 눈에 보이는 물이란 물에는 모두 독을 풀었습니다."

"그래. 당연한 일이겠지. 그게 살법의 첫 번째 방책이니까."

금온이 덤덤히 대답했다. 그러자 차유가 다시 입을 열었다.

"적당한 곳을 찾아 땅을 파 물을 찾겠습니다."

"그렇게 하지."

금온이 고개를 끄덕인다. 드디어 그를 따르는 사람들이 죽어 나가기 시작했음이 그를 의기소침하게 만든 듯도 보였다. 그런 금온을 잠시 바라보던 차유가 고개를 돌려 작은 샘을 바라봤다. 겨우 어린아이 오줌 줄기만 한 물을 내보내고 있는 샘이다.

"파라!"

차유의 말이 떨어지기 무섭게 은검 두 명이 샘으로 다가가더니 샘을 파헤치기 시작했다. 샘은 순식간에 서너 자 깊이로 파여 들어갔다. 그러자 물이 좀 더 많이 솟구치기 시작했다.

"되었습니다."

"물을 채워라."

차유의 명에 은검들이 물주머니들을 모아가 물을 채우기 시작했다. 그런데 그 순간이었다. 물을 채우고 있던 두 명의 은검들을 향해 폭포 같은 암기 세례가 쏟아져 내렸다.

"악!"

재빨리 피했지만 은검 둘 중 하나가 온몸에 십여 개의 암기를 맞고 쓰러졌다.

"이놈들!"

차유의 입에서 노성이 토해지더니 그의 신형이 바람처럼 땅을 박차고 올라 우거진 나뭇가지 사이로 들어갔다.

"악!"

"큭!"

두 마디 비명과 함께 나무 위에서 복면을 한 자들이 떨어져 내렸다. 동시에 주변이 어수선해지더니 이내 다시 고요해졌다.

"물러갔나?"

돌아온 차유를 보며 금온이 물었다.

"그렇습니다. 그러나 곧 다시 오겠지요."

"그래. 일단 물을 준비해."

"알겠습니다. 물을 마저 길어라."

차유의 명에 다시 인검들이 나서서 물을 긷기 시작했다.

"한 번에… 한 번에 오너라. 좀 지루하구나."

금온이 어두운 하늘을 보며 중얼거렸다.

금온을 향해 수십 개의 암기가 닥쳐들었다. 이미 그를 호위하는 은검들의 수는 절반으로 줄어들어 있었다. 차유도 몸에 상처는 없었지만 많이 지쳐 보였다. 거대한 절벽의 그들의 왼쪽을 따라 펼쳐져 있었는데 그 절벽으로 수없이 많은 암기들이 부딪혀 떨어졌다.

"저기로 가세."

문득 금온이 암기를 쳐내며 말했다. 차유가 검을 휘두르며 살펴보니 이십여 장 앞에 절벽 안쪽으로 움푹 들어가 공터가 보였다. 한눈에 보기에도 일당백의 요지다.

"알겠습니다. 날 따라라!"

차유가 몸을 날렸다. 그러자 살아남은 은검들이 차유의 뒤를 쫓았다. 순간 어두운 숲속에서 검은 그림자들이 구름을 만들며 금온 일행을 따라 이동했다.

숲이 세 갈래로 갈라져서 일정한 너울을 일으키며 금온과 차유가 머물고 있는 곳으로 달려왔다. 금온과 차유의 곁에는 이제 십여 명의 은검이 서 있었는데 그들의 얼굴에도 지친 기색이 역력했다.

두 사람을 향해 달려들던 숲이 멈췄다. 그리고 그 앞에 불쑥 사람의 그림자가 모습을 드러냈다. 세 갈래로 금온을 추격하던 살문의 수장들이 드디어 모습을 드러냈다. 살문의 수장들은 더 이상 얼굴을 가린 복면을 쓰지 않았다.

삼인의 수장들이 일제히 걸음을 옮겨 금온 앞에 나섰다. 그들은 금온과 오 장여 떨어진 곳에 멈추더니 금온을 향해 정중하게 포권을 해 보였다.

"청도의 도주를 뵙습니다. 사림의 활류라고 합니다."

"음, 사림 일객이었군. 반갑네."

금온이 자신을 죽이러 온 사람을 대하는 것치고는 다감하게
말했다. 그러자 활류 옆의 중년인이 입을 열었다.

"지황문의 마고입니다."

"그래, 지황문이 왔을 거라고 생각했어. 땅을 온통 죽음의 덫
으로 만드는 솜씨가 지황문이 아니면 불가능하지."

금온이 고개를 끄덕인다.

"청응방의 만초입니다."

이번에는 호리호리해 보이는 노인이 입을 열었다.

"하늘에 뜬 매를 보고는 피할 곳이 없다는 걸 알았지. 반갑
네."

방금 전까지 서로를 향해 살수를 뿌리던 사이라고는 생각할
수 없는 행동들이다. 그렇게 통성명이 끝나자 다시 활류가 입을
열었다.

"두 분도 나오시구려. 언제 청도의 도주님과 인사를 하겠소?"

활류의 말에 숲이 한 차례 흔들리더니 나이 든 남녀가 모습을
드러낸다. 원앙이살 당솔과 실모다.

"그대들은 또 누군가?"

금온이 물었다. 그러자 당솔이 정중하게 고개를 숙이며 말했
다.

"당솔이라고 합니다. 이쪽은 제 내자이고 강호에선 저희를
원앙이살이라고 부르지요."

"원앙이살! 강호의 제일의 살객이 납시셨군. 은거했다고 들
었는데?"

"도주님의 존안을 뵐 기회가 있다는 소리를 듣고 은거를 깼

습지요.”

“하하하, 내가 그렇게 대단한 사람인가?”

“도주님은 도주님이 아시는 것보다 훨씬 대단한 분이시지요.”

“하하하, 이거 고맙군. 그런데 그리 말해주니 더 살고 싶은걸?”

금온이 짐짓 농을 하듯 말했다. 그러자 원앙이살이 고개를 저으며 말했다.

“오늘 이 낙성곡에 펼쳐진 살진은 제가 주도해 만들었습니다. 장담컨대 그 누구도 이 살진에서 벗어나지 못할 것입니다. 사실 이번 살행에 살수로는 삼문으로도 충분한데 구태여 이들이 절 불러낸 이유는 바로 이 살진 때문이었지요.”

당솔이 손을 들어 낙성곡의 숲을 가리켰다.

“그대의 살법이 도검이 아닌 머리에서 나온다는 것은 익히 들어 알고 있었네. 직접 겪어 보니 과연 무서운 살진이더군. 내 수하들 절반이 죽었어.”

금온이 감탄인지 아니면 노기인지 모를 표정으로 말했다.

“이렇게 불미스런 일로 뵙게 되어 송구합니다.”

“하하하, 일단 살수를 만난다는 것은 결국 생사의 갈림길에 섰다는 의미인데 어찌 살수를 좋은 일로 만날 수 있겠는가? 그나저나 이렇게 모습을 나타낸 것은 이제 끝을 보겠다는 의미인가?”

“지치신 듯하여……”

당솔이 말꼬리를 흐렸다.

"지쳤다기보다는 지루하군."

"지루함을 덜어드리겠습니다."

"고맙군. 어디 솜씨들을 볼까?"

금온이 천천히 허리춤에서 검을 빼 들었다. 그러자 갑자기 금온의 노구가 팽팽한 긴장감을 일으키더니 그가 하나의 산악처럼 거대한 기운을 흘려내기 시작했다. 금온의 기운을 접한 삼문의 수장들과 원앙이살이 서너 걸음 뒤로 물러났다. 그러더니 문득 활류가 뒤를 돌아보며 소리쳤다.

"쳐라!"

삼면에서 금온을 향해 살수들이 밀려들었다. 그들은 금온 일행의 십여 장 앞까지 접근한 후 번개처럼 암기들을 던지고 썰물처럼 뒤로 물러났다.

뒤쪽이 절벽인 곳에 몰려 있었으므로 금온이 일행이 물러날 곳은 없었다. 또 처음부터 금온과 차유도 이곳에서 승부를 보겠다고 생각했으므로 뒤로 물러날 의도도 없었다.

금온의 검이 움직였다. 그러자 그의 검에서 한줄기 빛줄기가 흘러나오더니 번개처럼 십여 장 밖에 접근해 든 살수들을 헤집었다.

"악!"

외마디 비명 소리가 터져 나오면서 미처 금온의 검기를 피하지 못한 살수가 피를 뿌리며 쓰러졌다. 뒤이어 은검들이 암기를 날리는 살수들을 향해 돌진했다.

차차창!

암기의 공세가 이어지던 장내에 도검의 충돌음이 일어났다. 그러자 금세 사람들의 비명 소리가 터져 나왔다.

죽어가는 자들은 대부분 살수들이었다. 무공에 있어서는 차유와 은검들을 살수들이 당해낼 수 없었다. 그러자 뒤로 물러나 있던 세 살문의 수장들과 원앙이살도 싸움에 뛰어들었다. 우두머리들이 싸움에 관여하자 싸움의 양상이 변했다. 살수들이 서서히 전세를 회복하더니 급기야 은검 둘이 살수들의 칼에 쓰러졌다.

"나서야겠군. 쯔쯧!"

싸움의 양상을 지켜보던 금온이 허를 찼다. 그러나 투덜거림과 달리 그가 비호처럼 살수들을 향해 뛰어들었다.

번쩍!

한줄기 섬광이 일었다. 그러자 단번에 세 명의 살수가 피를 뿌리며 쓰러졌다. 비명도 없었다. 너무도 빠르고 강렬한 검법에 살수들은 자신이 죽는 줄도 모르고 쓰러졌다.

스슥!

금온의 몸이 이십대 청년처럼 움직였다. 그의 검이 한 번씩 휘둘러질 때마가 눈부신 검기가 그어지고 연이어 살수들이 죽어갔다. 금문의 수장이기 때문이 아니라 무공으로도 금온은 천하제일인이었다.

살수들을 이끌고 있는 삼문의 수장들이 나서서 전세를 역전시키나 했었으나 금온의 개입으로 다시 금문 쪽으로 승세가 기울어졌다. 그러자 원앙이살이 날카롭게 외쳤다.

"물러나 살진으로 대처합시다."

원앙이살의 외침과 함께 살수들이 썰물 빠지듯 뒤로 물러났
다.

"서랏!"

은검 몇이 물러나는 살수들을 쫓았다. 그러나 다음 순간!

퍼퍽!

어둠 속에서 날아온 짧은 강전들이 은검들의 몸을 고슴도치
로 만들어버렸다.

"물러나 자리를 지켜라."

두 명의 은검이 상하자 차유가 재빨리 명을 내렸다. 그러자
살아남은 은검들이 물러나 공터의 좁은 입구를 가로막았다.

차창!

한동안 날아드는 화살들이 차유와 은검들의 검에 막혀 사방
을 튕겨져 나갔다. 그런데 그때였다. 갑자기 절벽 좌우 이십여
장 밖에서 일단의 살수들이 절벽을 타고 오르기 시작했다. 그들
은 날다람쥐처럼 절벽을 타고 오르더니 이내 금온 등이 있는 곳
으로 방향을 틀어 모여들었다. 차유가 살수들의 움직임을 눈치
채고 바닥에 떨어진 화살을 들어 번개처럼 던져냈다.

쐐액!

날카로운 파공음과 함께 날아간 화살이 절벽을 타고 이동하
는 살수 한 명의 허벅지를 관통했다.

"악!"

허벅지에 화살을 맞은 살수가 비명을 내지르며 속절없이 절
벽에서 떨어졌다. 그러자 살수들이 움직임을 멈추더니 갑자기

품속에서 검은 주머니를 꺼내 던지기 시작했다.

퍼펑!

주머니들이 금온 일행이 위치한 절벽 위쪽에 부딪혀 검은 연기를 뿜어냈다.

"조심하라. 독이다."

차유의 입에서 급박한 경고성이 흘러나왔다. 그러자 은검들이 재빨리 호흡을 줄이며 검은 독무들을 피해냈다. 그런데 그때 한줄기 바람이 불어와 독무들을 흩뜨렸다.

"으음!"

독무에 휩싸인 은검들이 짧은 신음성을 흘려냈다. 그리고 그 중 몇이 땅에 쓰러졌다. 쓰러지지 않은 은검들 또한 진기가 흩어졌는지 당혹한 표정으로 흔들거리는 몸을 애써 지탱하고 있었다.

"놈들!"

웅!

한순간 금온의 입에서 노성이 토해지더니 그의 검이 광풍을 일으켰다. 그러자 그의 검에서 일어난 검풍이 장내를 뒤덮고 있던 독무들을 거짓말처럼 흩어버리는 것이었다.

싸움이 잠시 멈췄다. 정적이 장내에 찾아들었다. 차유가 걱정스런 표정으로 독에 중독된 은검들을 둘러봤다.

"물러나 독기를 몰아내라."

금온이 살아 있는 다섯 명의 은검에게 명을 내렸다. 그러자 은검들이 망설이는 듯하다 절벽 안쪽으로 물러나 가부좌를 틀고 진기를 일으켜 독기를 몰아내기 시작했다.

그 순간을 놓치지 않고 다시 살수들이 개미가 몰려오듯 금온
과 차유 앞에 나타났다.

"도주께 한 말씀 드리겠습니다."

사림의 수장 활류가 정중하게 입을 열었다.

"말하라."

"내력을 전폐하고 저희를 따르시겠다면 목숨은 건지실 수 있
습니다."

"뭐라? 내게 스스로 공력을 폐하고 항복을 하란 말이냐?"

"여생을 편히 보내실 수 있을 것입니다."

"하하하, 그자들의 욕심이 과하군. 내 목숨을 얻는 것으로는
만족하지 못하겠다는 말인가? 명분을 만들고 싶단 의미지? 내
게서 정당하게 금문을 받아내겠다는 의도렸다."

"이유야 저희로서는 알 수 없습니다. 그러나 그리하신다면
정중히 모시라는 말이 있었습니다."

"그 제안은 들어줄 수 없군."

"하면 진정 이곳에서 세상을 하직하시렵니까?"

활류가 협박하듯 물었다. 그러자 금온이 천천히 고개를 저으
며 말했다.

"세상에는 말이야. 가끔 자신의 예상을 벗어나는 일이 일어
나곤 하지. 오늘 그대들은 그걸 알게 될 거야. 그대들이 계산한
나 금온이란 사람이 실제는 그대들이 생각하는 것과 전혀 다른
사람이란 걸 보여주지. 차유!"

"예, 도주!"

"뒤를!"

"알겠습니다."

차유의 대답이 끝나는 순간 금온의 신형이 새처럼 날아갔다. 그러더니 그가 살수들의 머리를 날아 넘어 활류 등 삼문의 우두머리와 원앙이살의 뒤쪽으로 내려섰다.

"악!"

"크악!"

차가운 단말마의 비명 소리가 터져 나왔다. 어느새 금온의 검이 두 명의 살수를 베어 넘기고 있었다. 그런데 놀랍게도 살수들을 베어 넘기는 금온의 검기가 시간이 지날수록 점점 더 커지기 시작했다. 급기야 검기의 길이가 오 장여까지 늘어났다.

"죽엿!"

지황문의 우두머리인 마고의 입에서 다급한 명이 떨어졌다. 그러자 수십 명의 살수가 금온을 덮쳤다. 금온이 속절없이 살수들이 만든 인산에 묻혀버리는 듯싶었다. 그런데 다음 순간 금온을 덮쳐 갔던 살수들 사이로 한줄기 빛이 뻗어 올라왔다.

"크아악!"

소름끼치는 신음성이 터져 나왔다. 그러더니 사람이 만든 산이 반으로 쩍 갈라졌다. 그 안에서 금온의 신형이 신룡처럼 솟구쳤다.

"아!"

살수들 중 누군가 공포에 질린 음성을 흘려냈다. 세살문의 주인들과 원앙이살도 놀란 표정으로 자신들을 향해 날아오는 금온을 바라보고 있었다.

"이젠, 너희들의 실력을 보자. 과연 날 모욕할 수 있는지!"

금온이 신장(神將)과 같은 모습으로 살수들의 우두머리들에게 날아내리며 소리쳤다. 그러자 활류 등이 재빨리 도검을 들어 금온을 공격했다.

차앙!

금온이 일검으로 세 개의 검을 걷어냈다. 그러자 활류와 마고 그리고 당솔이 금온의 힘에 밀려 뒤로 물러났다. 순간 실모와 청웅방의 수장 만초가 좌우에서 금온을 향해 번개처럼 암기를 던져냈다.

절정의 살법을 익힌 살수들의 암기 공격은 다른 살수들과는 달랐다. 마치 살아 있는 생명처럼 암기들이 꿈틀거리며 금온의 사혈을 파고들었다.

그런데 다음 순간 금온의 왼손이 가볍게 허공을 휘저었다. 그러자 그의 몸을 파고들던 암기들이 허공에서 맹렬히 회전하더니 거짓말처럼 그의 손아귀에 들어가는 것이었다.

팟!

금온이 손에 들어온 암기를 던진 자들을 향해 되돌려 보냈다.

"헉!"

실모와 만초가 크게 당황하며 애써 몸을 피했다. 두 사람을 향해 날아간 암기들이 아슬아슬하게 그들의 옷자락을 스치며 지나쳤다.

"음!"

만초의 입에서 나직한 신음성이 흘렀다. 급히 피하긴 했으나 그의 옆구리를 암기가 스치고 지나간 듯싶었다.

"이래서야 날 벨 수 있겠느냐?"

금온이 다시 신형을 날렸다. 활류와 마고, 그리고 당솔이 메뚜기 떼처럼 흩어졌다.

번쩍!

사방으로 흩어지는 그들 사이로 한줄기 검기가 번쩍였다.

"욱!"

뒤이어 마고의 입에서 신음성이 흘러나왔다. 그의 어깨 어림에 길게 혈선이 그어져 있었다. 불에 데인 듯한 검상을 입은 마고가 주춤거리며 뒤로 물러났다. 그러자 금온이 망설이지 않고 상처 입은 마고를 향해 달려들었다.

콰앙!

금온의 검이 허공에서 번개처럼 떨어져 내렸다. 단번에 마고의 머리가 반으로 갈릴 지경에 처했다.

"막앗!"

마고의 입에서 다급한 음성이 터져 나왔다. 그러자 그의 뒤쪽에서 세 개의 검은 그림자가 튀어나오더니 금온의 검을 막아섰다. 순간 금온의 검이 둥글게 원을 그렸다.

"컥!"

"욱!"

두 마디 비명 소리와 함께 마고를 대신해 금온의 검을 막아섰던 살수들이 바닥에 쓰러졌다. 살아남은 살수 역시 제풀에 놀라 훌쩍 뒤로 물러났다. 그러자 마고의 앞이 훤히 열렸다. 그 속으로 금온이 뛰어들었다.

턱!

금온의 왼손이 벼락처럼 마고의 목을 움켜쥐었다.

“크윽!”

마고가 자신도 모르게 신음성을 흘렸다. 그런 마고의 눈앞에 얼굴을 바싹 들이대며 금온이 말했다.

“살수란 결국 청부를 수행하다 죽는 운명이지. 서운케 생각지 말게. 단지 자네가 받아들이지 말아야 할 청부를 받았음이 잘못일세.”

“꺼억!”

금온의 손에 기도가 막힌 마고가 고통스런 신음성을 흘렸다. 그러자 너무도 순식간에 일어난 일이라 미처 대응을 하지 못하고 있던 활류 등이 일제히 금온을 향해 날아들었다.

쐐애액!

말은 필요 없었다. 마고를 구하기 위한 가장 좋은 방법은 금온의 등에 도검을 꽂아 넣는 것이었다. 아무리 금온이라도 자신의 등에 도검이 꽂히는 데 계속 마고의 목을 조르고 있을 수는 없을 터였다. 그런데 그 순간 활류 등이 미처 예상하지 못한 일이 벌어졌다.

웅!

갑자기 금온이 마고의 목을 잡은 채 그의 몸뚱이를 뒤쪽을 향해 휘둘렀던 것이다.

“엇!”

“헉!”

활류 등이 다급성을 토해냈지만 날카롭게 금온의 등을 향하던 그들의 도검이 마고의 몸을 난자하는 것은 피할 수 없었다.

“악!”

마고의 입에서 처절한 비명이 흘러나왔다. 그리고 그것이 마고가 이승에서 마지막으로 내뱉은 음성이었다.

"과연 살수는 틀리군. 동료의 목숨쯤이야 아무런 상관이 없다는 건가?"

금온이 손에 들려 있던 마고의 시신을 놓아버리며 중얼거렸다.

털썩!

마고의 시신이 맥없이 땅 위에 너부러졌다.

"잔인하시오."

당솔이 노기를 담은 눈으로 금온을 바라보며 소리쳤다.

"잔인? 살수치고는 너무 나약한 소리를 하는군. 그가 죽지 않았다면 누가 죽었겠는가? 더군다나 이 싸움은 내가 시작한 것도 아니야. 원앙이살의 당솔이라 했지? 살수의 업을 접고 은거를 했으면 조용히 살 것이지 왜 은거를 깬 것인가? 나 금온이 그렇게 흥미로운 사냥감이었나?"

금온의 물음에 당솔이 당황한 듯 입을 닫았다. 금온의 말이 맞았다. 지금 금온은 홀로 수십 명의 살수를 상대하고 있었다. 그런 금온에게 자비를 구한다는 것은 염치없는 일이었다.

"다시 시작합시다."

당솔이 금온의 말에 대답을 하는 대신 활류와 만초를 보며 말했다. 그러자 만초가 고개를 저었다.

"이대로는 어렵소."

그러자 당솔이 차가운 음성으로 말했다.

"그래서 이대로 물러나자는 말이오? 이후의 일을 생각해 보

셨소? 금문이 아니라 전 무림이 우리를 추격할 거요. 우리가 숨
쉴 곳은 천하 어디에서 없을 거요.”
　“그러나 이대로라면 손실이 너무 크오.”
　“우리 중 구 할이 죽어도 해야 할 일이오. 살아남은 일 할은
그래도 살수의 멍에를 벗고 우리의 이름으로 강호에 제대로 된
문파를 만들지 않겠소?”
　당솔의 말에 만초가 눈살을 찌푸리더니 소리치듯 말했다.
　“좋소. 까짓것 다시 합시다. 애초에 이리 될 줄 모르고 시작
한 일은 아니니.”
　만초가 동의하자 이번에는 활류가 입을 열었다.
　“모두에게 전하라. 모두 나선다. 뒤로 물러나는 자는 누구든
베어도 좋아. 우리 세 살문의 운명이 이 싸움에 걸려 있다.”
　활류의 말이 끝나기 다시 숲속에서 살수들이 모습을 드러냈
다. 그러고는 은밀한 움직임으로 금온을 에워쌌다. 족히 오십은
되어 보이는 숫자였다.
　“오너라.”
　금온이 고개를 끄덕였다. 그러자 살수들이 해일처럼 금온을
덮쳐 갔다.

　검이 만들어내는 빛이 황홀하다. 서쪽으로 노을이 물들어간
다. 뒤쪽 절벽이 핏빛으로 변했다. 금온의 검은 그 속에서 세상
을 지배하고 있었다.
　오십이 넘던 살수의 숫자가 금세 절반으로 줄어들었다. 그러
고도 금온은 옷깃 하나 베이지 않았다. 살수들을 이끄는 활류와

원앙이살, 그리고 청웅방의 만초의 얼굴이 경악을 넘어 질식할 것 같은 두려움으로 물들었다.

그러나 강렬한 두려움은 그만큼 강한 반발심을 일으킨다. 금온에 대한 공포가 그들로 하여금 더 치열하게 살수를 전개하게 만들었다.

"모두 독을 던져라!"

만초가 악을 쓰듯 소리쳤다. 그러자 살아남은 살수들이 일제히 금온을 향해 독을 던졌다.

푸스스!

장내가 순식간에 독무로 가득 찼다.

"암기를!"

이번에는 당솔이 외쳤다. 그러자 우두머리들과 살수들이 동시에 암기를 던져냈다.

카카캉!

독무 속에서 소름끼치는 소성이 일어났다. 그러고는 이내 태풍 같은 검풍에 독무가 흩어지더니 그 안에서 금온이 날아올랐다. 금온의 신형이 살수들을 격하고 활류 등을 향해 떨어져 내렸다.

삭!

한 초식의 검에 활류의 어깨가 베어졌다.

"욱!"

활류가 주춤거리며 뒤로 물러났다.

"죽어랏!"

활류에게 일검을 가하는 금온을 향해 만초와 원앙이살이 동시에 암기를 날렸다.

따당!

금온이 번개처럼 검을 휘둘러 날아오는 암기를 쳐 냈다. 그런데 그 순간이었다. 세 사람의 암기를 쳐 낸 금온이 두어 걸음 뒤로 물러났다. 싸움을 시작한 이후 처음으로 상대의 공세에 뒤로 물러난 금온을 보며 원앙이살과 만초의 눈빛이 번쩍였다. 뒤로 물러났다는 것은 곧 몸에 힘이 떨어졌다는 것을 의미한다. 하긴 천신이 아닌 이상 수십 명의 살수를 상대하고 공력이 멀쩡할 수는 없었다. 천하의 금온도 몸에 힘이 떨어질 때가 되었던 것이다.

"그도 지쳤다. 몰아쳐라!"

만초가 악을 썼다. 그러자 살수들이 다시 방향을 틀어 불나방처럼 금온을 덮쳐 갔다.

第八章 혈해(血海)

　시산혈해(屍山血海), 피가 바다를 이루고 시체가 산처럼 쌓였다. 더불어 금온도 혈인으로 변해 갔다. 진저리쳐지는 싸움이었다. 금온의 몸에도 여러 곳 상처가 나 늙은 몸이 금세 부서져 버릴 것 같았다. 그러나 금온은 쓰러지지 않았다. 아니 오히려 죽음의 기운이 가까워질수록 금온의 몸은 더 강력한 기운들을 흘려냈다.

　살아남은 자들의 숫자는 이제 겨우 스물 안쪽으로 들어서 있었다. 원앙이살도, 만초도, 어깨가 절단된 활류도 시간이 흐르면 죽음에 이를 수밖에 없는 상처들을 입고 있었다.

　잠시 기력을 회복해 다시 싸움에 뛰어들었던 은검들은 이제 겨우 셋만이 생명을 부지하고 있었고, 차유 역시 허벅지 한쪽에 길게 검상을 입어 한쪽 다리를 절고 있었다. 그러나 결국 싸움을 물린 것은 살수들이었다.

"물러나라!"

만초의 입에서 날카로운 명이 떨어졌다. 그러자 살아남은 살수들이 분분히 뒤로 물러나 숲으로 사라졌다. 어느새 밤은 깊어 으스름한 달빛만이 장내를 비추고 있었다.

"물러가는가?"

혈인의 모습을 했음에도 금온이 절대자의 풍모를 잃지 않고 소리쳤다. 그러자 당솔의 목소리가 숲에서 들려왔다.

"살수는 결코 목표를 두고 물러나지 않습니다."

"하하하, 그럼 잠시 쉬자는 게군."

"도주께서는 결코 이곳을 벗어나실 수 없습니다. 우린 단지… 때를 기다리도록 하겠습니다."

"음……!"

금온의 입에서 적들의 도검과 암기가 날아들 때보다 더 침중한 음성이 흘러나왔다.

"기다린다?"

다시 금온이 입을 열었다. 그러자 어둠 속에서 다시 당솔의 목소리가 들렸다.

"그렇습니다. 도주의 몸은 지금 반드시 요상이 필요합니다. 요상의 시간을 갖지 못한다면 결국 힘을 잃으시게 될 겁니다. 우리에겐 도주님을 저승으로 모실 힘은 없지만 이곳에서 벗어나시는 것을 막을 힘은 남아 있습니다. 결국 시간이 우리의 도검을 대신하게 되겠지요."

"하하하, 과연 살수로다. 살수의 입장에서 보면 어찌 죽이나 목표가 죽는다면 상관없겠지. 아주 좋은 방책이야. 하하하!"

자신의 죽음을 이야기하는 것이건만 금온이 호탕하게 웃음을 터뜨렸다. 그러자 차유가 걱정스런 표정으로 말했다.

"도주님, 어서 운기를!"

그러자 금온이 고개를 저었다.

"불가능할 걸세."

"그게 무슨……?"

"그들이 내게 운기의 시간을 주겠는가?"

"제가 호법을 서겠습니다."

"아니야. 오히려 자네가 먼저 몸을 추스리게."

"어찌 제가 먼저……!"

차유가 고개를 저었다. 그러자 금온이 침착하게 말했다.

"우리 둘 중 그래도 힘이 남아 있는 것은 나일세. 그러니 내가 먼저 호법을 서겠네. 연후 자네가 몸을 얼추 회복하면 내게 이각의 시간만 만들어주게. 물론 그러기 위해선 목숨을 걸어야겠지만. 지금 자네 몸으로는 절대 이각의 시간을 만들 수 없어. 은검들은 시체나 마찬가지고……."

"도주."

"시간이 없네. 어서!"

금온의 말에 차유가 어쩔 수 없다는 듯 절벽 쪽으로 들어가 운기를 시작했다. 그러자 기다렸다는 듯이 숲속에서 암기와 화살들이 날아오기 시작했다.

차아앙!

날아들던 암기들이 금온의 검기에 밀려 사방으로 흩어졌다.

그중 어느 것도 운기를 하는 차유의 곁에 다가가지 못했다.

"도주, 그리 힘을 쓰셔서야 얼마나 더 버티시겠습니까? 수하들의 운기를 멈추게 하십시오. 그러면 우리도 더 이상 공격하지 않겠습니다.

"그렇다고 날 놓아줄 것도 아니지 않나?"

금온이 소리쳤다.

"그렇긴 합니다만 목숨을 건지실 수는 있을 겁니다."

"여전히 내가 무공을 폐하고 그대들의 손에 들어오기를 기다리는가? 그렇다면 그건 불가한 일, 내 검이 살아 있는 한 그런 일은 없을 걸세."

"하면 저희들도 어쩔 수 없지요."

당솔의 말을 들으며 금온이 고개를 끄덕였다.

"좋아. 그럼 시험해 보지. 시간이 누구 편인지!"

시간이 누구 편인가를 가늠해 보자던 금온의 말은 금온과 그 일행에게 불행한 결과로 이어졌다. 원앙이살과 만초가 지휘하는 살수들의 움직임은 비상했다. 비록 금온의 절대적인 무위에 의해 채 삼 할도 남아 있지 않은 살수들이었지만 또한 그래서 그들이 능력은 뛰어나기 이를 데 없었다.

그들은 금온의 방어에도 불구하고 차유의 운기를 끊임없이 방해했다. 금온과 차유가 예상치 못한 방법들이 동원되었고, 그때마다 차유의 운기는 중단되어 내기는 더욱 흔들렸다.

그러니 금온에게 휴식의 시간이 찾아올 리 없었다. 그러자 결국 절대자 금온도 지쳐 가기 시작했다.

금온이 서 있는 시간보다 앉아 있는 시간이 많아졌다. 그렇다고 운기를 하는 것도 아니었다. 그에게는 운기를 할 여유가 없었다. 그가 두 손을 단전에 모을라치면 어김없이 살수들의 공세가 이어졌다. 드러난 적은 두렵지 않지만 어둠에 숨은 적의 공격은 금온조차도 지치게 만들었다.

"도주!"

한순간 금온의 뒤에 차유가 나타났다.

"왜, 운기를 중단했는가?"

금온이 타박하듯 하듯 말했다.

"저로서는 불가능한 일입니다. 도주께서……."

"내가 막지 못한 저들의 공세를 자네가 막아내겠는가?"

금온의 말에 차유가 얼굴을 붉혔다. 금온의 말이 맞았다. 금온의 호법이 실패한 이상 차유의 호법이 성공할 수 없다.

"앉게. 담소나 나누세."

"도주……!"

차유가 나직한 목소리로 금온을 불렀다. 뭔가를 갈구하는 목소리다. 그러자 금온이 고개를 저었다.

"아직은……."

"알겠습니다."

차유가 금온의 맞은편에 주저앉았다. 그러고는 월하에 산책을 나온 사람들처럼 두런두런 이야기를 하기 시작했다.

"도대체 무슨 수작인 것 같소?"

만초가 어둠 속에서 금온과 차유를 응시하며 원앙이살에게 물었다.

"때를 기다리는 거요."

당솔이 대답했다.

"때라니 무슨 때 말이오?"

"우리가 다시 공격에 나서기를 기다리는 거요. 우리와 도검을 맞대야만 승부를 낼 수 있다고 생각하고 있을 거요."

"음, 그렇겠구려. 그런데 우린 언제까지 이러고 있어야 하는 거요. 지칠 만큼 지친 것 같은데 숨통을 끊읍시다."

만초가 살기를 드러내며 말했다. 그러자 이번에는 실모가 대답했다.

"그는 청도주 금온이에요. 그의 능력을 보았지 않았소?"

"그러나 이제 그도 지쳤소."

만초가 투기를 드러냈다. 그러자 이번에는 당솔이 고개를 저었다.

"아직은 아니오. 지친 듯해도 여전히 우리의 암기를 막아내고 있소."

"그러나 이대로 기다린 다는 것은 더 위험하오. 혹여라도 금문의 수하들이 몰려온다면……."

"그런 일은 없을 거요"

"어떻게 그걸 확신하시오?"

"이미 그들이 가까이 왔으니 말이오."

순간 만초가 놀란 표정을 지었다.

"정말이오?"

"방금 전 서쪽에서 신호가 올랐소."

“어? 난 왜 못 보았지?”

만초가 어리둥절한 표정을 지으며 중얼거렸다. 그러자 당솔이 담담하게 대답했다.

“그건 만 문주가 청도주에게 너무 집중하고 있었기 때문이오. 아무튼 그들이 왔으니 우리의 일도 끝이 날 때가 된 것 같구려. 굳이 위험을 무릅쓰고 우리가 나설 이유가 없소.”

금온의 말에 만초가 고개를 끄덕였다.

“그들이 왔다면… 그나저나 활 노사는 어디 있는지……?”

“어깨가 잘려 나갔으니 쉽게 치료될 수 없을 것이오. 아마 오늘 일에 더 이상 관여치 못할 거요.”

“음… 목숨이나 건질는지……?”

만초가 어깨를 베인 활류가 물러난 어두운 숲을 보며 중얼거렸다.

“둘 모두 왔어요. 세상에!”

금불현이 놀란 목소리를 흘렸다. 석요송의 눈에 낙성곡을 질주해 나가는 이십여 명의 사람이 보였다. 하나같이 수염을 기른 노인들이었는데 그 움직임이 예사롭지가 않았다.

“금산에서 보았던 장로들도 몇 보이는군.”

석요송이 대답했다.

“아예 이곳에서 도주를 없앨 모양인가 봐요.”

“살리는 게 더 유리하지.”

“네?”

“도주의 무공을 폐하고 목숨을 살려 순순히 금문의 주인 자리를 넘겨받는 것이 저들이 원하는 최선일 거야. 그러나 도주는 그럴 마음이 없을 테니 중책을 택하겠지."

"도주의 목숨을 거두는 것이요?"

"그렇지."

"그건 결국 금문을 분열시키는 일이 될 거예요."

"그들이 한 짓이 아니라면 상관없지. 불러들인 살수들의 쓰임새가 오직 도주의 목숨을 거두는 데만 있지는 않을 거야. 이 모든 죄업은 살수들이 쓰게 되겠지. 저들 두 사람은 그런 살수들을 소탕한 영웅이 될 것이고."

석요송의 말에 금불현이 고개를 끄덕였다.

"듣고 보니 그렇군요. 이래서… 소도주를 멀리 보내려 했던 것이겠지요. 이 일의 전말을 자신들 마음대로 꾸며낼 수 있으니. 어쩌실 거예요?"

금불현이 석요송에게 물었다.

"뭘?"

"도주님이 위험에 빠지는 걸 그냥 보고 계실 거예요?"

"말했잖아. 도주께서도 이 모든 것을 예상하고 있을 거라고."

"그래도 지금으로선 벗어날 수 없어요. 청도의 장로들이 모두 모이기 전에는……."

"그래서 궁금해."

"뭐가요?"

"도대체 도주께서 어떤 준비를 하고 있을지. 이제 그 끝을 구경하자고."

석요송이 몸을 날렸다.

두런두런 이야기를 나누던 금온과 차유가 거의 동시에 입을 다물었다. 그렇다고 살수들이 다시 공격을 해온 것은 아니었다. 오히려 살수들의 기척이 장내에서 멀어졌다.

"왔나 보군."

금온이 어두운 숲을 보며 말했다. 어느새 새벽이 가까워지고 있었다. 금온과 차유는 며칠 간 한숨도 자지 못해 눈이 붉게 충혈되어 있었다. 그러나 그 눈으로도 어둠 속에서 모습을 드러내는 노인들은 충분히 알아볼 수 있었다.

낙엽 밟는 소리가 저벅거리며 들려오더니 십여 장 앞에서 소리가 멎었다.

"도주!"

노인 둘이 앞으로 나서며 정중하게 포권을 해 보였다. 금천명과 금자명이다. 금문 북종과 남종을 대표하는 고수들, 그 두 사람이 금산 이외의 땅에서 이렇게 함께 모습을 드러내는 일 또한 강호의 기사라면 기사일 것이다.

"허허. 두 노제가 오셨군."

금온이 묘한 웃음을 흘렸다. 놀람도 없었고, 분노도 없었다. 그렇다고 반가움이 섞인 것도 아니다. 모호한 금온의 웃음에 금천명과 금자명의 눈이 가늘어졌다. 금온의 상세를 살피려는 기색이 엿보인다.

"몸은 어떠하신지?"

"하하, 이건 너무 노골적이군. 뭐 보다시피 그럭저럭하네."

"몸이 많이 상하신 듯합니다."

"살문의 살수들이 좀 준비를 철저히 했어야지. 그런데… 자네들이 전부인가?"

금온이 금자명과 금천명 뒤로 늘어선 자들을 보며 물었다.

"그렇습니다. 저희들만 왔습니다."

금천명이 대답했다. 그러자 금온이 고개를 저으며 말했다.

"노제, 사냥꾼은 어떤 경우라도 최선을 다해야 하는 법이야. 토끼를 사냥하더라도 말이야. 자네들이 날 이런 궁지에 몰아넣고, 이 일에 실패를 한다면 얼마나 안타까운 일인가. 그런데 겨우 이 정도 인원으로 일을 마무리 지으러 왔단 말인가?"

"사람들의 눈이 무서우니 숫자는 적을수록 좋지요. 더군다나 도주께서는 이미 내기를 많이 상하신 듯하니 우리로도 충분할 것입니다."

금천명이 자신있게 말했다. 그러자 금온이 잠시 생각에 잠겼다가 입을 열었다.

"관유, 그 친구는 빠졌군."

갑작스런 질문에 금천명이 잠시 머뭇거리다가 입을 열었다.

"그는 웬일인지 이 일에 소극적이더군요. 금산에 하루밖에 머물지 않았고… 마음에 변심이 있는 듯도 해서 아예 처음부터 이 일을 거론치 않았습니다."

"음, 무슨 일일까?"

자신의 목숨이 경각에 달려 있음에도 금온이 금관유에 대한 궁금증을 드러냈다. 그러자 금자명이 조금 차가운 목소리로 말했다.

"도주, 우리가 이곳에 머물 수 있는 시간은 많지 않습니다. 그래서 두 가지 제안을 드리지요."

"말해보게."

금온이 선선히 응했다.

"하나는 무공을 폐하시고 우리 두 사람에게 금문을 맡기신 후 청도에 은거하시는 것입니다. 조용한 삶을 누리실 수 있을 겁니다."

"옳거니, 그야말로 내가 처음부터 원했던 일이지. 그런데 두 번째는?"

"두 번째는 이곳에서 살수들의 손에 명을 다하시는 것입니다. 어느 쪽이든 우리 두 사람에겐 무척 고마운 일이 될 것입니다."

금자명의 말끝에 살기가 어린다. 금온의 표정도 살짝 변했다.

"무엄하오. 감히 도주께 그런 망발을 하다니!"

곁에서 듣고 있던 차유가 소리쳤다.

"차 노사, 그대의 운명 역시 도주님과 같을 것이오. 그러니 조용히 도주님의 결정을 기다리시오."

금자명의 말에 차유가 검을 들어 올렸다.

"날 벨 수 있겠는가?"

"흐흐흐, 천하를 원하는 우리다. 도주의 늙은 시종이 두려울까?"

금자명의 말투도 변했다. 차유가 볼을 한 차례 씰룩이고는 금자명을 향해 다가가려 했다. 그러자 금온이 손을 들어 차유를 만류했다.

"그만두게. 그 몸으로 무슨! 그나저나 두 사람이 과연 날 벨 수 있을까?"

금온이 금천명과 금자명을 보며 물었다. 그러자 금천명이 대답했다.

"우리 두 사람의 무공이 도주에 비해 한참 모자람을 모르지 않습니다. 그러나 호랑이도 발톱이 빠지고 이빨이 없으면 사냥을 하지 못하는 법이지요. 지금 도주님의 상태로는 도저히 우리의 손을 벗어날 수 없으십니다."

금천명이 말에 자신감이 넘쳐흐른다. 대호를 잡았다는 득의함이 얼굴에 가득했다.

"그래? 알겠네. 생각 좀 해보지. 으음……."

금온이 뭔가를 망설이는 듯 연신 고개를 갸웃했다. 그러다가 문득 시선을 들어 금자명을 보며 말했다.

"아무래 생각해도 말일세. 이대로 무공을 흩어버리고 자네들이 적선하는 목숨으로 살아가긴 어렵겠어. 그래도 내가 금온 아닌가? 천하의 청도주야. 그러니 일검에 내 운명을 거는 것이 나다운 일인 것 같으이……."

금온의 말에 금천명이 무겁게 고개를 끄덕인다.

"그리 결정하실 거라 생각했습니다. 그러나 한 가지 조건을 더 붙이면 어찌하실지 모르겠군요."

"뭔가? 그 조건이."

"순순히 저희들 뜻에 따르며 소도주를 곁에 두실 수 있을 겁니다. 물론 역시 무공을 폐한 상태로 말입니다. 아니면… 소도

주를 우리 두 사람 중 한 사람의 며느리로 받아들일 수도 있겠
지요."

그러자 금온이 고개를 저었다.

"그건 좋은 방책이 아니야. 령은 결코 다른 사람의 아낙으로
살 아이가 아니네. 그보다 자네들은 날 죽이고 령을 상대할 다
른 방책을 강구하는 편이 좋을 걸세. 사실 령에 대해선 그동안
문내에서조차 제대로 알려지지 않았어. 자네들은 그 아이가 여
아라고 여전히 무시하는지 모르겠지만, 적어도 그 아이는 나보
다 두어 배는 더 무서운 아이일세. 그러니 그에 대해 단단히 준
비해야 할 게야."

두 사람이 자신을 죽이기 위해 오늘 낙성곡에 천라지망을 펼
쳤음에도 불구하고 금온은 오히려 두 사람을 걱정해 주고 있었
다. 그것이 오만한 자신감이라고 생각했는지 금자명이 표정에
노기가 서렸다.

"도주, 소도주의 능력이 제 아무리 출중해도 결국 어린 여자
아이일 뿐입니다. 소도주는 결코 우리의 상대가 될 수 없지요.
손녀의 목숨을 아낀다면 우리 말을 들으십시오."

"허허, 이 사람들이 정말 내 충고를 가볍게 생각하는군. 이보
게들. 령은 정말 무서운 아이일세. 이미 무공으로는 나를 넘어
선 지 오래인 아이네. 그러나 내가 그 아이를 무섭게 생각하는
것은 무공 때문이 아니야. 그 아이가 자네들에게 두려운 존재인
이유는 그 아이의 심성 때문일세. 난 그동안 금문을 이끌어오면
서 자네들 두 사람이 정종의 권위를 무시하고 독단적으로 일을
처리해도 지난날 금문의 어려운 시절을 함께 헤쳐 온 정리를 생

각해 그 허물들을 눈감아 주곤 했네. 그러나 령, 그 아이는 다르네. 그 아이는 자네들에 대한 정이 없어. 일단 자신의 앞길에 방해가 된다고 생각하면 그 즉시 자네들을 벨 걸세. 자네들은 결코 그 아이를 감당할 수 없어. 내 장담하지.”

금온이 충고를 하는 것인지 은근히 두 사람의 감정을 건드려 흥분시키려 하는 것인지 의도를 알 수 없는 말들을 늘어놓았다. 그러나 금온의 의도야 어떻든 그의 말은 금천명과 금자명 두 사람의 심기를 몹시 불편하게 만들었다.

“도주의 말씀을 잘 알겠습니다. 그런데 그 말이 사실이라면 더더욱 우린 도주를 산 채로 모셔야겠지요. 그래야 소도주가 우리말을 들을 것 아닙니까?”

금천명이 서늘한 기색으로 말했다.

“하하, 그도 별반 효과가 없을 거야. 그 아이는 대업을 위해 내 목숨 따위 크게 신경 쓸 아이가 아니거든. 내가 그렇게 키웠어. 음… 지금이라도 그대들이 무릎을 꿇고 잘못을 비는 것도 한 방법이겠군. 물론 자네들은 전혀 그럴 생각이 없을 테지만.”

“바로 보셨습니다, 도주. 이제 도주를 거둬야겠습니다. 살아 계시든 아니면 죽은 시신이라도 말입니다.”

지잉!

쇠가 마찰하는 소리가 나면서 금천명의 검을 꺼내들었다. 그러자 곁에서 금자명 역시 살기를 흘리며 검을 빼 든다. 그를 신호로 두 사람을 따라온 노고수들이 일제히 금온과 차유를 에워쌌다. 그러자 금온이 지금까지와는 달리 서늘한 기색으로 하늘을 보며 중얼거렸다.

"참으로 비정한 밤이다. 대업을 위해, 천년의 꿈을 위해 수십 년 함께 가문을 일궈온 형제들을 베어야 할 시간이니 말이야. 내 지난 인생에 어찌 슬픔이 없었으랴마는 아마도 오늘이 그중 가장 가슴 아픈 날이 될 것이야. 오시게, 형제들!"

금온이 자리에서 일어나 검을 늘어뜨린 채 말했다. 순간 금천명과 금자명의 눈에 은은한 두려움이 깃들었다. 모든 것을 포기한 듯한, 혹은 모든 것을 초월한 듯한 금온의 모습은 그들이 쉽사리 범접하기 어려운 기운이 흐르고 있었다.

무공의 고하와는 아무런 상관이 없는 절대자의 기운, 그 기운 앞에서 금천명과 금자명은 지난 수십 년 동안 금온에게 느껴왔던 두려움을 새삼 다시 느꼈던 것이다.

"도주의 시대는 끝났습니다."

금온에게 느껴지는 두려움에 반발하듯 금자명이 소리쳤다. 동시에 그의 신형이 미끄러지듯 땅 위를 스치며 금온을 향해 다가갔다.

번쩍!

금자명이 휘두른 검을 따라 한줄기 빛이 번쩍였다. 그 빛이 검기로 변해 늙은 금온을 휘어 감았다. 순간 금온의 곁을 지키던 차유가 금온의 앞을 막아섰다.

쩡!

검기와 검기가 충돌하면서 바위 쪼개지는 소리가 터져 나왔다. 순간 금자명이 서너 걸음 뒤로 물러나며 조금 놀란 표정을 지었다. 내기가 고갈되고 몸의 상처가 깊은 차유의 검에서 느껴지는 힘이 그가 생각했던 것보다 훨씬 강렬했기 때문이었다.

"썩어도 준치라고 했던가!"

자신을 물리친 차유의 몸이 흔들거리는 것을 본 금자명이 퉁명스런 목소리를 흘려대더니 이번에는 금온이 아니라 차유를 향해 닥쳐들었다. 비스듬히 기울어진 몸으로 차유의 왼쪽으로 회전하던 금자명이 갑자기 방향을 틀며 차유의 옆구리에 검을 꽂아 넣었다. 그러자 차유가 한걸음 앞으로 나서며 몸을 비틀어 금자명의 검을 피해 내더니 벼락처럼 금자명의 검을 내려쳤다.

쾅!

"엇!"

금자명의 입에서 자신도 모르게 놀란 음성이 흘러나왔다. 금자명의 팔이 자신의 의지와 상관없이 아래로 푹 꺼졌다. 차유의 강력한 일검에 검을 든 손이 방향을 잃은 것이다.

금자명이 놀란 마음에 검을 회수하며 황급히 뒤로 물러났다. 그런데 바로 그 순간 갑자기 그의 등 뒤에 검은 그림자가 어른거리더니 서늘한 기운은 등 쪽에서 그의 심장을 파고들었다.

"헉!"

금문 내 서열 일이 위를 다투는 금자명의 입에서 기겁성이 터져 나왔다. 그러고는 온 힘을 다해 몸을 틀며 허공으로 도약했다.

삭!

순간 미세한 파열음이 금자명의 등을 훑고 지나갔다. 한줄기 선혈이 허공을 갈랐다. 금자명이 피를 뿌리며 허공에서 두어 번 몸을 회전한 후 금천명 등 동료들이 있는 곳에 비틀거리며 내려섰다.

"으음……."

금자명의 입에서 신음성이 흘러나왔다. 그러고는 노기와 의혹이 담긴 시선으로 자신의 등 뒤에서 기습을 가한 금온을 노려봤다. 금온은 처음 그들이 만났을 때와 비슷한 모습으로 금자명을 바라보고 있었다.

"도주 당신은 도대체……."

"뭘 그리 놀라시는가?"

금온이 미소를 지으며 물었다.

"그 몸으로도 이런 검초를 뿌리다니 역시 도주요."

금자명이 새삼스레 금온에 대한 두려움이 생기는지 고개를 끄덕이며 말했다. 그러자 금온이 차분하게 대답했다.

"검 든 자는 어느 순간에도 최선을 다해야 해. 검이 왜 날을 가지고 있는지 아는가? 그건 찰나의 순간과 한 치의 공간을 파고들기 위함이네. 상대가 아무리 지쳤다고 해도 강호에선 검객를 조심해야 하는 법이네. 그리고 자네들도 알다시피 난 괜찮은 검객이 아닌가?"

금온이 여유를 부리며 말하자 금천명과 금자명의 표정이 어두워졌다. 도대체가 이 늙은 거인은 궁지에 몰린 사람 같지가 않았다. 금천명이 고개를 들어 주변을 돌아봤다. 그러나 그 어디에도 금온을 도와줄 사람은 보이지는 않았다. 여전히 그들이 의도한대로 금온은 고립되어 있었고, 지쳐 있으며, 부상을 입은 상태였다. 싸움을 자신들이 유리했다.

"도주… 도주의 저력에 존경을 금할 수 없소. 도주와 같은 분이 금문에 태어났다는 것은 본 문의 큰 홍복일 것이오. 그러나 우린 욕망에 물든 비루한 인간에 지나지 않소. 금문을 위해서는 도주가 사셔야 할 것이나 우리를 위해서는 죽어주셔야겠소. 모두 함께 나섭시다. 이는 시간을 끌 일이 아니오. 대사에 시간을 지체하는 것은 잡귀가 끼어들 여지를 주는 것이오. 한 번에 도주를 모십시다.”

금천명의 말에 뒤쪽의 노고수들이 얼굴을 굳히며 앞으로 나섰다. 각자 병기를 손에 든 그들은 천하에서 가장 강한 자를 상대한다는 긴장감으로 얼굴들이 하얗게 변해 있었다.

“하하, 그렇게 긴장해서야 어찌 나를 상대하겠는가! 모두 긴장을 풀어! 그래야 대호를 사냥할 수 있는 법이네.'

금온이 다가오는 고수들을 향해 호탕하게 소리치며 검을 들어 올렸다. 차유가 금온의 오른쪽으로 다가가 묵묵히 검을 치켜들었다. 순간 금천명과 이십여 명의 고수가 일제히 금온과 차유를 향해 몸을 날렸다.

금천명과 금자명의 표정이 점점 어두워졌다. 기이한 일이었다. 어떻게 사람의 몸이 상처를 입을수록 더 강건해질 수 있을까. 시간이 흐를수록 금온과 차유의 검 쓰는 법은 더욱 정교해졌다. 덕분에 스무 명이나 되던 고수들은 늑대에게 몰린 양 떼처럼 금온과 차유의 움직임에 따라 이리저리 쓸려 다니고 있었다. 두 사람의 움직임은 도저히 수일 동안 살수들의 공세를 견뎌온 자들의 그것이 아니었다.

금온과 차유가 교차하며 검을 쓸어내자 그들을 공격하던 자들 둘이 그 자리에 고꾸라졌다. 연환의 수로 두 사람의 빈틈을 노리려던 금천명과 금자명이 화들짝 놀라 뒤로 물러났다.

"그대들의 목을 내줘야겠어."

금온과 차유가 다른 자들을 제쳐두고 금천명과 금자명을 향해 달려들었다.

"핫!"

금천명이 자신을 향해 날아드는 금온을 향해 온몸의 기를 끌어 모아 검을 뻗어냈다.

웅!

한 차례 용음을 토해낸 금천명의 검이 뱀이 몸을 틀듯 꼬아지며 금온의 몸을 휘감았다.

차앙!

맑은 충돌음이 일어나며 금온의 검이 금천명의 검기를 걷어냈다. 동시에 그의 왼손이 갈고리처럼 휘어지더니 번개처럼 금천명의 목을 낚아챘다.

"웃!"

금천명이 다급성을 발하며 급히 신형을 뒤로 젖혔다.

팟!

순간 금온의 날카로운 손가락이 금천명의 얼굴에 상처를 내며 지나갔다. 동시에 금온의 다른 한 손이 재빨리 검을 횡으로 휘둘렀다.

삭!

다시 미세한 파열음이 일어나며 금천명 가슴에 선혈이 만들어졌다.

“으음!”

금천명이 급하게 다섯 걸음 뒤로 물러났다. 그리고는 차가운 살광을 쏟아내더니 어두운 숲을 향해 날카롭게 외쳤다.

“모두 나오시오! 아무래도 도와주셔야겠소.”

순간 어둠 속에서 사람들의 그림자가 어른거리더니 일단의 인물들이 장내로 들어섰다. 순간 금온과 차유의 표정이 어둡게 변했다.

장내에 들어선 자들은 앞서 상대하던 살수들이 아니었다. 각양각색의 옷차림을 하고 있었는데 근방에서는 볼 수 없는 옷차림들이었다.

“외인을 끌어들였구나!”

금온이 노성을 흘렸다. 그러자 금천명이 차가운 어조로 말했다.

“도주의 무공이 이렇게 무서우니 어찌 다른 방책을 강구하지 않을 수 있겠습니까?”

“감히… 금문의 일에 타인을 끌어들이다니…….”

금온의 노기가 안광을 타고 흘러나오자 금천명이 흠칫한 표정을 짓다가 정신을 차리고 입을 열었다.

“어차피 천하를 경영하자면 금문 홀로는 어렵지요. 그래서 난 미리 금문과 함께 힘을 모아 천하무림을 굽어볼 친구들을 사귀어 두었습니다. 그리고 오늘 그 우정을 확인하게 될 것입니다.”

“금천명, 그래도 너에게 한 가닥 패기를 기대했건만……!”

금온의 노기가 사그라질 줄을 모른다. 그 노기를 접한 금천명이 두려움에 떨면서도 금온 대한 적의를 일으켰다.

"도주, 오늘 무림의 격언 하나를 확인해 보려 합니다. 한 손이 열 손을 당할 수 없다는 말… 진실인지 확인해 보겠습니다. 모두 도주를 모십시다. 오늘 이곳에서 그를 제압하지 못하면 우린 영원히 밝은 빛을 보고 살 수 없을 거요. 시작합시다."

금천명의 말에 숲에서 나타난 자들이 일제히 신형을 날아 올려 금온을 공격하기 시작했다.

처절한 싸움이 이어졌다. 금온과 차유, 그리고 살아남은 은검들의 무공은 놀라웠다. 그들의 일검일수에 금천명과 금자명이 불러 모은 고수들이 추풍낙엽처럼 쓰러졌다. 그러나 금천명이 말한 대로 세상의 진리란 어긋나는 경우가 없다.

하늘을 무너뜨릴 것 같던 금온의 무위도 어느 순간부터 서서히 그 힘을 잃어가기 시작했다. 그러자 금온을 공격하던 자들이 부쩍 힘을 냈다. 은검들은 더 이상 금온의 곁을 지키지 못했다. 그들 모두 피를 뿌리며 대지에 쓰러진 지 오래였다.

차유는 혈흔이 낭자했다. 서 있는 것이 용할 지경이었다. 물론 금천명과 금자명이 불러 모은 자들도 결코 성하지 못했다. 몸에 상처없는 자가 없었으며 급기가 그 숫자가 열 명 안쪽으로 줄어 있었다. 오늘 밤 금온의 검에 의해 죽어간 사람의 숫자가 일백을 넘어서고 있었던 것이다.

"후욱 후욱!"

차유가 길게 숨을 내쉬었다. 여간해서는 숨소리를 내지 않는 차유지만 이젠 근육을 이용해야만 공기가 폐로 들어갔다.

쩡!

숨을 몰아쉬던 차유가 급하게 검을 휘둘러 두 자루의 검을 막아냈다. 그러고는 제자리를 지키지 못하고 비틀거리며 뒤로 물러났다.

턱!

비틀거리는 차유의 등에 손 하나가 닿았다. 금온이었다.

"괜찮은가?"

금온이 걱정스레 물었다.

"아직 죽을 지경은 아닙니다."

"죽어선 안 되지."

그러자 차유가 고개를 저었다.

"그러나 오래 견딜 수 있을 것 같지는 않습니다."

"조금만 더 버티게."

금온이 여전히 차유의 등에 손을 댄 채 말했다. 그러자 한순간 차유의 등을 통해 따듯한 기운이 전해졌다.

"도주!"

차유가 화들짝 놀라 금온의 손을 뿌리쳤다. 그러고는 금온을 향해 소리쳤다.

"도주 이게 무슨 짓입니까?"

"너무 화내지 말게. 자네마저 죽일 수는 없어."

"그렇다고 진기를 나누시다니요! 제가 어찌 감히 도주님의 진기를 나눠받을 수 있단 말입니까?"

차유의 말에 금온이 고개를 저었다.

“자네에겐 그럴 자격이 충분해. 날 위해 평생을 받치지 않았나? 내 목숨 반을 나눠주어도 아깝지 않네. 그리고… 자네가 죽는다면 설혹 내가 살아남아 천하를 얻은들 누구와 그 즐거움을 함께하겠나. 자넨 내게 천하보다 중요해.”

“도주!”

차유가 끌어 오르는 감정을 이기지 못하고 입술을 깨물었다. 그때 두 사람을 지켜보고 있던 금천명이 입을 열었다.

“두 분께서 보여주신 군신의 정이 아름답기 그지없습니다.”

금천명의 말에 금온이 시선을 돌려 금천명을 바라봤다.

“반면에 자네의 모습은 추하군.”

금온의 말에 금천명의 볼이 씰룩였다.

“도주님의 시신도 아름답지는 않을 겁니다.”

“죽이기로 결심했나?”

“이 지경이 되어서야 어찌 도주님을 살려드릴 수 있겠습니까? 죽은 형제의 숫자가 너무 많습니다.”

“잘 생각했네. 우린 결국 같은 세상을 살아갈 수 없는 사람들이지. 그런데… 대단한 사람들을 끌어들였군.”

금온이 금천명 주변에서 숨을 헐떡이고 있는 자들을 둘러보며 말했다. 그러자 그중 한 명이 앞으로 나서며 피를 칠한 손으로 포권을 해 보였다.

“도주 오랜만에 뵙습니다. 모용천목입니다. 절 기억하시겠습니까?”

“정말 오랜만이구려. 내 어찌 모용가주를 잊겠소.”

“기억해 주시는 영광입니다. 이 모용천목은 과거 도주의 매서운 가르침을 받은 이후 줄곧 도주께 인사드릴 기회를 엿보았지요. 그런데 오늘 다시 만나 뵈올 기회를 얻었으니 기쁘기 한량없습니다.”

모용천목이라면 당대 모용세가의 가주다. 그가 모용세가의 가주가 된 것은 십여 년 전의 일이었는데 가주가 되기 전 심양의 이권을 놓고 금문과 모용세가가 충돌했을 때 금온에게 치욕적인 패배를 겪은 일이 있었다. 이후 모용세가는 요동패자의 지위를 금문에게 내어 주게 되었었다.

“나 또한 기쁘구려. 금문이 요동에 바로서기 위해서는 역시 그대의 모용가를 확실히 제압해야 하는데 이렇게 기회를 주니 말이오.”

순간 모용천목이 얼굴을 굳혔다.

“도주, 난 금문의 친구가 되려 왔지 적이 되기 위해 온 것이 아닙니다.”

“본문의 반도와 손을 잡았으니 친구가 되기는 어려울 것이오.”

그때 모용천목의 옆에 서 있던 금천명이 차가운 목소리로 소리쳤다.

“도주, 말씀이 지나치시군요. 누가 반도란 말입니까? 오늘 우리가 도주를 이리 모시는 것은 다 금문의 천하군림을 위해서입니다. 도주님의 아집으로 어린 여자아이에게 금문을 맡기려 하니 어찌 우리가 나서지 않을 수 있었겠습니까. 금문을 망치는 것은 바로 혈육의 정에 이끌려 애송이 여아에게 금문을 맡기려는 도주십니다.”

“그 아이 하나를 상대하지 못해 이렇게 음모나 꾸려대는 그
대가 무시할 아이는 아니지.”

금온이 실소를 흘렸다. 그러고는 고개를 돌려 모용천목 옆에
서 있는 노인들을 보며 말했다.

“이 노사도 오셨구려. 그리고… 흑사풍은 지난번 대막에서의
일로 서역으로 물러가겠다더니 또 약속을 어기는구려.”

금온의 말에 두 노인 중 마른 노인이 앞으로 나섰다. 지난날
석요송과 금령 일행에게 패퇴하고 서역으로 물러가겠다던 흑사
풍의 대천성 금아불이다.

“두려움에 떨며 평생을 외지에서 떠돌고 살 수는 없겠더구
려.”

금아불이 담담하게 대꾸했다.

“날 먼저 만나러 왔다면 좋았을 걸 그랬소.”

“누군가의 수하로 살기엔 나도 너무 늙었소이다.”

“하하하, 그렇소? 그도 그렇지. 그래 이 노사는 또 무슨 연유
로 이렇게 내게 검을 들이대는 거요?”

금온이 금아불 옆의 풍채 좋은 노인에게 묻자 노인이 정중하
게 포권을 해 보이며 말했다.

“지난날 비록 우리 장백파가 금문에 많은 도움을 받았다고는
하나 최근 들어 도주께서는 우리 장백파를 너무 무시하셨지요.
마치 우리가 금문의 한 방파인 것처럼 대하시니 어찌 그 수모를
견딜 수 있었겠습니까?”

“그렇소? 장백파에 대한 내 대접이 그리 부족했던가? 허허허,
참으로 사람이란 간사한 존재야. 은혜는 하루를 넘기지 못하고

잊고, 원한은 평생을 안고 살아가니 말이야. 이황고 그대의 목숨을 구해주고 장백파의 명맥을 이어준 것이 바로 나이거늘……!"

그러자 노인이 감히 대답을 하지 못하고 얼굴을 붉혔다. 이황고는 수백 년 전통의 장백파 장문인이다. 장백파는 삼십여 년 전 멸문의 위기를 맞았었는데 그때 장백파를 구하고 당시 젊은이였던 이황고를 장백파의 문주로 앉혀 장백 이씨의 대를 잇게 한 것이 바로 금온이었다. 그러니 아무리 금온의 대접이 섭섭했다 해도 감히 이황고가 금온을 향해 검을 들이댈 수는 없는 일이었다.

이황고가 부끄러움을 알고 뒤로 물러나자 금온이 이번에는 금천명과 금자명 조금 뒤쪽에 서 있는 기이한 차림의 노인을 응시했다. 노인은 자색 장삼을 걸치고 있었는데 혈무가 난무하는 싸움터에서도 한 올 흐트러짐이 없었다.

"그대는 누군가? 처음 보는 자이군. 나와 인연이 있는가?"

금온이 노인을 보며 묻자 노인이 가볍게 미소를 지으며 대답했다.

"이 몸은 워낙 미미한 존재라 당금 무림천하의 주인이신 도주님과 마주한 일이 없습니다."

"그렇군. 그런데 한 가지 사실은 틀렸군."

"가르침을 주십시오."

"그대는 결코 미미한 존재가 아니야. 아마도 오늘 이곳에 모인 자들 중 가장 뛰어난 인물일 거야. 보자, 그대의 무공은… 감히 나 금온에 육박하고 있다. 누군가?"

　금온이 차가운 시선으로 노인을 노려보며 물었다. 그러자 노인이 잠시 침묵을 지키다가 입을 열었다.

　"정식으로 인사드리지요. 전 은올기라고 합니다. 평생 천하제일인이신 도주를 만나 뵙기를 소원했는데 오늘 드디어 이렇게 뵈올 수 있는 영광을 얻었습니다. 그러나 아쉽군요. 만나자마자 이별이라고… 하필이면 도주님이 세상을 뜨시는 날 만나게 되다니……."

　노인 은올기가 빙그레 미소를 지어보였다.

背天叛路
第九章 구름 속의 구름

금온의 눈이 가늘어졌다. 은올기라는 초로의 노인을 바라보는 금온의 시선은 다른 적들을 바라보던 것과는 달랐다. 그의 눈에 긴장감이 서렸다.

"강호에 기인이사가 모래알처럼 많다더니 그대와 같은 인물이 있을 줄은 몰랐군."

금온이 은올기를 보며 말했다. 그러자 은올기가 한줄기 미소를 지으며 대답했다.

"비천한 이름이 어찌 도주의 귀에까지 들어가길 원하겠습니까? 도주님의 마지막 날일지라도 존안을 뵈올 수 있어 영광이었습니다. 그만 일을 끝냅시다. 벌써 예정된 시간에서 반나절이 지났소이다. 이러다가 무슨 사단이 날지도 모르는 일이오."

은올기가 금천명 등을 보며 말했다. 그러자 금천명이 고개를 끄덕였다.

"그럽시다. 도주, 이젠 정말 마지막입니다."

금천명의 말에 금온이 어두운 얼굴로 말했다.

"그대는 정말 무서운 자를 끌어들였군. 오늘 난 반드시 살아야겠어. 만약 오늘 내가 이곳에서 죽는다면 천하를 얻는 것은 우리 금문이 아니라 은올기 바로 저자가 될 것이다."

금온의 말에 금천명이 흠칫한 표정을 지었다. 표정을 보니 그 또한 은올기에 대해서 은근한 두려움을 느끼고 있는 듯 보였다. 그러자 은올기가 금천명에게 나직하게 말했다.

"그의 이간계에 흔들리지 마시오. 말했듯이 내가 원하는 것은 오직 하나요. 그 물건만 취하면 난 더 바랄 것이 없소."

은올기의 말에 금천명이 고개를 끄덕였다.

"알겠소이다. 그럼 시작합시다."

금천명이 고개를 끄덕이는 순간 가장 먼저 은올기가 금온을 향해 날아올랐다.

쿵!

금온이 검을 들어 은올기의 장력을 막아냈다. 순간 그의 몸이 한 차례 흔들렸다. 얼굴은 더욱 어둡게 굳어졌다. 일장의 교환으로 금온은 은올기의 무공이 예상했던 대로 무섭다는 것을 알아챘다.

금온이 재빨리 검을 들어 횡으로 휘둘렀다. 그러자 그의 검에서 한줄기 푸른 검기가 흘러나와 은올기의 허리를 갈랐다. 은올기가 유연한 신법으로 가볍게 허공을 밟고 올라 금온의 검기를 피했다. 순간 금온이 십여 장 뒤로 급히 물러났다. 마치 싸움을 회피하는 사람 같은 움직임이었다.

　은올기를 포함한 고수들이 금온의 행동에 의아한 표정을 지으면서도 물러나는 금온을 향해 밀려들었다. 그런데 그때 다가오는 적들을 바라보고 있던 금온이 천천히 검을 들어 머리 위로 세웠다. 그러자 그의 검에 기이한 빛이 어리기 시작했다. 투명하면서도 누르스름한 기운이 감도는 빛은 마치 번개가 검에 어린 듯 보였다.

　금온을 향해 접근하던 고수들이 자연스레 걸음을 멈췄다. 오늘 금온의 목을 베기 위해 이곳에 모인 자들 중 고수 아닌 자가 없었다. 강호에 나서면 모두가 한 지방의 패자를 자처할 인물들이었다. 그러니 금온의 검이 머금은 기운이 심상치 않다는 것을 모르는 이는 없었다.

　은올기도 금천명도 감히 금온을 향해 다가서지 못했다. 그런 적들을 보며 금온이 입을 열었다.

　"구름 속에는 용이 숨어 있고, 하늘 밖에 또 다른 하늘이 있다. 벽력의 기운을 담아 하늘을 뚫고, 구름을 가른 후, 땅을 쪼갠다."

　알 수 없는 말들이다. 금온이 말이 이어졌다.

　"앞에 선 모든 것을 가르는 힘, 천하만물이 무릎을 꿇고 머리를 조아리며 두려움에 떠는 힘, 그것이 바로 패(覇)다!"

　마치 제자들에게 무공을 가르치듯 패에 대한 의미를 입 밖으로 흘려내던 금온이 적들을 향해 걸어오기 시작했다. 검은 여전히 그의 머리 위에서 벽력의 힘을 머금고 있었다.

금온을 압박하던 자들이 자신들도 모르게 뒤로 물러났다. 차유조차도 금온의 곁에서 대여섯 걸음 멀어졌다.

"은올기라 했던가? 오늘 네 목을 반드시 베겠다. 네가 령과 금문의 후환이 되는 것은 용납할 수가 없구나."

번쩍!

금온의 검이 하늘에서 땅으로 떨어졌다. 그러자 허공이 찢겨지듯 갈라지며 기이한 균열이 생기더니 그 균열을 타고 누르스름한 검기가 은올기를 향해 폭사했다.

"흡!"

은올기가 다급한 음성을 흘려내며 급히 두 손을 흔들었다. 그러자 그의 손에서 붉은 기운들이 흘러나와 둥근 덩어리를 만들더니 닥쳐드는 금온의 검기를 막았다.

콰앙!

강렬한 파열음이 일어났다. 순간 금온의 검기가 은올기가 만든 붉은 기막을 뚫고 들어가 상대를 갈랐다.

"헉!"

은올기의 입에서 기겁성이 흘러나왔다. 동시에 그의 신형이 팽이 돌듯 회전했다. 금온이 번개처럼 은올기의 신형을 날아 넘었다. 그 순간 무섭게 회전하던 은올기에게서 한 팔이 날아올랐다. 팔은 주인의 몸에서 떨어져 나와 허공에서 두어 바퀴 빙빙 돌더니 이내 십여 장 밖에 떨어져 내렸다.

"이이… 모두 그를 공격하시오!"

은올기가 분노에 찬 음성으로 소리쳤다. 그러자 금온의 기세에 억눌려 있던 장내의 고수들이 퍼뜩 정신을 차리고는 일제히 금온을 향해 날아들기 시작했다. 그 안에서 금온이 또다시 신룡처럼 움직이기 시작했다.

금온은 신인과 같았다. 사람의 무공이라고는 상상할 수 없는 절기들이 그의 몸에서 흘러나왔다. 특히나 무서운 것은 그가 흘려내는 기운이었다. 천지를 양단할 듯한 그의 기운 앞에선 그 누구도 평정심을 유지할 수 없었다.

그리고 일단 그의 기운에 주눅이 들면 누구도 그가 휘둘러오는 검기를 피해낼 재간이 없었다. 장내의 고수들은 모두 일문일파의 수장들이었지만 금온 앞에서는 오합지졸에 지나지 않아 보였다.

한 팔이 잘린 은올기는 사람들 뒤로 물러나 두려운 눈빛으로 금온을 주시하고 있었고, 금천명과 금자명은 자신들이 벌인 일이 가져온 결과에 놀라 두려움에 떨고 있었다. 양 떼에 뛰어든 호랑이처럼 금온의 검이 사방으로 검기를 흩뿌려 대면 그를 공격하려던 자들은 금세 꼬리를 물고 물러났다.

"악!"

다시 한마디 비명 소리가 들렸다. 장백파의 문주 이황고의 허벅지가 길게 베어졌다. 다행히 몸에서 떨어져 나간 것은 아니지만 평생 불구로 살아야 할 것은 분명했다.

이황고를 벤 금온이 이번에는 신형을 날려 두려움에 질려 있는 금천명을 향해 날아갔다.

"노제, 저승에서 보세."

금온이 무섭도록 친근한 말투로 금천명에게 말을 건넸다. 순간 금천명이 두려움과 반발심이 가득 찬 표정으로 고개를 젓더니 다급하게 검을 휘둘렀다.

카앙!

"악!"

금천명이 입에서 비명이 토해졌다. 그의 가슴이 위에서 아래로 길게 베어졌다. 앞서의 부상도 있어서 더욱 위급해진 금천명이었다. 죽음은 면했으나 수개월 요양을 해야 할 만큼 엄중한 검상이었다.

그런 금천명을 향해 금온이 마지막 일격을 가하려는 듯 횡으로 검을 휘둘러 금천명의 머리를 잘라갔다. 금천명은 자신의 목이 속절없이 잘라질 것을 예상하고는 공포와 분노로 가득 찬 눈을 부릅떴다. 그런데 바로 그 순간이었다. 갑자기 금자명이 금온의 뒤쪽으로 뛰어들며 소리쳤다.

"도주! 그만 죽어주시오!"

순간 금온이 번개처럼 신형을 돌리며 금천명을 향하던 검을 거둬 금자명을 향해 쭉 내밀었다.

퍽!

금온의 검이 금자명의 복부를 뚫고 들어갔다.

"컥!"

금자명이 고통스런 신음성을 흘려냈다.

"나보단 그대가 먼저 죽을 것 같군."

금온이 차갑게 말했다. 순간 금자명의 눈빛이 기이하게 변하더니 갑자기 뒤쪽으로 쑥 몸을 뺐다. 본래 검에 찔린 자는 함부로 몸에서 검을 빼는 법이 아니다. 왜냐하면 검을 뺀 자리에서 피가 솟구치면 죽음을 피할 수 없기 때문이었다. 고수인 금자명이 그 이치를 모를 리 없건만 그는 스스로 금온의 검에서 몸을 빼냈다.

팟!

당연히 금자명의 몸에서 붉은 선혈이 솟구쳤다. 허공으로 솟구친 피가 금온을 향해 튀었다. 금온이 재빨리 뒤로 물러나 피분수를 피해냈다. 그런데 그 순간 허공으로 솟구친 피 속에서 초록색 연무가 퍼져 나왔다.

"음!"

뒤로 물러나던 금온이 신음성을 흘리며 입을 굳게 다물고는 재빨리 신형을 날려 그 자리를 벗어났다.

"도주님!"

뒤로 물러난 금온의 곁으로 차유가 다가들었다. 그러자 금온이 차유의 말에 대답하는 대신 지혈을 하고 있는 금자명을 보며 물었다.

"무슨 독인가?"

금온의 물음에 금자명이 묘한 미소를 지으며 대답했다.

"이 독은 해약이 없습니다."

"무슨 독인가?"

금온이 다시 물었다.

"나도 모릅니다."

"독의 주인이 독의 이름을 모른다?"

"이 독의 주인은 내가 아닙니다."

"그럼 누구냐?"

"그는… 산에서 약초를 캐는 산꾼이었지요. 그러나 또한 천하에서 가장 뛰어난 의원이자 독인이기도 할 겁니다."

"무슨 소리를 하는 거냐?"

금온이 노성을 흘렸다. 그러자 금자명이 한줄기 미소를 지으며 대답했다.

"오래전 제가 두만강을 넘었다가 개경 인근에서 큰 화를 당한 적이 있지요."

"기억한다. 내 충고를 듣지 않았지."

"그렇지요. 아주 아픈 기억이지요. 당시 난 왕씨의 추룡사들에게 쫓겨 경각의 위험에 처했었지요. 그러다 백두의 한 산촌으로 들어갔는데 그곳에서 그를 만났습니다. 난 큰 부상을 입고 있었고, 그는 날 돌봐주었지요. 그런데 추룡사들은 그곳까지 날 추적해 왔었습니다. 그러고는 그에게 날 내놓으라고 했지요. 그런데 그는 그 서슬 퍼런 추룡사들의 요구를 단박에 거절했지요. 그러자 추룡사들이 그를 죽이려 했는데 그는 손짓 한 번에 그 추룡사들을 모두 잠재워 버리더군요. 그때 그가 사용한 것은 독이었습니다."

"추룡사들을 모두 독으로 죽였다는 것인가?"

"그건 아닙니다. 그는 사람의 생명을 함부로 빼앗는 사람이 아니었지요. 그가 추룡사들을 잠재운 것은 미혼독이라고 하더군요. 그리고 나에게 서둘러 그곳을 떠나라고 했지요. 곧 추룡사들이 깨어날 것이라고. 그러면서 자신도 그곳을 떠나겠다고 하더군요. 우린 함께 그 산촌을 떠났지요. 난 그를 금문에 초청하고 싶었지만 그는 무림과 인연이 없다면서 압록 강변에서 나와 헤어졌습니다."

"그때 그에게 독을 얻었다는 말인가?"

"그렇지는 않습니다. 대신 난 그가 떠난 후 다시 그 산촌으로 갔지요. 추룡사들은 여전히 정신을 잃고 있더군요. 난 그들을 모두 죽였습니다."

"으음……!"

금온이 낮은 침음성을 흘렸다. 고려 왕씨의 추룡사가 대대로 금문의 고수들과 원한을 쌓아 왔지만 금자명의 행보는 너무 독랄한 것이었다. 그러나 금자명은 얼굴에 한 올의 부끄러움도 드러내지 않고 말을 이었다.

"추룡사들을 죽이고 나서 난 그가 살던 초옥을 샅샅이 뒤졌지요. 급히 떠나왔으니 뭔가 그에 대한 단서가 남아 있을 것이란 생각에서였습니다. 그러나 그의 정체를 알아낼 수 있는 단서는 아무것도 없었지요. 대신 초옥 깊은 곳에서 항아리 하나를 발견했는데 귀한 약재를 숙성시키는 것처럼 광목으로 감싸 놓았더군요. 아마도 급히 초옥을 떠나느라 그것을 챙기지 못한 듯했습니다."

금자명이 말을 하면서 미소를 떠올린다. 지금 생각해도 당신의 일이 큰 행운이라고 생각하는 모양이었다.

"난 그 항아리를 들고 금문으로 돌아왔지요. 그리고 항아리에 든 물건에 대해 조사하기 시작했습니다. 천하의 명의와 독인들에게 은밀히 도움을 청한 결과 전 한 가지 사실을 알게 되었지요. 그 항아리에 든 것이 강호에 전설처럼 전해지는 무형지독의 원료가 될 수 있다는 사실을 말입니다. 비록 그가 미처 독이 완성되기도 전에 초옥을 떠나는 통에 무형지독은 완성될 수는 없었으나 그 자체만으로도 이미 세상에서 가장 무서운 독이었지요."

"이제야 알겠군. 그대가 고려에서 돌아온 이후 남종의 강자들이 하나둘 죽고 결국 남종의 우두머리가 된 이유를 말이야."

"맞습니다. 그리고 이제 그 독이 절 금문의 우두머리로 만들겠지요."

금자명이 빙그레 미소를 지었다. 복부가 꿰뚫린 상처 같은 것은 안중에도 없는 듯 보였다. 그런데 금자명이 모르는 것이 있었다. 장내에 있던 그의 동료들, 금천명을 포함해 은올기나 다른 무가의 수장들이 모두 탐욕의 눈으로 자신을 바라보고 있다는 사실이었다. 오히려 그들의 행동은 금자명보다 금온의 눈에 더 잘 들어왔다.

"이 독이 과연 무섭긴 하군. 진기를 써서 막으려 해도 쉽지가 않아. 막았다 싶으면 다시 샘처럼 살아나 혈맥을 돌아."

금온이 고개를 끄덕였다. 그러자 금자명이 득의한 표정으로 말했다.

"도주를 독으로 모시게 되어 송구할 따름이지요."

"그런데 그대는 조금 실수를 한 것 같군."

금온의 말에 금자명이 불안한 표정으로 물었다.

"설마 그 독을 해독할 수 있다고 말하실 참입니까?"

"음… 당장은 어려워도 시간이 있다면 해독은 몰라도 체내의 진기로 독을 한곳에 모을 수는 있지. 하지만 그대가 한 실수는 독의 문제가 아니야."

"그럼 제가 무슨 실수를 했단 말입니까?"

"자네의 실수는 그 독의 실체를 이 자리에서 입 밖으로 뱉어 냈다는 걸세. 주변을 돌아보게. 내 목을 노리는 것만큼 자네의 그 독을 노리는 눈초리들이 보이지 않나?"

순간 금자명이 흠칫하며 주변의 고수들을 둘러봤다. 그러자 은올기가 재빨리 말했다.

"그의 말에 동요치 마시구려. 우린 한 배를 탄 사람들이오. 어찌 금 노사의 물건에 욕심을 두겠소."

"으음… 물론 나도 도주의 말을 믿는 것은 아니오. 아무튼 난 부상이 심하니 뒤로 물러나 정양을 해야겠소."

금자명이 말을 하는 동시에 서둘러 뒤쪽 숲속으로 사라졌다.

이제 숲의 어둠이 서서히 걷히고 있었다. 투명한 새벽빛이 어둠을 몰아내며 사지(死地)가 된 땅을 비췄다. 금온은 멀어지는 금자명을 보고 있다가 갑자기 검을 들어 올렸다. 그러자 금천명 등이 화들짝 놀라 두어 걸음 뒤로 물러났다. 비록 독에 중독되었다지만 앞서 겪은 금온의 무공이 두렵지 않을 수 없었다.

하늘로 향한 금온의 검에 다시 기이한 기운이 서리기 시작했다. 그런데 앞서와 조금 다른 것이 이번의 기운은 누런 황금색이 아니라 검은빛이 돌고 있다는 것이었다. 순간 은올기가 외쳤다.

"지금 그를 공격해야 하오. 그는 지금 진기로 몸 안에 들어온 독기를 밀어내고 있는 것이오! 지금의 기회를 놓치는 다신 그를 제압할 수 없을 거요!"

　은올기의 경고가 터져 나오자 장내의 고수들이 퍼뜩 정신을 차리고는 금온을 향해 달려들기 시작했다. 그러자 금온이 안광을 번뜩이며 소리쳤다.

　"이 독의 무서움을 그대들도 알게 될 것이다!"

　파앗!

　금온이 검을 휘둘렀다. 그의 검에서 검은색 기운들이 흘러나와 사방으로 퍼졌다.

　"웃!"

　"조심하시오. 독기요!"

　금온을 향해 뛰어들던 자들이 제풀에 놀라 황급히 뒤로 물러났다. 그러나 그 와중에 몇몇 노고수들이 독기에 노출되는 것을 피하지 못했다.

　"으음!"

　"음!"

　서너 명의 노고수가 그 자리에 쓰러졌다. 그러고는 손 쓸 여유도 없이 금세 숨을 거뒀다.

　"아, 정말 무서운 독이다!"

　누군가의 입에서 나직한 탄성이 흘러나왔다. 그런데 진기를 이용해 체내에 들어온 독기를 검을 통해 발출한 금온 역시 사정이 썩 좋지는 못했다. 그의 얼굴이 어느새 검게 변하고 있었다.

　"도주님!"

　차유가 걱정스런 목소리로 금온을 불렀다.

　"걱정 말게. 죽지는 않아. 내기를 쓰니 독기가 요동쳤을 뿐이야."

금온이 손을 저어 차유를 안심시키며 크게 숨을 쉬었다. 그러자 마치 입을 통해 들어간 공기가 독을 정화하듯 그의 얼굴이 다시 홍조를 띠기 시작했다.

"이 독은 정말 무섭군. 무형지독에 근접해 있어. 이 독에서 벗어나려면 몇 달은 고생해야 할 것 같군."

금온이 중얼거렸다. 그러자 금천명이 멀리서 속삭였다.

"죄송하게도 도주께는 그럴 시간이 없을 것 같습니다."

그러자 금온도 빙그레 미소를 지었다.

"과연 그럴까? 나에겐 시간이 중요하지 장소는 중요치가 않네. 그러니 이곳에서라도 시간만 벌면 독에서 벗어날 수 있지. 그러나 자네들은 어떤가? 과연 누가 감히 나에게 살수를 펼칠 수 있단 말인가? 이 독을 감당하면서 말이야. 하하하. 금자명 그가 내게 큰 선물을 주었어. 한순간에 날 절대독인으로 만들지 않았느냐 말이야. 하하하!"

금온이 호탕하게 웃었다. 그러자 금천명이 낭패한 기색으로 은올기를 바라봤다. 그러자 은올기가 한 팔이 잘린 채로 차갑게 말했다.

"해결책은 간단하오. 그에게 가까이 가지 않으면 되오. 살수들을 다시 부르고 암기와 화살로 공격합시다. 그러면 그 또한 독기를 몰아낼 여유를 갖지 못할 거요. 그럼 그가 얼마나 버티겠소. 시간은 그의 편이 아니라 우리 편이오."

은올기의 말에 금천명의 안색이 밝아지더니 수하 한 명에게 명을 내렸다.

"살수들을 다시 불러들여라."

금천명의 명을 받은 수하가 새벽 숲으로 달려갔다.

"이젠… 도주님을 도와드려야 합니다."

범교가 석요송을 보며 말했다. 그의 눈에 간절함이 묻어났다. 그러자 석요송이 시선을 돌려 낙성곡의 입구를 바라봤다.

"늦는군."

"누굴 기다리세요?"

금불현이 의문스럽게 물었다.

"도주가 홀로 저들을 상대할 생각은 아니었을 거야. 필시 사람들을 준비했을 터인데……."

"그렇다면 아직까지 오지 않고 있을 리가 없잖아요. 벌써 싸움이 시작된 지 며칠째인데……."

금불현이 말했다.

"가까운 곳에 사람들을 두지를 못했을 거야. 은밀히 숨겨둔다 해도 낙성곡 근처에 있으면 필시 저들의 눈에 발각되었을 테니까."

"그렇다고 해도 이대로는 도주께서 버티실 수는 없을 것 같아요. 보세요. 벌써 화살로 공격을 시작했어요."

금불현이 말했다. 석요송이 시선을 돌려보니 과연 금천명 등이 살수들을 동원해 화살과 암기를 금온을 향해 쏟아붓고 있었다. 금온과 차유가 검을 휘둘러 화살과 암기를 막아내고 있었지만 덕분에 금온은 몸에 들어온 독기를 다스릴 엄두를 내지 못했다. 그의 얼굴이 다시 검게 변하고 있었다.

"도와드려야 합니다."

다시 범교가 말했다. 그러자 석요송이 고개를 끄덕이더니 범교를 보며 말했다.

"밀영들은 숲 바깥쪽에 머무시오. 그리고 내가 신호를 하면 암기를 써서 저들의 후방을 공격하시오."

"어찌하실 요량이신지?"

"나와 아우가 들어가 도주님을 호위할 것이오."

"너무 위험합니다."

범교가 고개를 저었다.

"저들이 다가오지 못하게만 하면 되는 일이니 걱정 마시구려. 그리고 아마도 조만간 도주께서 안배한 사람들이 올 것이오. 그전에라도 밀영들이 후방을 교란하면 저들은 겁을 먹고 혼란에 빠지게 될 거요."

석요송의 말에 범교가 어쩔 수 없다는 듯 고개를 숙여 보인다.

"명대로 따르겠습니다."

"좋소. 조심하시오. 그들과의 거리를 유지해야 하오. 아우, 가지."

석요송이 금불현에게 말했다. 그러자 금불현이 입술을 깨물며 대답했다.

"내 인생이 여기서 끝나지는 않겠지요?"

"그런 농을 하는 것을 보니 아직 여유가 있군. 조심해서 내 뒤를 따라와."

"악!"

처음 비명 소리가 들렸을 때 사람들은 크게 관심을 두지 않았다. 화살과 암기로 금온을 공격하는 와중에 금온과 차유도 자신들을 노렸던 화살들을 주워 간간히 되날렸기 때문에 그에 상하는 자들이 있었기 때문이었다. 그러니 새삼스레 비명 한마디 또다시 들려온 것이 이상한 일은 아니었다.

그러나 이번에는 달랐다.

"크악!"

연이어 비명이 들려오고 그 간격이 무척 짧아지자 문득 사람들은 이 비명 소리가 결코 금온과 차유가 던져낸 암기와 화살들에 의해 만들어지는 것이 아니라는 것을 깨달았다.

"웬 놈들이냐?"

금천명이 노성을 발하며 주변을 살폈다. 금온을 향하던 공세도 거짓말처럼 멈춰졌다.

"크악!"

다시 터져 나온 비명 소리와 함께 원앙이살과 만초가 이끌던 살수 두어 명이 다시 땅 위에 쓰러졌다. 그러나 어디서도 흉수의 모습은 보이지 않았다.

"모두 조심하시오. 불청객이 온 모양이오!"

금천명이 동료들에게 경고를 하며 검을 들고 면밀히 주변을 살피기 시작했다. 그런데 바로 그때였다. 한 그루 거대한 삼나무 위에서 검은 물체가 뚝 떨어지더니 무서운 속도로 금천명을 향해 달려들었다.

"놈!"

적임을 깨달은 금천명이 검을 들어 다가오는 자를 빠르게 양단했다.

팟!

그러나 허망하게도 금천명의 검은 애꿎은 허공을 갈랐다. 그를 향해 달려들던 물체가 검에 쪼개진 듯 두 개로 나뉘어졌으나 어디서도 피는 튀지 않았다. 대신 두 개로 나뉘어진 물체들이 금천명을 좌우로 지나쳐 금온이 있는 곳으로 날아갔다.

"놈!"

다시 한 번 금천명이 노성을 통하며 검을 휘둘렀다.

웅!

그의 검에서 번들거리는 검기가 흘러나와 금온을 향해 달려가는 사내의 등을 베었다. 그러자 사내가 번개처럼 신형을 틀며 허공에서 검을 휘둘렀다.

그러자 검에서 흘러나온 검기가 오 장여 길이로 솟구치더니 벼락처럼 금천명의 검기와 금천명 자신을 후려쳤다.

콰앙!

"웃!"

금천명이 예상치 못한 강력한 반격에 놀라 기겁을 하며 뒤로 물러났다. 그러자 검기를 떨쳐 내 금천명을 공격한 사내가 뒤를 바라보는 자세 그대로 허공을 날아 금온 앞에 떨어졌다.

일순간 장내에 정적이 흘렀다. 불청객이 날아든 것도 당혹스런 일이지만 그 불청객이 보여준 무공이 사람들의 가슴을 서늘하게 만들었기 때문이었다.

"네가… 왔구나."

금온이 묘한 떨림이 전해지는 목소리로 말했다. 그러자 석요송이 되물었다.

"몸은 괜찮으십니까?"

석요송의 물음에 금온이 가볍게 고개를 끄덕이고는 다시 물었다.

"령은?"

"여전히 일월문을 향하고 있습니다."

"인검이 주인의 곁을 떠나다니 경솔하구나."

금온이 석요송을 타박했다. 그러자 석요송이 고개를 저으며 말했다.

"만약 도주께 일이 생긴다면 그것이 더 소도주를 위험하게 만들 것입니다."

"후후, 내가 저들을 상대하지 못할 것 같으냐?"

금온이 씁쓸한 미소를 지으며 물었다.

"물론 준비는 하셨겠지요. 그러나 일이란 게 언제나 계획된 대로 되는 것은 아니지요. 당장 지금 위험하시지 않습니까?"

석요송의 말에 금온이 고개를 끄덕였다.

"그렇긴 하다. 내 계산이 조금 잘못되었던 것 같구나. 저들이 타문의 고수들을 끌어들일 줄은 몰랐어."

"시간이 얼마나 필요합니까?"

석요송이 물었다. 그러자 금온이 하늘을 보며 대답했다.

"한 두어 시진 정도……."

"알겠습니다."

"가능하겠느냐?"

"도주께서 만드신 인검 아닙니까? 더군다나 저들은 치쳤고,

후방을 교란할 밀영들도 와 있습니다. 두 시진이 아니라 하루라
도 견딜 수 있습니다.”

“알겠다. 그럼 부탁하마!”

금온이 고개를 끄덕이고는 이내 뒤로 물러나 가부좌를 틀고
운기에 들어갔다. 그러자 두 사람의 모습을 지켜보고 있던 금천
명이 멀리서 소리쳤다.

“인검! 네가 왔구나!”

금천명의 말에 석요송이 정중하게 포권을 해 보였다.

“이런 곳에서 장로님을 뵐 줄은 몰랐군요.”

“하하하, 나 또한 여기서 인검을 볼 줄은 몰랐군. 그런데 아무
래도 자네는 자리를 잘못 찾아온 것 같아. 이곳은 사지야. 누구
라도 들어오면 살아 돌아갈 수 없지.”

그러자 석요송이 한줄기 미소를 지으며 대답했다.

“사지임은 분명하나 누가 죽을지는 모르지요.”

석요송의 대꾸에 금천명이 싸늘한 표정을 짓더니 은올기에게
말했다.

“어찌하면 좋겠소?”

그러자 은올기가 잠시 생각에 잠겼다가 말했다.

“한 시진 정도만 더 시도해 봅시다.”

“한 시진이라니. 그럼 그 뒤에는 어쩌잔 말이오?”

“누군가가 왔다는 것은 또 다른 누군가도 올 수 있다는 말이
오. 그런데 저자가 위험을 무릅쓰고 먼저 뛰어들었으니 시간을
벌 생각인 것이오. 저자가 없었다 하더라도 청도주는 적어도 한
시진 이상은 버틸 수 있었소. 그럼에도 저자가 모습을 드러낸

것은 뒤따르는 자들이 한 시진 밖에 있다는 의미일 거요."

석요송은 은올기의 말을 들으며 소름이 끼쳤다. 물론 그의 말이 모두 옳은 것은 아니었다. 하지만 자신의 출현을 두고 그가 생각해내는 것들은 범인이 단시간 내에 추측할 수 없는 것들이었다. 금천명 역시 그런 은올기의 말에 감복했는지 크게 고개를 끄덕이며 대답했다.

"과연 은 노사시오. 이러니 내가 어찌 은 노사께 의지하지 않을 수가 있겠소."

금천명의 말에 은올기가 미소를 지으며 대답했다.

"그런들 어찌 청도주에 비하겠습니까? 오늘 이렇게 한 팔이 잘리는 신세가 된 것은 모두 내가 부족하기 때문이오. 그래서 더더욱 반드시 그의 목을 거둬야 하는 것 아니겠소?"

은올기가 살기를 드러내며 금온을 바라봤다. 그러자 금천명이 고개를 끄덕였다.

"맞소이다. 그를 살려두어서는 난 하늘을 보고 살지 못할 것이오. 모두 힘을 냅시다. 반드시 오늘 청도주의 목숨을 거둬야 하오. 그가 살아난다면 우리 모두 죽음을 면치 못할 것이오. 생사의 기로이니 몸을 아끼지 맙시다."

금천명의 말에 주변의 고수들이 새삼스레 전의를 불태우며 병장기를 들었다.

"시작합시다."

금천명이 먼저 신형을 날렸다. 그를 따라 장내의 고수들이 일제히 석요송 등을 덮쳐 갔다.

번쩍!

석요송의 검에서 한줄기 검기가 번쩍였다. 순간 그의 검에서 흘러나온 검기가 기이한 곡선을 그리며 자신을 향해 날아드는 자들을 휘어 감았다. 천광검 환(環)의 초식이다.

차앙!

끝에서 고리 모양으로 휘어진 검기가 서너 명의 공격을 무산시켰다. 석요송의 검기에 공세가 막힌 자들이 뒤로 물러났다. 그러자 연이어 금천명과 다른 두 명의 노고수가 석요송을 공격했다. 그중에는 석요송의 눈에 익은 자도 있었다.

"오랜만이군요!"

쾅!

석요송의 검에 금아불의 도를 자라냈다.

"음!"

흑사풍의 대천성 금아불이 침음성을 토하며 물러났다. 그러자 금천명과 이황고가 좌우에서 석요송을 향해 달려들었다. 순간 석요송의 몸이 허공에서 기울어지며 한 손으로는 검을 들어 금천명을 공격했고, 다리로는 이황고의 머리를 후려 찼다.

창!

석요송의 검이 금천명의 검을 막는 순간 이황고가 급히 머리를 틀어 석요송의 발을 피하며 그의 두 다리를 검으로 잘랐다.

팟!

석요송이 재빨리 몸을 피했지만 그의 허벅지가 찰나의 순간 이황고의 검에 베었다. 순간 석요송이 부상을 아랑곳하지 않고 허공에서 제비를 돌더니 독수리처럼 이황고를 향해 떨어져 내렸다.

"읏!"

이황고가 갑작스런 석요송의 반격에 놀라 뒤로 물러나려 했
으나 앞서 금온에게 입은 다리의 부상 때문에 미처 석요송의 검
을 피하지 못했다.

서걱!

섬뜩한 파열음과 함께 이황고의 가슴을 석요송의 검이 번개
처럼 베고 지나갔다. 천광검의 쾌의 초식이다.

"욱!"

이황고의 입에서 신음성이 흘러나왔다. 그가 비틀거리며 가
슴을 부여잡고 뒤로 물러났는데 몇 걸음 옮기지 못하고 그 자리
에 쓰러져 숨을 거뒀다.

이황고의 죽음은 장내에 기이한 긴장을 가져왔다. 비록 석요
송도 부상을 입기는 했으나 절정고수들의 합격에도 불구하고
이황고가 죽자 사람들은 금온에게 느꼈던 두려움 이상의 부담
을 석요송에게 느끼기 시작한 것이다.

석요송이 보여준 무공이 금온처럼 절대적인 것은 아니었지만
오늘 낙성곡을 찾은 각파의 수장 중 처음으로 목숨을 잃은 사람
이 나오자 금온의 절대적 무위보다 석요송의 차가운 살검이 더
욱 사람들을 꺼려 하게 만들었다.

"어린것이 손이 독하구나!"

금천명이 석요송을 노려보며 말했다.

"늙은 늑대에 비하겠습니까?"

석요송의 비웃듯 말했다. 본래 석요송의 성정과는 거리가 있

는 반응이었는데 이는 금천명의 심기를 흩뜨리려는 목적이었
다.

"감히 네 놈이 날 무시할 수 있단 말이냐?"

금천명이 검을 들어 올리며 노기를 토해냈다.

"그럼 여우라고 부를까요?"

석요송의 입가에 만들어진 미소가 더욱 금천명의 심기를 어
지럽혔다.

"놈!"

금천명이 분기를 이기지 못하고 석요송을 향해 날아들었다.
그러자 석요송이 번개처럼 검을 휘둘렀다.

콰릉!

천둥치는 소리가 터져 나오면서 뇌전 같은 일검이 금천명을
덮쳤다. 천광검 단(斷)의 초식이다. 생각지 못했던 강력한 반격
에 금천명이 급히 검로를 바꿔 자신의 머리를 지켰다.

카앙!

벼락같은 석요송의 검기가 금천명의 검과 격돌했다. 천지를
진동시키는 굉음이 일어나며 금천명의 신형이 비틀거리며 뒤로
물러났다. 그 순간 석요송이 번개처럼 왼손을 흔들었다. 그러자
그의 손에서 흘러나온 다섯 줄기의 지력이 그물처럼 금천명을
휘어 감았다.

금천명이 다급하게 검을 휘둘러 석요송의 지력을 끊어 내려
했다. 더불어 그의 곁에 있던 모용천목과 은올기도 역시 금천명
의 위급함을 보고 석요송의 지력을 끊어 들어갔다.

투툭!

둔탁한 소리를 내며 석요송의 지력이 세 사람의 병기에 잘려 나갔다. 그러나 그중 한줄기가 번개처럼 금천명의 목줄기를 훔치고 달아났다.

"욱!"

금천명이 신음성을 토해내며 목을 부여잡았다. 목숨을 잃지는 않았지만 그의 목에 생긴 상처는 치명적인 것이었다. 당장 치료를 하지 않으면 목숨이 위험할 정도의 부상이었다.

"물러나 정양을 하시오!"

은올기가 얼른 금천명을 부축했다. 한 팔밖에 남지 않은 은올기였지만 그래도 사정은 금천명보다 나아 보였다.

"물러나야겠소."

문득 모용천목이 말했다. 그러자 은올기가 침통한 얼굴을 하고 대답했다.

"아무래도 그래야겠소."

그러자 금천명이 급히 고개를 저었다.

"그건 안 될 말이오. 어찌 도주를 살려두고 물러난단 말이오. 또 물러나면 어디로 간단 말이오?"

"그러나 저자의 무공이… 응?"

은올기가 석요송을 바라보다 문득 눈가에 이채를 떠올렸다. 그의 눈에 하얗게 변한 석요송의 얼굴이 들어왔던 것이다. 기실 석요송은 허벅지에 부상을 입은 상태에서 천광검과 유뢰지를 동시에 펼쳐내느라 급격하게 진기가 흔들린 상태였다. 눈치 빠른 은올기가 바로 그런 석요송의 상태를 한눈에 알아본 것이다.

"아직은 기회가 있구려. 저 젊은 놈의 내기가 크게 흔들린 것이 분명하오. 모두 힘을 모아 한 번에 끝을 냅시다. 청도주 역시 운기중이니 좋은 기회요. 이번이 마지막 기회니 모두 힘을 냅시다.”

　은올기의 말에 주변의 고수들이 살기를 드러내며 다시 석요송을 향해 날아갔다.

　번쩍이는 검기가 하늘을 수놓았다. 그 검기를 따라 피가 솟구치고 비명이 터져 나왔다. 석요송은 온몸의 진기를 끌어올려 적을 상대하고 있었다. 한 명 한 명이 절정에 이른 자들이라 한 사람을 상대하기도 벅찼으나 이대로 적에게 목을 내어줄 수는 없었다. 그의 곁에서 금불현과 차유도 피투성이가 된 채 검을 휘두르고 있었다.

　그러나 중과부적, 샘처럼 솟아나는 진기는 세상의 누구도 가지고 있지 못한 것이다. 석요송의 검 쓰는 법이 점점 어지러워졌다. 막대한 진기를 소모하는 천광검은 더 이상 시전할 엄두를 내지 못하고 있었다.

　삭!

　다시 석요송의 몸에 한줄기 혈선이 그어졌다. 벌써 다섯 번째 검상이다. 피가 솟구쳐 석요송의 몸을 적셨다.

　“놈이 지쳤소. 끝을 내시오!”

　멀리서 금천명의 악 쓰는 소리가 들려왔다. 석요송이 재빨리 주위를 살폈다. 금불현과 차유도 더 이상 버틸 수 없는 지경이었다. 그러자 석요송이 길게 사자후를 터뜨렸다.

　“밀영은 반도들을 베라!”

석요송의 갑작스런 외침이 한순간 적들의 움직임을 멈추게 만들었다. 그리고 다음 순간 숲속에서 날카로운 암기들이 날아들기 시작했다.

"악!"

"억!"

갑작스런 암기의 공격에 다시 적 두어 명이 신음을 토하며 쓰러졌다. 그러자 석요송 등을 공격하던 자들이 급격하게 혼란에 빠지기 시작했다.

"원군이 온 건가?"

금천명이 낭패한 기색으로 중얼거렸다. 그러면서도 자신을 향해 날아드는 암기를 번개처럼 쳐 냈다.

차창!

곳곳에서 암기의 공격을 받은 자들이 병기를 휘둘러 암기를 막아내고 있었다.

"아무래도 물러나야 할 것 같소."

모용천목이 굳은 얼굴로 다시 물러날 것을 제안했다. 그러자 은올기도 이번에는 어쩔 수 없다는 듯 고개를 끄덕였다.

"도주의 사람들이 왔다면 더 이상 버틸 수 없소. 다행히 지금 도착한 자들의 숫자가 적은 듯하니 이틈에 이곳을 벗어납시다."

"하지만 이대로는……."

금천명이 절망적인 표정으로 중얼거렸다.

"금 노사 후일을 도모합시다. 이대로 적의 본진을 만나면 우린 전멸이오. 난 가겠소. 금 노사도 얼른 선택을 하시오. 내 반드시 금 노사께 재기할 기회를 만들어 드리겠소."

어느새 다가온 은올기가 금천명을 보며 말했다. 그러자 금천명이 입술을 깨물고 석요송와 금온을 노려보다 힘겹게 입을 열었다.

"좋소. 갑시다. 가서 다시 기회를 노립시다."

"잘 생각하셨소. 자 그럼 모두 이곳을 벗어납시다."

은올기가 주위를 돌아보며 말을 내뱉고는 자신이 먼저 숲을 향해 신형을 날렸다. 그러자 그의 주위에 있던 자들이 일제히 장내를 떠나기 시작했다.

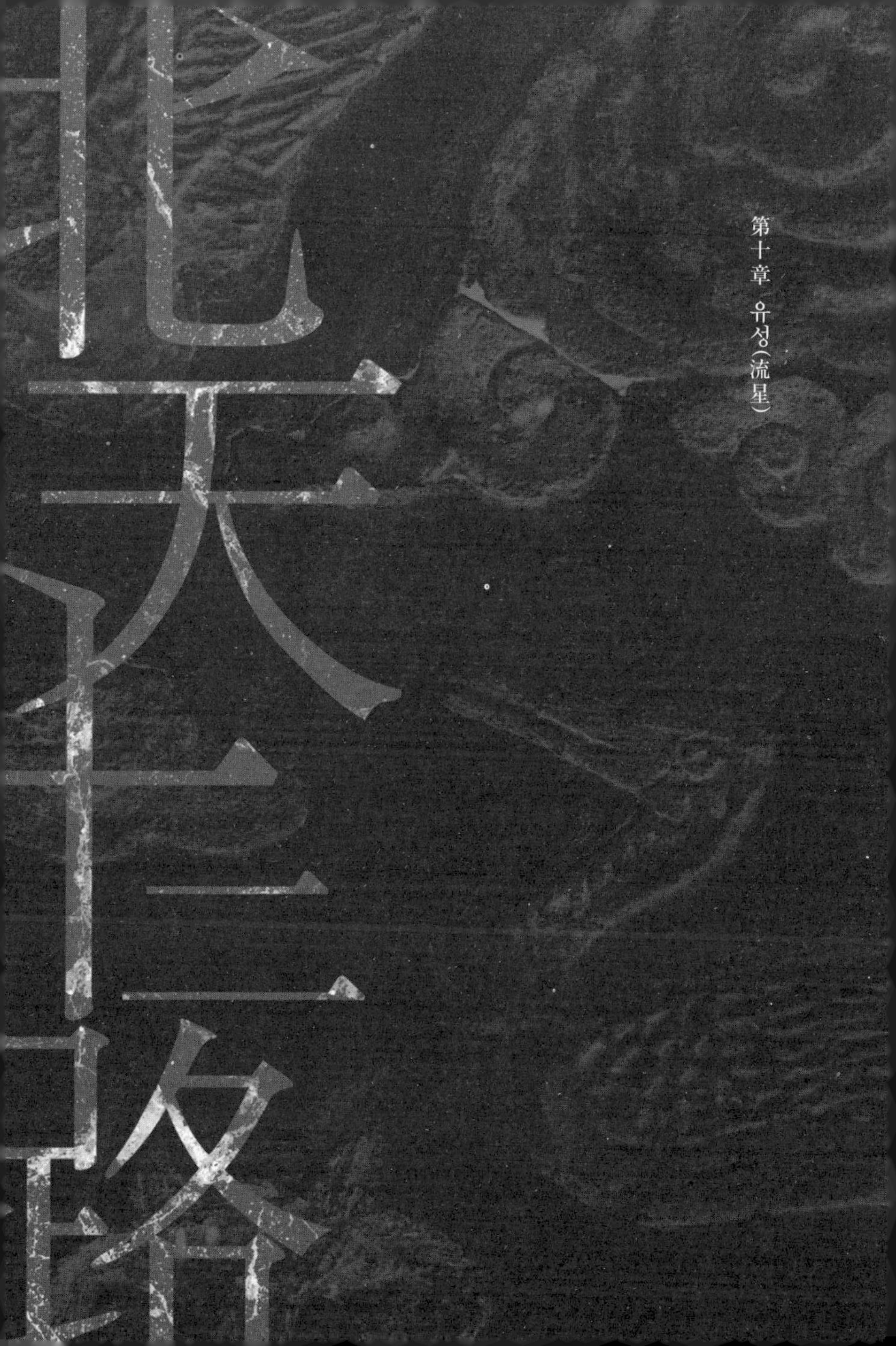
背天弑路
第十章 유성(流星)

“쿨럭!”

금온이 낮은 기침을 했다.

“도주!”

차유가 재빨리 금온을 부축했다. 그러자 금온이 차유의 손길을 밀어내며 고개를 저었다.

“괜찮네.”

“도주 이게 어찌 되신 일입니까? 해독은……?”

“무서운 독이야. 천하에 이런 독이 있을 거라고는 생각도 못했네. 아무리 몰아내려 해도 혈맥에 퍼진 독 기운이 화수분처럼 일어나. 도대체 금자명 그자가 만난 사람이 누굴까? 누가 세상에 이런 독을 만들어 낼 수 있단 말인가. 설마……”

금온이 갑자기 두려운 빛을 드러냈다. 그러자 주변의 사람들이 모두 놀란 표정을 지었다. 금온을 두렵게 하는 자가 세상에 존재한다는 것을 그들은 믿을 수 없었다.

"짐작 가는 사람이라도 있으신지요?"

차유가 조심스레 물었다.

"내가 금문을 맡게 된 경위를 알고 있지?"

"어찌 그걸 모르겠습니까? 칠십여 년 전 전대 태상장로께서 대업을 이루지 못하시고 돌아가셨기 때문이 아닙니까?"

"그래. 그때 노형님의 대업을 막은 자가 있네. 자세히는 모르지만 그는 독의 달인이라고 했었지. 혹 그일까?"

"설마 그럴 리야……. 그라면 그 일 이후 단 한 번도 강호에 모습을 드러낸 적이 없지 않습니까?"

"음… 그렇긴 하지만… 이 독은……."

금온이 말꼬리를 흐렸다. 그러자 석요송이 물었다.

"해독이 어렵습니까?"

"쉽지가 않아. 기이한 독이야. 샘물처럼 독의 기운이 솟아나."

"어찌하시겠습니까?"

"일단 조금 기다려 봐. 사람들이 올 거야."

"역시 도주께서 만드신 함정이었군요."

"후후, 령에게 마지막 선물을 하려 했던 거지."

"제가 너무 일찍 나선 건가요?"

석요송이 물었다. 금천명 등이 도주한 것을 두고 하는 말이었다. 석요송이 나서지 않았다면 금천명 등은 금온이 안배한 자들이 올 때까지 낙성곡을 벗어나지 않았을 터였다.

"아니야. 적당한 때에 와주었어. 사실 더 이상 버틸 수 없었거든. 설마 타문의 고수들을 끌어들일 거라고는 생각지 못했지. 특히 그 은올기라는 자… 무섭더군."

"저도 그리 보았습니다. 하지만 한 팔이 잘렸으니 무공으로는 더 이상 위협이 되지 못할 겁니다."

"무서운 건 그의 무공이 아니라 그 영활한 한 근 머리야. 이 일은 겉으로 보기에는 금천명과 금자명이 주도한 것 같아 보이지만 기실 오늘 보아하니 그들을 움직이는 것은 은올기였어. 음, 그러고 보니 이 일이 온전히 실패한 것은 아니군. 첫째는 금천명과 금자명을 금문에서 몰아낼 수 있었고, 둘째는 은올기 그 자의 존재를 알았으며, 셋째는 이 일로 장백과 모용세가 그리고 흑사풍을 칠 명분을 마련할 수 있었으니까."

"그러나 도주님의 상세가……."

차유가 걱정스레 말했다. 그러자 금온이 빙그레 미소를 지었다.

"걱정 말게. 청도에 가면 무슨 방도가 있을 걸세."

"청도로 가시겠습니까?"

차유의 말에 금온이 고개를 끄덕였다. 그러고는 무거운 목소리로 말했다.

"다시 금문의 장로들을 소집할 걸세. 이번에는 금산이 아니라 청도에서… 령이도 부르게. 이번에야말로 령이 새로운 금문의 주인임을 모두에게 알려주겠어! 그러기 위해 이 일을 만든 것이니까. 금천명과 금자명이 도주했으니 이젠 그 누구도 령이 금문의 주인이 되는 것을 막지 못할 걸세."

"불산이 있지요."

"불산? 금관유?"

"그렇습니다."

"음… 그렇군. 생각보다 현명한 건가? 왜 오지 않았을까?"

금온이 고개를 갸웃했다. 그러자 석요송이 말했다.

"그는 아마도 소도주를 두려워하고 있을 겁니다."

"왜? 아! 삼십삼진에서의 일 때문이군."

"그렇습니다. 아마도 그가 이번에 청도에 온다면 그의 생각을 들을 수 있을 겁니다."

"그런데 그가 청도에 올까? 장로도 아니니 쉽게 부를 수도 없고… 보자 빈 장로 자리를 하나 주는 게 통제하기 편할런가? 아무튼, 일이 좀 틀어지기는 했어도 뭐 아주 나쁜 것은 아니군."

금온이 무릎을 치며 말했다. 독에 중독되어 있는 상태였지만 그는 무척 즐거운 표정이었다.

"좀 쉬십시오."

차유가 말했다.

"그래. 좀 쉬어야 할 것 같군. 이거 청도까지 숨이 붙어 있으려나?"

금온이 빙그레 미소를 지었다.

금온의 사람들은 다시 한 시진이 지난 후에 도착했다. 궐후를 비롯한 정종의 장로 삼인이 수십 명의 청도 고수를 이끌고 낙성곡에 나타났다. 그들은 자신들이 늦었음을 자책하며 금온에게 죄를 청했으나 금온은 오히려 그들을 위로했다.

　　그렇게 청도의 사람들과 합류한 일행은 즉시 낙성곡을 떠났다. 석요송은 금온과 헤어져 일월문을 상대하고 있을 금령에게로 떠났다. 일월문의 일도 중요하지만 금령이 제시간에 청도에 있는 것이 더 중요했다. 왜냐하면 석요송이 보기에도 금온의 상세가 결코 가볍지 않았기 때문이었다.

*　　　*　　　*

　　한 자루 도가 태양을 가리며 떨어져 내렸다. 마른하늘에 날벼락이 치는 듯한 굉음이 일어났다.

　　쩡!

　　쇠가 잘리고 땅이 깊이 패였다. 그리고 그 아래 초로의 검객 한 명이 무릎을 꿇었다. 그의 입가에 희미한 핏줄기가 보인다.

　　"이제 승복하시겠습니까?"

　　그의 앞에서 눈부신 은가면으로 얼굴의 반을 가린 여인이 오연히 선 채 노인에게 물었다. 그러자 노인이 경악스런 표정을 짓더니 이내 고개를 숙였다.

　　"일월문은 오늘부로 금문에 귀부하겠소이다."

　　노인의 말이 흘러나오자 일월문 문도들의 얼굴에 침통한 기운이 흘렀다. 그리고 그들 중 몇은 눈가에 눈물이 고이며 흐느꼈다. 그러자 은가면의 여인 금령이 말했다.

　　"금문의 형제가 된 것을 환영합니다. 그리고 오늘의 일을 너무 비통해하지 마세요. 이는 일월문이 멸문한 것이 아니라 금문과 형제가 되는 일입니다. 일월문은 앞으로 금문과 어깨를 나란

유성(流星) 281

히 하여 무림천하를 굽어보게 될 것입니다. 나 금령은 북천십이 문 중 처음으로 나의 형제가 된 일월문을 언제나 특별하게 생각 할 것입니다."

금령의 말에 노인이 고개를 조아렸다.

"그리 말씀해 주시니 감사할 다름이오. 이 해무공, 늙은 몸이 지만 소도주님의 패업에 작은 힘이라도 보태토록 하겠소이다."

그러자 금령이 고개를 저었다.

"내 어찌 일월문주의 동행을 바라겠습니까. 다만 일월문의 소문주가 그 능력이 출중하다 하니 그의 힘을 빌리도록 하겠습 니다."

그러자 일월문의 문도들 사이에서 한 명의 사내가 걸어 나왔 다. 나이는 삼십대로 보였고, 유한 듯하면서도 강인한 안광을 가진 자였다.

"연로하신 아버님을 대신해 소도주를 모실 수 있다면 영광입 니다. 해검산! 소도주께 인사드립니다."

사내는 정중하면서도 비굴하지 않았다. 그리고 금령에 대한 원망도 보이지 않았다. 대신 그는 새로운 삶, 새로운 야망에 대 한 기대로 눈빛을 번쩍이고 있었다. 금령이 해검산을 보며 고개 를 끄덕였다.

"그대에 대한 소문은 많이 들었소. 북방에 신룡이 태어나 일 월의 영광을 다시 천하에 뿌릴 것이라 하더니 과연 오늘 보니 그 소문이 헛되지 않은 것 같소. 함께 천하를 얻어 봅시다."

"과분한 칭찬에 감사드립니다."

해검산이 정중하게 허리를 굽혀 보인다. 그러자 해무공이 자리에서 일어나며 입을 열었다.

"그간 소도주의 심기를 어지럽게 해드렸으니 오늘은 본문에서 편히 모시도록 하지요. 문을 열어라!"

일월문주 해무공의 명에 일월문의 문도들이 장원의 문을 활짝 열었다. 그러자 금령이 고개를 한 번 끄덕이고 일원문을 향해 걸음을 옮겼다. 그런데 그때였다. 문득 멀리서 한줄기 먼지구름이 일어나더니 두 필의 말이 무서운 속도로 일월문을 향해 달려왔다.

두두두!

방금 전까지 문파의 운명을 걸고 금령과 대치했던 일월문의 문도들이 또다시 풍파가 휘몰아칠까 두려워하는 눈으로 달려오는 자들을 바라봤다. 그때 호천단주 범교가 금령에게 급히 말했다.

"인검입니다."

그러자 금령이 고개를 끄덕였다.

"그렇구려. 무사히 돌아온 걸 보니 일이 잘된 모양이구려."

그러자 지낭 단중자가 말했다.

"전서가 없어 답답했는데 그가 직접 왔으니 역시 길한 소식을 가져왔을 겁니다."

"부디 그러길 바라겠소."

금령이 고개를 끄덕였다.

거친 말 울음소리가 하늘을 찌른다. 두 발을 높이 든 말 위에서 석요송과 금불현이 말을 진정시켰다.

“워워!”

두 사람의 손길에 말들이 투레질을 하며 안정을 찾았다. 그러자 두 사람이 나는 듯이 말에서 내려 금령 앞으로 다가왔다.

“다녀왔습니다.”

석요송이 금령에게 가볍게 고개를 숙여보였다.

“할아버님은 어떠시오?”

“청도로 돌아가셨습니다.”

“무사하신 거요?”

“지금은 그렇습니다.”

순간 금령의 눈이 가늘어졌다. 석요송의 대답이 기이했기 때문이었다.

“그게 무슨 말이오? 지금은 괜찮다니?”

“독에 중독되셨습니다. 당장은 진기의 힘으로 독을 누르고 계시지만 중독되신 상태로 과도하게 진기를 사용해 골수에 독이 미친 듯합니다. 더군다나 이름 모를 절대지독이라… 일단 청도로 돌아가셔서 해독에 전념하겠다 하셨습니다.”

“도대체 어떤 독이기에 할아버님의 진기로도 몰아내지 못한단 말이오?”

“그걸 알 수 없기에 답답한 상황입니다.”

그러자 금령이 살짝 안색을 굳히며 물었다.

“무슨 일이 있었소?”

“금천명과 금자명 두 장로가 살문과 타문의 고수들을 불러들여 낙성곡이라는 곳에서 도주님을 급습했습니다.”

“음, 결국 그들이!”

금령이 차가운 노기를 흘렸다. 그녀의 몸에서 느껴지는 노기가 워낙 강렬해서 일월문의 문도들이 겁을 집어먹고 뒤로 물러날 정도였다. 해무공 역시 새삼스레 금령을 두려운 시선으로 바라봤다.

"그런데 사실 이 일은 애초에 도주께서 스스로 자초하신 일입니다."

"그게 무슨 소리요?"

"도주께서 스스로 미끼가 되어 저들이 도발토록 한 것입니다. 이유는… 소도주께서도 짐작하실 것입니다."

"그럼 결국 나를 위해……?"

"일은 잘 마무리되었습니다. 도주께선 청도로 돌아가신 후 다시 금문의 장로들을 청도로 불러들이겠다 하셨습니다. 그 자리에서 소도주님께 금문을 넘기실 겁니다. 해서 급히 청도로 향하셔야 할 것 같습니다."

"그들은 어찌 되었소? 모두 죽었소?"

"죽지는 않았습니다. 물론 몸들은 여러 곳 상했습니다만… 자세한 것은 나중에 말씀드리지요. 지금 떠나시겠습니까?"

그러자 일월문주 해무공이 급히 나섰다.

"지난 수일간 소도주께서는 저희 일월문으로 인해 심신이 피로하셨을 것이오. 그러니 아무리 급하시더라도 하룻밤은 본문에서 쉬어 가시지요. 본문으로서도 새롭게 주인을 모신 이상 소도주께서 하루라도 머물러 주신다면 문도들의 마음이 한결 든든할 것이외다."

해무공의 말에 금령이 잠시 생각에 잠겼다가 고개를 끄덕였다.

“그렇게 하지요. 청도로 가는 일이 급하기는 하지만 하루 지체하는 것이 큰일은 아니니. 인검, 이곳에서 하루 묵겠소.”

“알겠습니다.”

석요송이 고개를 숙여 대답했다. 그러자 금령이 발걸음을 다시 장원으로 돌렸다.

일월문의 대접은 극진했다. 범교에게 들은 바에 의하면 일월문은 장장 보름 동안 소도주 금령에게 대적했다. 그리고 최후에 일월문주 해무공이 비무를 청함으로써 오늘 금령에게 무릎을 꿇은 것이었다.

일월문의 저력은 애초에 금령과 호천단이 예상한 것 이상이었다고 한다. 그리 크지 않은 장원 안에는 세상에 알려지지 않는 고수들이 적지 않았고, 또 일월문 근방에는 수백 년 동안 일월문의 방파로 살아온 세력들도 적지 않아 일월문이 위기에 처하자 근 일백여 명에 가까운 무인이 일월문에 집결했다고 한다. 그래서 금령이 일월문을 접수하는 데에는 생각보다 많은 시간이 필요했던 것이다.

아무튼 반발을 할 때의 일월문은 거칠고 사나웠지만 일단 금령에게 무릎을 꿇은 이후에는 순한 양과 같았다. 더군다나 일월문은 윗사람을 대접하는 예법에 무척 밝았는데 금령을 대하는 방식과 태도가 마치 세속의 왕을 대접하는 것과 비슷했다.

그 이유에 대해 금불현은 일월문이 수백 년 전 몰락한 옛 부여의 후손으로서 고대의 예법이 여전히 가문 내에 남아 있기 때문일 것이라고 추측했다. 아무튼 그렇게 융숭한 대접을 받으며 일월문에서 하룻밤을 보낸 일행은 다음 날 아침 분주히 길을 떠날 채비를 하기 시작했다.

일월문에서는 길을 떠나는 금령을 위해 만반의 준비를 했는데 그중에서도 가장 중요한 것은 일월문주 해무공의 아들 해검산이 금령을 호위하기 위해 일월문을 떠나 청도로 간다는 사실이었다.

그렇게 길 떠날 준비를 마친 일행은 정오가 되기 전에 일월문을 나섰다. 해검산과 함께 나선 일월문의 문도가 십여 명 되었기에 일행의 행렬은 제법 길었다. 일단 일월문을 벗어난 일행은 서둘러 남쪽으로 길을 달리기 시작했다.

*　　　*　　　*

청도의 바다는 여전히 푸르다. 금온은 볕 좋은 풀밭에 태사의를 놓고 앉아 있었다. 그의 얼굴빛이 눈처럼 희다. 알 수 없는 몸 상태였다. 그의 눈은 청도의 항구를 바라보고 있었다. 근 며칠 사이 하루도 빠짐없이 여러 척의 배가 청도로 들어왔다. 그 배에는 어김없이 금문십육사들이 타고 있었다.

그들은 마치 죽을 자리를 찾아든 죄인들처럼 청도로 들어온 후 금온을 만나기를 청했다. 그러나 금온은 그들 중 누구도 만나지 않았다. 그래서 청도에 들어온 장로들은 죄인처럼 두려움에 떨며 자신들의 숙소에 틀어박혀 있었다.

오늘도 항구에 배가 들어왔다. 그런데 오늘 항구로 들어온 배를 보는 금온의 표정이 조금 달랐다.

"왔구나."

금온의 입가에 미소가 지어졌다. 그러자 차유가 그의 뒤에서 공손하게 대답했다.

"다행히 학선을 띄워 일정이 닷새는 빨라진 듯합니다."

"좋은 일이지. 하늘이 내게 마지막 선물을 주는군."

"도주. 무슨 말씀을!"

"차유, 내가 살 수 있다고 보나?"

"도주……!"

"열흘도 안 남았어. 그 안에 모든 일을 끝낸다. 금문을 온전히 령에게 넘기고 갈 거야. 그래야 편히 눈을 감을 수 있겠지."

"지금 청도의 의원들이 밤낮을 가리지 않고 해약을 찾고 있습니다."

"쓸데없는 짓, 괜한 고생들 시키지 말아. 이 독은 절대 해약이 없어. 기이한 독이야. 극독이되 성분을 알 수 없다. 진기로도 모두 몰아낼 수 없고 시간이 지날수록 뼈골을 파고들어간 독의 기운들이 더욱 기승을 부린다. 마치 피골을 먹고 자라는 괴물처럼. 이런 독을 만든 독인을 그동안 만나지 않은 것이 복이랄까."

"도주……."

차유가 안타까운 목소리로 금온을 불렀다. 그러나 금온은 더 이상 차유의 말에 대답을 하지 않고 학선에서 내리는 금령 일행을 응시했다. 그러고는 한참 만에 입을 열었다.

"과연 저 아이는 성공할까?"

"무슨 말씀이신지요?"

"강호무림을 손에 넣고 천년제국을 부활시키는 일 말이야."

"성공하실 겁니다."

"어떻게 확신하지?"

"소도주님의 능력을 믿고 또… 그 아이가 곁에 있으니까요."

"요송?"

"예."

차유가 대답했다.

"나에게도 사람이 없었던 것은 아니야. 자네도 있었고."

"저야 어디 인검에 비하겠습니까?"

"또 묘문도 있었지."

"그 일은……."

"내가 죽으면 그 일도 묻히겠지?"

"의도치 않은 일이었지 않습니까?"

차유의 말에 금온이 얼굴을 찌푸리더니 고개를 저으며 말했다.

"이보게. 다른 사람들은 몰라도 우리야 우리 자신을 속일 수는 없지. 묘문을 구하려면 구할 수 있었어. 단지 우린 두려웠던 거지. 아직 갓난아기인 령, 허약해서 목숨이 경각에 달린 기룡, 점점 더 커져 가는 묘문의 명성. 그게 두려웠던 거야. 묘문은 내가 죽였어."

"……!"

차유가 차마 대답을 하지 못하고 입술을 깨물었다.

"그런 묘문의 아이를 데려다 인검을 만들었다. 못쓸 인간이지. 그래서 걱정이야. 만약, 만약에 말이야. 요송이 그 사실을 알게 되면 어떻게 행동할까?”

차유는 대답하지 못했다. 그러자 금온의 얼굴에 그늘이 드리워졌다.

“애초에 요송을 데려오지 않는 것이 좋았을지도 모르지. 그저 단중자 그 아이 정도면 금령을 충분히 보필하지 않았을까?”

“인검과는 다르지요.”

차유가 대답했다.

“그래, 인검과는 다르지, 기우일지도. 그 일을 자세히 알고 있는 사람은 아무도 남아 있지 않아. 모두 내 손에 죽었지. 단 한 사람만 빼고는. 이번에 그를 반드시 제거했어야 하는데… 이놈의 독 때문에. 쿨룩!”

금온이 기침을 하며 손으로 입을 가렸다. 그러자 차유가 급히 금온에게 물 잔을 가져갔다. 금온이 차유의 물 잔을 받아들고는 물을 한 모금 마셨다. 그러고는 다시 말을 이었다.

“이보게, 차유!”

“예, 도주!”

“이번 일이 끝나면 자넨 다시 강호로 나가게, 나가서 반드시 그를 찾아. 그리고… 영원히 입을 닫게 만들어.”

“하지만 지금껏 그를 찾지 못하지 않았습니까?”

“이번 소식은 제법 그럴 듯했어. 백두 인근에 그가 머물고 있는 것은 분명해. 불산의 그 아이가 필시 그와 소식이 닿고 있어. 그러니… 금관유 그 아이를 주시하게. 금관유가 장로가 된다면 필시 그와 한 두 번은 연락을 할 거야. 거할은 우직한 자야. 은거와는 거리가 멀지. 필시 내가 죽으면 계림혈사를 들고 나와

묘문의 죽음을 공론화할 거야. 특히나 요송의 존재를 알게 된다면 반드시. 그건… 령을 파멸로 이끌 수 있어. 그러니……."

"알겠습니다. 반드시 그를 베지요."

차유가 대답했다. 그러자 금온이 고개를 끄덕였다.

"좋아. 자네라면 믿고 갈 수 있지. 자 이제 금문의 미래를 만나 볼까?"

금온의 말에 차유가 시선을 돌렸다. 그러자 어느새 석요송과 금령이 수하들을 이끌고 금온이 있는 곳으로 다가오고 있었다.

"할아버님!"

금령이 금온 앞에 한쪽 무릎을 꿇었다.

"왔느냐?"

금온이 부드러운 미소로 금령을 맞이했다. 그러나 그의 얼굴에 깃든 죽음의 그림자는 미소로 감출 수 없었다.

"이게 어찌된……?"

"생각보다 좋지 않구나."

"독은 진기로 다스릴 수 있다고 들었습니다만… 더군다나 청도에는 천하제일의 의원들이 있는데……."

"나도 그럴 줄 알았다. 그러나 이 독은 정말 기이하구나. 백약이 무효하고, 어떤 방법도 듣질 않는구나. 내 생전에 이런 독은 처음이다. 어찌 보면 죽기 전에 이런 독을 경험하는 것도 복이구나 싶을 정도로……."

"할아버님!"

"끝은 어차피 다가와 있었다. 이번 일을 계획한 것도 끝이 보이기 때문이었다. 죽기 전에 이 목숨을 얼마나 값나가게 쓸 수 있나 생각해 보니 아무래도 그들을 정리하는 것이 가장 나을 듯 싶었지. 그리고 얼추 일은 성공한 듯하다.”

“그러나 이것은…….”

“나쁜 일이 아니야. 어차피 길어야 이삼 년이었다. 내가 목숨을 연명하기 위해 어떻게 살아왔는지 넌 모를 거다. 이 청도에 천하제일의 의원들이 모여 있는 것은 다 그 이유가 있는 것이다. 난 천명을 거역하면서 수명을 연장했어. 내 나이가 벌써 일백이십이 넘었다. 하늘이 준 사람의 수명은 다한 지 오래다. 더 사는 것은 천벌을 받을 일이야. 그러니 슬퍼 마라. 그보다는 내가 웃으며 죽을 있게 해다오.”

금온의 말에 금령이 비통한 표정을 지으면서도 고개를 끄덕였다.

“무엇을 하면 되겠습니까?”

“이틀 뒤 십육사를 모을 것이다. 음, 이젠 십육사가 아니군. 금천명과 금자명, 그리고 북종의 은조망이 도주했으니 이제 열셋인가? 아무튼 장로들을 소집할 것이고, 도주한 셋을 파문할 것이며, 그들에 대한 추살령을 내릴 것이다. 그리고 그 자리에서 널 금문의 태상장로로 지목해 내 모든 권한을 넘길 것이다. 넌 그곳에서 그들에게 충성의 맹약을 받아내거라.”

“그들이 동의하겠습니까?”

“그들의 의사는 이제 중요치 않다. 이번에야말로 그들은 내 무서움을 알게 되겠지. 동의치 않는 자들은 모두 죽을 것이다. 요송!”

"예, 도주!"

석요송이 앞으로 나섰다. 그러자 금온이 서늘한 기색을 말했다.

"칼을 갈아두거라. 장로들의 회합에서 검을 쓰게 된다면 네 검을 쓸 것이다."

순간 석요송의 눈꼬리가 가늘게 떨렸다. 이는 석요송을 완전하게 금령의 사람으로 만들기 위한 금온의 마지막 안배일 터였다.

"그리하지요."

석요송이 거절할 수 없는 명임을 알고 순순히 고개를 숙여보였다.

"북종과 남종의 장로 숫자는 늘리지 않는다. 남아 있는 자들 역시 금천명과 금자명과 한통속이겠지만 그들은 낙성곡에 직접 오지 않았으니 그들의 목을 함부로 칠 수는 없다. 대신 몇은 장로직에서 물러나게 하겠다. 그자들이 복종하면 살려두고 거부하면 죽인다."

"알겠습니다."

금령이 대답했다.

"이탈하는 자들이 생길 것이다. 뿌리부터 금천명과 금자명의 사람인 자들은 필시 금문을 떠날 것이다. 그들을 막으려 하지 마라. 대신 그들을 이용한다. 그들 속에 사람을 심어 도주한 자들의 거처와 내심을 파악한다. 이는 너에게 오히려 좋은 기회가 될 것이다."

"알겠습니다."

다시 금령이 대답했다. 그러자 금온이 진중한 어조로 다시 입을 열었다.

"그리고 한 사람을 기억해둬라."

"……?"

"은올기! 그자… 아마도 네게 가장 위험한 적수가 될 것이다."

"그렇게 강한 자인가요?"

"요송에게 들었겠지?"

"듣기는 했지만……."

"시간이 지나면 지금의 나에게 필적할 만한 인물이 될 것이다."

"설마 그럴 일이야 있겠습니까?"

금령이 믿을 수 없다는 듯 고개를 저었다. 그러자 금온이 손을 저으며 말했다.

"내 말을 허투루 듣지 마라. 안 그러냐?"

금온이 석요송에게 물었다. 그러자 석요송이 짧게 대답했다.

"위험한 인물임은 분명합니다. 그러나 어찌 도주님의 반열에 오르겠습니까? 팔도 하나 없는데."

"하하, 너도 내가 불쌍해 보이는가 보구나. 그런 말을 다하고. 좋아. 아무튼 그를 기억해 둬야 한다. 항상, 모든 일을 할 때에는! 차유!"

"예, 도주!"

"이틀 뒤 이 자리로 하지."

"그리하겠습니다."

차유가 대답했다.

"이제 모두 물러가라. 혼자 있고 싶구나."

"제가 곁에서 모시겠습니다."

금령이 말했다.

"아니다. 대업을 이룰 자가 어찌 사사로운 정에 이끌리노? 가서 굳건하게 자리를 지켜라. 장로들에게 너의 존재를 보여줄 시기다."

"할아버님!"

"물러가라!"

금온이 냉정하게 금령에게 물러갈 것을 명했다. 그러자 금령이 입술을 깨물며 깊이 고개를 숙여 보인 후 금온의 앞에서 물러났다.

"함께 계시는 편이 좋을 것을 그랬습니다."

석요송과 금령이 물러나자 차유가 말했다. 그러자 금온이 고개를 저었다.

"인정(人情)은 패도를 걷는 자의 몫이 아니네."

둥둥둥!

북소리가 꼬리에 꼬리를 물고 청도 곳곳으로 퍼져나갔다. 그러자 청도에 들어와 있던 금문의 장로들이 각자의 거처에서 나와 동쪽 산비탈로 이동하기 시작했다.

동쪽 산비탈에는 다른 때와 같이 금온의 태사의가 놓여 있었다. 그 위에 햇볕을 가리는 천막이 넓게 펼쳐져 그늘을 만들고 있었는데 전날과 다른 것은 그 안에 다시 이십여 개의 화려한 의자가 놓여 있다는 것이었다.

잠시 후 금온에 의해 청도에 들어온 장로들이 천막 아래 도착했다. 우풍사 마풍 모길이 정중하게 장로들을 맞아들였다. 장로들은 모길의 안내에 따라 저마다 의자들을 하나씩 차지하고 앉았다.

열두 명의 장로가 모두 자리를 잡고 앉은 후에도 금온은 쉽게 모습을 드러내지 않았다. 장로들은 왠지 모를 긴장감에 휩싸여 금온이 올 길목으로 수시로 시선을 주고 있었다. 그러나 금온의 모습은 쉽게 보이지 않는다.

"음, 도주께서 늦으시는구려. 우풍사!"

"예, 장로님!"

모길이 금불현의 조부인 금무해의 부름에 답했다.

"장로들께서 모두 모였으니 도주께 이를 알리시구려."

"이미 기별이 갔습니다."

"음, 그런데 어찌 이리 늦으시는고? 본시 태상장로께서는 지금껏 장로들을 기다리게 한 적이 없으시거늘!"

그런데 금무해의 말이 끝나기 무섭게 서쪽 길 위에 흰색 그림자가 어른거리더니 한순간 장내에 금온이 모습을 나타냈다. 사람들 앞에 나타난 금온의 모습은 그 어느 때보다 강렬하고 신비로웠다. 마치 청도에 사는 신선이 사람들 앞에 모습을 드러낸 듯했다.

"모두들 오셨소?"

금온의 말에 장로들이 일제히 자리에서 일어나 금온에게 포권을 해 보였다.

"태상장로님을 뵙습니다."

금무해가 장로들을 대신해 금온에게 인사를 건넸다. 본시 금문십육사 중 금온을 제외하면 금천명과 금자명이 가장 배분이 높았다. 그러나 지금은 두 사람이 모두 파문을 당하고 도주를 한 터라 남은 장로들 중에서는 금무해의 배분이 제일 앞섰다.

"오시느라 수고들 하셨소. 자리에 앉으시오."

금온이 주욱 장로들을 돌아보며 말하고는 자신이 먼저 태사의에 등을 깊이 대고 앉았다. 그런데 장로들을 상대하는 금온의 모습이 이틀 전 석요송 등을 만났을 때의 모습과는 사뭇 달랐다. 얼굴에는 홍조가 드리워져 있었고, 허리를 꼿꼿했으며 눈에서는 정광이 번쩍이고 있었다. 이는 이틀 전 죽음을 눈앞에 두고 있던 노인의 모습이 아니었다.

건재한 금온의 모습은 장로들로 하여금 새삼스럽게 그에 대한 두려움을 안겨주었다. 장로들이라고 낙성곡에서 벌어진 일을 모를 리 없었다. 특히 북종의 강후상과 남종의 무탕은 금천명과 금자명을 따라 낙성곡에 가지는 않았지만 그들과 한배를 탄 사람들이나 다름없었기에 낙성곡에서 금온이 겪었을 일을 누구보다 잘 알고 있었다.

어쩌면 도주한 금천명과 금자명이 암암리에 두 장로와 연락을 하고 있을 지도 몰랐다. 그렇다면 금온이 극독에 중독되었다는 것도 알고 있을 터, 그런데 금온의 모습에선 단 한 올의 독기도 느껴지지 않았다.

"태상장로께서 강건하신 모습을 뵈오니 마음이 기쁩니다."

금무해가 진심으로 기쁜 표정을 지으며 말했다.

"나이 백이십에 건강해 봐야 얼마나 건강하겠소?"

금온이 미소를 지으며 대답했다. 그러자 금무해가 정색을 하며 말했다.

"제가 임황 현림을 떠나 청도로 오는 와중에 태상장로께서 실족하시어 크게 위중한 부상을 입었다는 소식을 여러 번 들었습니다. 물론 전 태상장로님의 능력을 알고 있기에 그 말을 믿으려 하지 않았지만 그래도 여러 번 소문을 들으니 조금 걱정이 되긴 했습니다."

"하하하, 그랬소? 하긴 모두가 알고 있겠지만 내 낙성곡에서 아주 낭패를 당했다오. 수십 년 고락을 같이한 형제들에게서 배신을 당했으니 이 금온, 세상이 부끄러워 얼굴을 들 수 없구려."

금온의 말에 정종의 장로 궐후가 입을 열었다.

"그게 어찌 태상장로님의 허물이겠습니까? 모두 그 배덕한 자들의 죄업이지요!"

궐후의 얼굴에 숨길 수 없는 노기가 깃들었다. 그러면서 그의 시선이 자연스레 북종과 남종에 유일하게 남아 있는 장로들인 강후상과 무탕에게로 향했다. 그러자 두 사람이 겸연쩍은 표정으로 시선을 회피했다.

"혹 두 분께 그들로부터 연락이 없었소이까?"

이번에는 금무해가 날카롭게 물었다. 그러자 강후상이 얼른 고개를 저으며 대답했다.

"어찌 감히 그들이 연락을 할 수 있겠소이까? 그런 엄청난 일을 저질러 놓고. 아마도 평생 금문의 문도들 앞에 얼굴을 내밀 수 없을 것입니다."

강후상의 강변에 금무해가 더 이상 그들을 추궁하지 않았다. 그러자 금온이 미소를 지으며 말했다.

"아무튼 그들이 일으킨 혼란을 빠르게 수습한 것은 강 장로와 무 장로 두 분의 공이라 할 수 있소. 그 점은 아주 고맙게 생각하오."

금온의 말에 두 사람의 표정이 부드러워졌다.

"우리는 그저 태상장로님의 뜻을 따를 뿐입니다. 이 일에 북종과 남종 문도들의 책임을 묻지 않으시겠다는 것만으로도 양종의 형제들이 모두 태상장로님의 덕을 칭송하고 있습니다."

강후상의 말에 금온이 고개를 저었다.

"내 어찌 이번 일로 문도들의 칭송을 받을 수 있겠소. 명색이 태상장로인 내가 문 내의 일을 제대로 다스리지 못해 이런 치욕을 겪었으니 오히려 문도들에게 부끄러울 다름이오. 그래서 내 이 기회에 한 가지 양해를 구해야겠소."

마지막에 금온의 목소리가 조금 서늘해졌다. 그러자 장로들이 긴장한 얼굴로 금온의 다음 말을 기다렸다.

"이번 일을 겪으면서 난 내가 늙었다는 것을 깨달았소. 더불어 형제와 같은 사람들에게 배신을 당하는 바람에 강호인들의 놀림감이 되고 말았소. 그러니 내 어찌 지금처럼 금문을 이끌수 있겠소. 해서 이번 회합이 끝나면 난 청도의 깊은 숲에 석굴을 파고 그 속에 은거하여 천명을 다할 때까지 세상에 나서지 않을 생각이오."

"도주! 어찌 그런 황망한 말씀을!"

제이십팔진을 이끌고 있으며 무천종의 장로인 금무황이 굴강한 목소리로 소리쳤다. 본래 무천종이 선 것은 당대의 일로 금무황의 무공이 고강하고 특이하여 무에 있어서 한 일가를 이뤘다는 평가를 내린 금온의 배려로 새로운 종파가 서게 된 것이었다. 그래서 금온에 대한 금무황의 충성심은 남다른 데가 있었다.

"무황 노제, 내 이미 마음을 정했으니 날 말릴 생각은 하지 마시게."

"그러나 태상장로께서 은거하신다면 금문의 문도들은 누굴 믿고 천하대업을 이룬단 말입니까?"

"그야 당연히 지난 금산지회에서 차기 금문의 수장으로 결정된 사람이 맡아야겠지."

"소도주를 말씀하시는 겁니까?"

"그 아이 말고 누가 있겠는가? 그 아이는 이미 무공에 있어서는 날 넘어섰고, 지모 또한 강호의 늙은 늑대들에 못지않네. 더군다나 금산지회에서 그 아이를 시험하기 위해 일월문을 거두라는 과업 또한 완벽하게 해냈네. 그러니 이제 그 아이가 충분히 금문을 이어받을 수 있지 않겠는가?"

"그, 그야 그렇지만……."

금무황이 대꾸를 하지 못하고 머리를 조아렸다.

"아우님께서 나와의 정을 생각하여 아쉬워한다는 것은 나도 알고 있네. 그러나 사람이란 물러날 때를 알아야 하는 법이야. 그런 점에선 난 무척 무도한 사람이지. 나이 백이십에야 물러나겠다고 하니 말이야. 허허허!"

그러자 금무황이 다시 입을 열었다.

“태상장로께서 은거를 하시겠다면 저 역시 은퇴하여 곁에서 태상장로님을 모시겠습니다.”

“예끼, 이 사람아. 사람이 염치가 있어야지. 우리 늙은이들이 한꺼번에 빠져버리면 소도주를 포함해 어린아이들에게 너무 큰 부담을 주는 것 아닌가? 그저 힘에 부치는 사람 몇 명만 쉬자고. 차네는 아직 힘이 넘치니 금문을 위해 좀 더 고생을 해주게. 자… 심신이 고단해 쉬고 싶은 사람이 있소? 두세 명 이상 쉬면 안 될 것 같으니 빨리 말하시구려.”

금온의 말에 장로들의 표정이 일변했다. 농담처럼 말하지만 금천명과 금자명 두 사람과 친분이 있던 장로들에게 스스로 알아서 물러나라고 하는 말이라는 것을 장로들이 모를 리 없었다.

장내에 잠시 무거운 침묵이 흘렀다. 그러다가 문득 금온의 시선이 강후상과 마주쳤다. 그러자 강후상이 흠칫하더니 이내 한숨을 쉬며 입을 열었다.

“외람되지만 전 그만 은퇴를 하고 싶습니다. 허락하신다면 금산 근처에 초막을 짓고 조용히 지내고 싶군요.”

“음, 강 장로가 은퇴를 하면 북종은 어찌하누? 장로 셋이 한 번에 자리를 비운다는 것은…….”

“마침 마땅한 사람이 있습니다.”

“누군가?”

금온이 물었다.

“모두가 알고 있는 인물이지요. 나이는 어리지만 충분히 대임을 감당할 수 있는 사람입니다.”

반강제로 물러나는 강후상의 눈빛에 생기로 번들거렸다. 그러자 금온이 다시 물었다.

"그런 인물이 있었나?"

"태상장로께서도 이미 알고 계시는 인물입니다. 제가 천거하고 싶은 사람은 불산 금관유, 바로 그입니다."

"금… 관유라……."

금온이 가늘게 눈을 떴다. 애초에 그 또한 금관유를 북종의 새로운 장로로 마음에 두고 있기는 했지만 강후상이 지목을 하니 왠지 의심이 가는 모양이었다. 금온의 눈에서 한줄기 한광이 흘러나와 그를 바라보고 있던 사람들의 몸을 떨게 했다. 그러다가 문득 고개를 돌려 공터의 뒤쪽에 자리한 커다란 바위를 보며 말했다.

"어떠하냐?"

금온의 말에 바위 뒤에서 두 사람이 신형을 나타냈다. 석요송과 금령이다.

"그라면 능히 북종을 이끌 수 있을 것입니다."

금령이 장내로 걸어 나오며 대답했다.

"음, 네가 좋다면 나도 좋다. 좋소. 강 장로 말대로 합시다. 아마도 그는 우리 금문의 역사상 가장 젊은 장로가 되겠군. 자, 또 쉬고 싶은 사람 있소?"

그러자 먼 쪽에서 나직한 음성이 흘러나왔다.

"저도 물러나 쉬기를 청합니다."

"음, 풍종의 금엽 장로시구려. 몸이 좋지 않다는 말은 들었소. 그러하면 풍종은 누구에게 맡기려오?"

"외람되지만 제 사위가 제법 쓸 만합니다. 아직 나이가 육십이 넘지 않았지만……."

"손순?"

"그러하옵니다."

"좋지. 그러면 능히 풍종을 맡을 수 있을 것이오."

"허락해 주시니 감사합니다."

"각 종파의 일은 본래 각기 결정하는 것이니 내 허락이야 형식적인 것이지. 자, 더 쉬고 싶으신 분 없으시오."

금온이 다시 장로들을 주욱 둘러봤다. 그러나 더 이상 은거하겠다는 장로는 나서지 않았다. 그러자 금온이 남종의 무탕을 슬쩍 바라보며 불쾌한 표정을 짓더니 입을 열었다.

"좋소. 생각보다는 아직 여러 장로들의 건강이 괜찮은 모양이구려. 금문을 위해 좋은 일이지. 령!"

"예!"

금령이 앞으로 나서며 대답했다.

"이제부턴 네가 금문을 이끈다. 당장 오늘, 이 자리에서부터 시작한다. 난 이만 일어나마. 장로들과 향후의 일을 상의하거라. 난 내려가 보겠다. 여러 장로들께서는 령을 나와 같이 생각하여 금문의 일을 상의해 주시구려."

"예, 태상장로!"

장로들이 일제히 고개를 숙여 대답했다. 그러자 금온이 천천히 자리에서 일어났다. 그러고는 다시 금령에게 말했다.

"내일부터는 동심원에서 일을 보거라. 숙식이야 계명원에서 한다 해도! 이제부터는 네가 금문의 태상장로다!"

"알겠습니다."

“그럼 이것으로 난 여러분께 작별을 고하겠소. 특별한 일이 없다면 다시 날 볼일은 없을 거요. 그리고 아마 이삼 년 안에 내가 죽었다는 소식이 들릴 터이니 그때 내 제상에 향이나 한 대씩 피워주시구려. 잘들 돌아가시오.”

금온이 마치 도망이라도 가듯 장로들을 향해 손을 흔들고는 자리를 떴다. 그는 대 금문의 태상장로였지만 그 퇴장은 너무 단출해서 오히려 장로들은 그가 정말 은거를 하는 것인지조차 의심스러웠다. 그 와중에 누군가가 아주 작은 목소리로 중얼거렸다.

“어제 하늘에서 용성이 계림을 향해 떨어져 태상장로님의 안위를 걱정했는데 오늘 보니 기우였던 모양이군. 아주 정정하시지 않은가? 그렇다면 어떤 강호의 영웅이 멸하려고 유성이 떨어졌을꼬?”

『북천십이로』 5권에 계속…

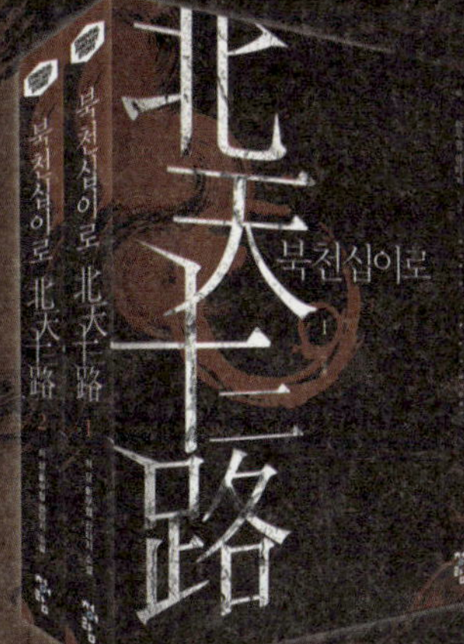

萬能書生
만능서생
2
1
만능서생
임영기 新무협 판타지 소설
FANTASTIC ORIENTAL HEROES

CASTLE OF ANOTHER WORLD

강한이 장편 소설

이계 마왕성

FUSION FANTASTIC STORY

『이계만화점』의 작가 **강한이**가 돌아왔다.
그가 전하는 신개념 마왕성의 이야기!

가족을 잃고 더부살이로 받던 설움을 떠나
서울로 상경해 우연히 얻은 셋방
그곳 지하실에서 채빈의 불행한 인생이 뒤엎어진다!

이계마왕성!

그곳에서 배워라, 지혜가 되리라! 그곳에서 얻어라, 내 것이 되리라!
마왕이 아니다. 마왕성을 이용하는 현대인일 뿐.

마왕성의 사나이, 그가 이제 날아오른다!

Book Publishing CHUNGEORAM

유행이 아닌 자유추구 -
WWW.chungeoram.com

ORIENTAL FANTASTIC STORY

김대산 新무협 판타지 소설

心劍誌

심 검 지

꼬물거리는 새끼 용(龍) 한 마리!
작고 희미한 검 한 자루!
순박한 산골 소년의 마음속에 심어지고 만 그것들이
지금 조금씩 자라나고 있다!

김대산! 그의 아홉 번째 이야기!

"한 자루 마음의 검을 다듬어내니
천지간에 베지 못할 것이 없도다!"

Book Publishing CHUNGEORAM

유행이 아닌 자유추구 -
WWW.chungeoram.com